———— 每本书都是一座传送门

次元书馆

图书在版编目（CIP）数据

我有一座冒险屋 . 壹，暮阳中学 / 我会修空调著 .
北京：新星出版社，2019.6（2025.12 重印）
ISBN 978-7-5133-3565-2

Ⅰ . ①我… Ⅱ . ①我… Ⅲ . ①长篇小说－中国－当代
Ⅳ . ① I247.5

中国版本图书馆 CIP 数据核字（2018）第 076888 号

我有一座冒险屋 壹 暮阳中学

我会修空调 著

责任编辑：汪 欣
责任印制：李珊珊

次元书馆

出版统筹：贾 骥 宋 凯
出版监制：张泰亚
策划编辑：邓英洁
助理编辑：姜 珊 乔 红
美术编辑：宋 慧
封面绘图：长 乐
插　　图：咚雾雾

出版发行：新星出版社
出 版 人：孙志鹏
社　　址：北京市西城区车公庄大街丙3号楼　　100044
网　　址：www.newstarpress.com
电　　话：010-88310888
传　　真：010-65270449
法律顾问：北京市岳成律师事务所

读者服务：010-88310811　　service@newstarpress.com
邮购地址：北京市西城区车公庄大街丙3号楼　　100044

印　　刷：北京天恒嘉业印刷有限公司
开　　本：710mm×1000mm　　1/16
印　　张：17.25
字　　数：282千字
版　　次：2019年6月第一版　2025年12月第十三次印刷
书　　号：ISBN 978-7-5133-3565-2
定　　价：49.00元

版权专有，侵权必究；如有质量问题，请与印刷厂联系调换。

我有一座冒险屋
壹 暮阳中学

我会修空调 著

新星出版社 NEW STAR PRESS

COTTON

目录。

001 / 第 1 章 濒临倒闭的恐怖冒险屋

017 / 第 2 章 冥婚

032 / 第 3 章 镜中怪物

041 / 第 4 章 平安公寓？富安公寓！

057 / 第 5 章 午夜逃杀！

074 / 第 6 章 法医学院学生

092 / 第 7 章 怨念布偶殷小小

106 / 第 8 章 冒险屋升级

118 / 第 9 章 挑战憋气一分钟

130 / 第 10 章 有人要杀我！

146 / 第 11 章 第一次约会

160 / 第 12 章 红舞鞋

177 / 第 13 章 为她建一座乐园

191 / 第 14 章 镜子里的门

202 / 第 15 章 天堂在井里

208 / 第 16 章 暮阳中学

220 / 第 17 章 我控制不住我的右手了

229 / 第 18 章 厕所的第五个隔间

246 / 第 19 章 最后一间教室

255 / 第 20 章 深井

COTTON

第1章 濒临倒闭的恐怖冒险屋

"这么不吓人的鬼屋我还是第一次见。"
"道具太假,逛了一圈,不仅不害怕,甚至有点想笑。"
"唯物主义者无所畏惧!"
"早就给你们说没意思,还不如在宿舍里打游戏,我的鲲已经八十级了。"
江州市西郊冒险屋门口,几个学生骑着共享单车,毫无留恋地离开。
看到这一幕,拿着冒险屋宣传单的陈歌,颇有些无奈。
吓人是一门技术活,可现代人经历各种惊悚片洗礼,心理素质极强,进鬼屋就跟在自己家后院一样。
"老板!"
身后传来一个清亮的女声,陈歌扭头看去,只见一个穿着护士服、身材娇小、上围傲人的"僵尸",怒气冲冲,从冒险屋里跑出。
"怎么了,小婉?"女孩叫徐婉,是冒险屋里的临时演员之一。
"刚才那几个小浑球,想占我便宜!"她虎牙紧咬,攥着秀拳。
原来是来告状的……
"太过分了,他们竟然连僵尸都不放过。"作为老板,陈歌自然会帮小婉说话,

"我去找乐园管理员反映一下情况，调一下监控。"

"不用那么麻烦，我在察觉对方有这个企图的时候，先发制人，揍了他一顿。"徐婉抖了一下护士服边角的血迹，"这不是化的妆哦。"

"额，没毛病，女孩子就应该学会保护自己。"陈歌擦着额头冷汗，看了一眼夕阳，"那今天就到这儿吧，估计也没什么游客了，通知其他人，提前下班。"

他说完后，面前画着僵尸妆的女孩却没有挪动脚步。

"还有事吗？"

"老板……"徐婉欲言又止，慢吞吞从口袋里翻出一封信来，"这是陶明和小魏的辞职信，你待他们不错，他们不好意思当面给你说，所以就托我转交给你。"

"他们要走？"陈歌愣了一下，收下信封，"人各有志，你也早点儿下班吧。"

"嗯，嗯，我去卸妆。"

目送这个呆萌可爱的"小僵尸"离开，陈歌默默地点了一根烟。

半年前，他的父母离奇失踪，只留下了这座恐怖冒险屋。为了留下念想，陈歌辞了工作，全心全力去经营冒险屋，想要做到更好。可惜时代变化太快，鬼屋这一行竞争压力大，本身又比较冷门，还存在许多局限性。同样的恐怖场景，看过一遍后，再看就会变得无聊，而不断翻新又需要大量资金。几个星期前，冒险屋就已经入不敷出，一天的门票钱连水电费的零头都不够。

"不知道我还能撑到什么时候。"掐灭了烟，陈歌正要回冒险屋，一个穿着新世纪乐园工作服的中年人走了过来。

看到他，陈歌就像是老鼠见了猫一样，赶紧加快脚步。

"装作看不见吗？"中年人一把抓住陈歌的肩膀，"今天我们把事情说清楚，你水电费和场馆租金都已经欠了两个月了。上面一直催，我现在压力很大啊！"

"徐叔，不是我不给，最近资金确实有点儿紧张，你再给我一个月的时间。"

"上个月你也是这么说的。"

"我向你保证，这绝对是最后一个月！"陈歌拍着胸脯，一脸真诚。

"鬼屋这行现在不景气，吸引不来游客，要我说你也没必要再坚持下去了。"被叫作徐叔的中年人看着陈歌手里的信封，手上力道慢慢减小。"你这么年轻，干点儿什么不好，何必活得那么累呢？"

"徐叔，我知道你是为我好，可这冒险屋对我来说意义不同，算是我父母留给我的一个念想。"陈歌声音低沉，似乎不想让更多的人听到。陈歌父母的事情，这个中年人作为乐园管理员一清二楚，他没有回话，过了几秒钟，轻叹一口气，软下心来："我多少能理解你的想法，行吧，我尽量再帮你拖几个星期。"

"谢徐叔！"

"别谢我，你还是用点儿心，把鬼屋的门票多卖出去一些。"

送走乐园管理员，陈歌直接回到了冒险屋里，开始重复每天的工作：检查器材损耗，维护道具，打扫卫生。

"修理间里的人造血浆快用完了，得再购买一批；这条通道往里倾斜一下，或许能更好地制造游客视角盲区；人偶让抓破了，要补一补；啊！我这儿装的工艺灯呢？被谁偷走了！"

外人眼中，他是鬼屋老板，也算是个自主创业的有为青年，实际上这背后的心酸只有他自己知道。

鬼屋算是一种通过"恐怖放松"引导的放松消费，在恐怖环境里人的肌肉和精神会高度紧张，一旦得到释放就如同按摩一样，这种方式在短时间内能让人产生一种满足感。同时鬼屋也是种一次性消费，市面上很多鬼屋都采用在各城市流动的方式，不断吸引新的游客来参观。像陈歌这样固定在某个地方的鬼屋，除非拥有特别大的名气，能吸引人慕名而来，否则都坚持不了太久。

他能一个人支撑这么长时间，已经很不容易了。

拖着被抓烂的人偶，陈歌进入修理间，他大学学的是玩具设计与制造专业，冒险屋里的人偶和机关很多都是他自己设计的。修补过程繁琐单调，需要将人偶表皮缝合，重新上色、做旧。

"差点儿血浆，我记得阁楼上还有存货。"冒险屋分三层，一二层用来布置恐怖场景，三楼则是杂物间。推开满是灰尘的木门，阁楼内堆满了各种被淘汰的器材，其中大部分都是他父母经营冒险屋时留下的。睹物思人，所以陈歌很少来这里。

"一晃都过去大半年了。"

看着熟悉的各种器材，陈歌想起了自己的童年。那时候他们经营的还是流动鬼屋，父母带着他各个城市到处跑，有时候小夫妻两个人都忙着，就把陈歌一个人扔到后台，和各种鬼怪道具为伴。因为从小的锻炼，所以陈歌的胆子很大。毕竟在同龄人玩字母拼图的时候，他已经抱着人头模型到处跑了。

"都是回忆啊。"

不知不觉陈歌又走到了存放父母遗物的木箱旁边，里面放着一个粗糙的布偶和一个漆黑的手机。

布偶是陈歌小时候做的第一件玩具，手机他则全无印象。

这两样东西是警方在郊区一个废弃医院里找到的，至于陈歌的父母为何会在深夜前往那里，没人知道原因。

"都过去这么久了，你们到底在哪儿？"陈歌抱起布偶，捏了捏它的脸，轻轻叹了口气，"我还是赶紧找人造血浆吧，如果熬不过这个淡季，冒险屋或许真要停业转让了。"

陈歌只是在自言自语，可当他说到停业转让时，木箱里一直没有动静的黑色手机，忽然屏幕一闪，发出了淡淡的冷光。

"什么情况，黑科技？灵异现象？"

如果换个人来可能会心跳加快，左右四顾，掌心出汗，对陈歌来说，他的反应就很淡定，拿起手机，放到眼前，进行二次确认。

"这个手机我以前试了一百遍都没有打开，今天怎么突然自己启动了？这是从我父母失踪的地方找到的，难道是他们知道我现在很困难，所以主动联系我？"

按捺住心中的激动，陈歌滑动屏幕，漆黑的手机桌面上只有一个应用程序，并且是用冒险屋充当图标。

"跟想象中不太一样，不过这图标有点儿眼熟，好像就是我自家的冒险屋大门啊！"

陈歌皱着眉点开了这个应用，一行血字浮现在屏幕上——**你相信这个世界有鬼吗？**

世界上有没有鬼，这是一个超现实主义的哲学问题，对陈歌这样的理工男来说，难度系数很高。

"应该有吧……"

陈歌做出了自己的选择，几秒过后，手机屏幕上浮现出了新的字迹：

你心中所想，即是答案。从这一刻起，你将正式接替我成为冒险屋的新主人。当然，这并不是一件值得庆贺的事情，在新手教程的最后阶段，我想送给你一句忠告，自杀是最懦弱的行为，请努力地活下去！

"信息量有点儿大啊！不过他这种自以为是的说话语气，怎么跟我老爹有点儿像？"

陈歌再次点开冒险屋应用，出现了一个全新的界面：

江州市西郊冒险屋

状态：濒临倒闭

好评度：无

今日游览人数：四

当月游览人数：十

我的团队成员：无

我的道具库：无

解锁成就：无

现有设施场景：

僵尸复活夜（糟糕的道具、差劲的演员、毫无故事性和逻辑性可言，尖叫指数无）

冥婚（生时非夫妇，死后葬同穴，鬼妻追魂，尖叫指数半颗星）

可解锁恐怖场景：

午夜逃杀（破旧的公寓楼内住进了一个危险的精神病患者，他手持剪刀和铁锤，正在你的房门外徘徊，尖叫指数一星）；

第三病栋（这座废弃的医院每到深夜都会发出奇怪的声音，你作为报社记者将进入一探究竟，尖叫指数三星）；

绝命灵车（搭载死人的灵车已经上路，如果不能在一小时内离开，你将被永远留在车上，尖叫指数两星）；

每日任务：完成冒险屋的每日任务，会给出相应奖励，并解锁更多恐怖场景。

冒险屋扩建条件：当月游览人数超过一百，好评率达到百分之六十以上（扩建三次后，冒险屋将升级为战栗迷宫）

"恐怖大转盘"（消耗冒险屋里游客产生的惊吓值，可以转动转盘）：生死有命，富贵在天,这里有增加寿命的灵果,亦有满含仇怨的怨念!

其他功能:未解锁

手机上这个以冒险屋大门为图标的应用软件,很像是市面上流行的模拟经营类手游,只不过其经营的不是饭店、水族馆、宠物乐园,而是冒险屋。

陈歌盯着屏幕,他怎么也想不通,为什么父母遗留下的手机里,会有这样一个奇怪的小游戏。

他仔细翻看应用界面,里面所有信息都和他的冒险屋相吻合,包括每日游览人数和馆内设施场景,这游戏让陈歌产生了一种奇怪的感觉:好像游戏里需要经营的冒险屋,就是他现实中的冒险屋。

同样糟糕的处境,同样是濒临倒闭,两者之间有太多的共同点。

"难道这个游戏就是以我的冒险屋为原型制作的吗?那如果在游戏里改变了冒险屋,现实中是不是也能受益?"

陈歌继续往下看,冒险屋里现有的设施场景"僵尸复活夜"被贬得一无是处,而曾经上过报纸,甚至引起过轰动的"冥婚"项目,在游戏评测中也只是给出了半星的评价。

"连'冥婚'都只给了半星,真不敢想象后面那几个可解锁的恐怖场景到底有多恐怖。"他尝试着点击解锁更多场景,触碰到这个选项后,屏幕上浮现出一行字,提示他需要完成一定数量的日常任务才有资格解锁。

"看来日常任务是一切的根基,只有不断地完成日常任务,才能解锁恐怖场景。更多的恐怖场景既能吸引大量游客参观,促进游览量提升,又可以扩建冒险屋,增大场地,从而形成良性循环。"

陈歌闲暇时玩过很多手游,他很快领悟了游戏规则——日常任务的完成度,将影响整个冒险屋的发展。

点开日常任务,屏幕上浮现出了三个选项:

简单难度:冒险屋设计三大要素——故事、场景、情绪,没有故事的冒险屋就没有灵魂,请你完善"僵尸复活夜"和"冥婚"两个恐怖场景的背景故事。

一般难度:午夜十二点之前,修补好冒险屋内所有人偶模型。

噩梦难度:相信你一定还在好奇世界上到底有没有鬼,来玩个小游戏吧,真相就在你睁眼的那一刻。

日常任务每日零点刷新，每天只能领取一个任务，难度不同，奖励不同。

注意！个别任务极度危险，请慎重选择！

看完日常任务，陈歌有些惊讶："游戏里的任务竟然需要人在现实当中完成，这是不是在间接说明，这个游戏可以影响到现实？"

为了验证心中的猜测，他决定领取一个任务试试。

日常任务按照难度分级，每天只能选择一个领取，如果想要利益最大化的话，肯定要选择难度最高的，只是后面那个个别任务极度危险的提示，让陈歌有些犯怵。

"很难取舍，噩梦难度任务的描述十分模糊，一看就是个大坑。要不先从一般难度开始吧，午夜十二点之前修补好所有人偶模型，时间有点紧张，但也不是不能做不到。"

陈歌非常果断，有了决定立刻行动，他没有浪费任何时间，提着工具箱和一桶未开封的人造血浆，便开始检查整座冒险屋里的人偶道具。

夜色已深，陈歌一个人穿行在偌大的冒险屋里，为了省电，他连走廊灯都没开，胳膊夹着手电筒，拖着需要维护的人偶跑来跑去。

这场景如果被不明原因的外人看到，恐怕会吓得直接报警。

"累死我了，没想到有那么多人偶都出现了问题，看来以前的维护很不到位啊！"

晚上十一点四十五分，陈歌收到了手机上任务完成的提示——"你已完成一般难度日常任务，专注细节，才能营造出完美的恐怖气氛，恭喜你获得任务奖励——背景曲目《黑色星期五》。"

"《黑色星期五》不是国外的禁曲吗？据传听多了会让人产生自杀的念头，原版曲目也早已消失。"陈歌在手机道具库里找到了一个CD的图案，"哪有把这东西当作任务奖励的，该不会是个恶作剧吧？"

他随手点向CD图案，一阵从未听过的旋律在耳边响起。

这声音似乎本身就生于黑暗、孤独、悲恸，陈歌觉得一切都在离自己而去，他仿佛沉入了大洋深处，又好像走在一条没有尽头的隧道里。

一曲终了，陈歌后背已经湿透，他很庆幸自己刚才没有选择循环播放，否则，他真不知道自己能不能从这首曲子里走出来。

"玩儿真的啊！应该是原版没错！"

关闭音乐，小心保存。处理好一切后，陈歌钻进员工休息室。

躺在床上，他身体很疲惫，但是一丝睡意都没有。

他今天经历的事情，对任何一个正常人来说，都需要时间去消化。完成游戏里的任务，可以获得现实中的奖励，这让陈歌看到了一条能改变冒险屋现状的捷径。

不知不觉已经过了午夜十二点，陈歌依旧呆呆地望着天花板，百无聊赖的他又将黑色手机取出。零点已过，日常任务应该刷新了吧？

点开应用软件，日常任务那一栏果然出现了变化。

简单难度：如果要给游客提供一个十分吓人的游览体验，那么首先要注意把握游览的节奏，演员和机关过早或过晚出现都会导致游客兴致丧失，所以我建议你在冒险屋中安装声音探测器以及监控器，时刻掌控游客的游览进度。

一般难度：独木难支，好的冒险屋需要优秀的团队来运作，招聘更多的人才，他们会帮你渡过难关。

噩梦难度：相信你一定还在好奇到底有没有另一个世界，来玩个小游戏吧，真相就在你睁眼的那一刻。

日常任务每日零点刷新，每天只能领取一个任务，难度不同，奖励不同。

注意！个别任务极度危险，请慎重选择！

新出现的三个日常任务，让陈歌有些纠结。

简单任务是在冒险屋里安装声音探测器和监控，这个任务只要有钱就能完成，可为难的是陈歌经费有限，根本拿不出那么多钱。

一般难度任务对陈歌也很不友好，陪着他一起经历过风雨的老员工，昨天才提出辞职，今天就要他再去招新人，先不说能不能招到，就算有人愿意来，从头培训要耗费大量的时间，等新人能独当一面，冒险屋估计也关门了。

排除了简单和一般两个难度的任务，陈歌把目光放在最后一个日常任务上。

"难度越高，奖励越丰富，我要不要尝试一下噩梦级别的任务？"

相信你一定还在好奇到底有没有另一个世界，来玩个小游戏吧，真相就在你睁眼的那一刻。

噩梦级别任务叙述得非常模糊，根本不清楚具体要做什么，只是给人一种诡异的感觉。

"看任务介绍,应该是要玩一个游戏,但是仅仅玩一个游戏就能列为噩梦级别?"他为了完成一般难度任务,可是连续好几个小时没有休息,才勉强在时限之内把所有人偶修补好。

滑动手机,陈歌越看越觉得好奇:"要不,试一试?"

这个念头一出现,就像是藤蔓般在他的脑海中不受控制地蔓延开来。

"噩梦级别任务奖励最高,况且今天刷新出来的这三个任务,简单和一般任务我根本没有完成的信心,还不如赌一把。"撑不过淡季,冒险屋就要转让倒闭,陈歌心里很清楚自己现在的处境,好不容易看到了改变的希望,他自然不愿意放过任何机会。

"就这么决定了,反正迟早都要去见识一下噩梦级别的任务。"

从床上坐起,陈歌点向最后一个任务。

确定接受噩梦难度日常任务?接受后,有可能会引发未知情况出现。

"确定。"

手机屏幕一闪,真正的任务信息浮现出来。

想要看到另一个世界,需要过人的勇气,非凡的运气,以及一点小小的帮助。下面这个游戏的名字叫作"镜中有你":半夜两点零四分独自一人进入浴室,锁上浴室门关掉电灯,面向镜子,并在镜子与你之间点燃一根蜡烛。而后闭上眼睛,集中精神,慢慢念自己的名字。

黑暗中什么都有可能发生,或者镜子里会浮现一张陌生的人脸,或者角落会有一双猩红的眸子在窥伺,又或者墙壁和门缝往外渗出鲜血,你要做的就是不为所动,安静地站在镜子前面。

半个小时后任务自动成功,前提是在这期间无论发生什么,你都不能睁开眼睛。

看完任务介绍,陈歌心里有些发毛:"难道真有另一个普通人看不到的世界?"

距离半夜两点零四分还早,他没急着动身,上网搜索起和这个游戏有关的东西。

没过一会儿,还真让陈歌找到了一些,有人因为玩这个游戏厄运缠身,有的语焉不详,略微提过几次毁容的脸,更有甚者在自己家里失踪,怀疑被拽进了镜子里的世界……

"一个个说得那么逼真,跟鬼故事一样。"陈歌越看越觉得好奇,他本身就是开鬼屋的,每天都在琢磨怎么去吓人,如何在安全范围内带给游客更加惊悚的体验是他的首要任务。在看过这个游戏的种种介绍后,他感觉一扇新的大门正在打开。

"深夜一个人在鬼屋里玩恐怖游戏,想想都觉得刺激啊!"

他检查了一下自己手机的电量,觉得这历史性的一刻有必要记录下来。

"等会儿我要全程录像,如果真有那么恐怖,或许我的冒险屋将会多一个新项目了。"他翻箱倒柜寻找蜡烛和打火机,等到半夜两点,拿着准备好的东西来到了冒险屋一楼的卫生间。

之所以来一楼卫生间进行这个游戏,陈歌也是经过深思熟虑的,万一在游戏过程中真出现了什么恐怖的东西,他也可以直接跳窗离开。

深夜的冒险屋一片死寂,这个为了省电,命都可以不要的年轻人,拿着手电筒和蜡烛,没怎么犹豫就把自己锁进了狭窄逼仄的卫生间。

"密闭漆黑的环境最能引发人内心的恐惧,卫生间又是整座屋子里阴气最重的地方,镜子、房门、水池这些道具看似普通寻常,其实是日常生活中最能带给人心理暗示的东西。设计这个游戏的人很聪明,他懂得把握人内心深处的弱点,利用简单的环境营造出最深的恐怖。"陈歌对于惊悚和恐怖有区别于常人的深刻认识,一边分析,一边学习,

"真正的恐惧其实不需要太多昂贵的道具,只需要放大游客内心深处的不安,他就会被自己击败。"

陈歌深吸一口气,打开自己手机的摄像功能,对着屏幕说道:"我不知道这个游戏到底会产生什么样的后果,如果我出现了意外,请捡到此手机的人注意,务必保存好这段视频,它会是一把钥匙,一把打开谎言之锁的钥匙。"

说完后,陈歌将手机固定在洗手池旁边,从这个角度正好能同时拍摄到陈歌,以及他对面的镜子。

"两点零一分了,还有三分钟。"

等待死亡要比死亡本身更加恐怖,寂静的卫生间里,任何风吹草动都被放大,随着时间一点点逼近,陈歌的心跳也越来越快。

他看着手机屏幕上的时间,在两点零四分的时候,关掉手电筒,点燃了蜡烛,

将其放在镜子和他自己中间。

摇曳的火焰成了黑暗中唯一的光源，立在镜子和陈歌中间，好像指路的魂灯，想要将镜子里的什么东西引出来似的。

陈歌看了一眼镜中的自己，隐隐地竟觉得有些怪异，"游戏开始了吗？"

他慢慢低下头，闭上了双眼，小声念出自己的名字。

"陈歌、陈歌、陈歌……"

不断低念自己名字，会让人慢慢对这个名字产生一种陌生感，这就像是重复去书写某个汉字，写到最后，连自己都认不出这个字是一样的道理。

为了避免这种情况的出现，陈歌每念完一次自己的名字，都会默数三秒，他这么做同样也是在计算时间。

毕竟任务成功的前提条件是，半个小时内不管发生什么，都不能睁眼去看。

"半夜两点多，一个人在卫生间里，点着蜡烛，闭上双眼，站在镜子前做游戏。如果不是我亲身经历，一定不会相信有人会去做这样的事情。"陈歌默默念着自己的名字，他竭力阻止自己去胡思乱想。

"这个游戏充满了心理暗示，难度最大的地方，不是应对所谓的鬼怪和种种传说，而在于克制自己。只要不睁开眼睛，应该就没有危险。"

说起来容易，做起来难，在度过最初的十分钟后，意外出现了。

可能是卫生间的窗户没有关紧，夜风吹入屋内，好像一双无形的手拂过陈歌的脸庞。

厕所隔间的门扉轻轻晃动，发出嘎吱嘎吱的声音，屋顶的水珠顺着水管落在了地上，下水道里似乎有虫子在爬动，沙沙作响。

寂静之中，所有声音都被放大，处于这种环境下，很多人都会感到不安，但陈歌却是个例外，幼年的遭遇将他锻炼出了过人的心理素质和粗大的神经。

他脑中一片空白，什么都不去想，只是默默计算着时间。

大约过了二十分钟，陈歌感觉室内温度莫名降低了许多，就好像身体周围放了几个冰块，他不由自主地打了个寒战。

"冷静！不要去想为什么，不要去自己吓自己，还剩下十分钟的时间，不管怎样都要撑下去！"耳边隐隐有气流吹动，似乎有什么东西在陈歌四周徘徊，他双手握拳,手背上青筋暴起,身体却好像青松般,扎根在地,一动不动,低声默念。

"陈歌、陈歌、陈歌……"

在只剩下五分钟的时候,陈歌感到卫生间里跳动的火苗好像熄灭了,黑暗中似乎有另外一个人也在低念他的名字。

"回音?不可能啊!"

"陈歌……"

那声音似乎是在呼唤他,有些急促,好像有什么非常重要的事情要告诉他一样。

"这个声音好像是从门外传来的,要不要去看一看?"不过陈歌很快就打消了这个念头,游戏规则里说得很明确,只需要待在镜子前面就可以。

他在心里计算着时间,耳边的声音渐渐走调,他可以确定有另外一个人在呼唤他的名字,而那个人好像就站在门外。

"那个人似乎很焦急,不过玩游戏的是我,他急个屁?这很显然是个圈套,太低级了。"陈歌撇了撇嘴,"环境、气氛烘托得很好,可惜吓人的手段很单一。"

最后三分钟,卫生间的门板上响起了刺耳的声音,就像是有人用指甲抓挠,用牙齿啃咬,房门摇摇欲坠,仿佛随时都会被打开一般。

"1798秒,1799秒,1800秒!"半个小时已到,门外的声音全部消失,一切重归平静。

为了防止自己计算失误,陈歌没有立刻睁开眼睛,他又多数了三百声,才向后退了一步,把双手放在胸前,睁眼。

卫生间里的蜡烛早已熄灭,周围一片漆黑,陈歌隐隐约约觉得哪里似乎发生了变化。

打开手电筒,当亮光重新在屋内出现后,他愣在了原地。

卫生间的镜面上布满了裂痕,镜中的自己被分割成了无数份,看着极不真实,更让他感到震惊的是,镜子前面,不知何时多出了一个破旧的玩偶!

纽扣做成的眼睛泛着亮光,打着补丁的身体里塞满了棉絮,这个布偶并不可爱,但是对陈歌来说却意义非凡,这是他制作出的第一个玩偶,也是他父母失踪时带在身边的东西。

玩偶背靠碎裂的镜子,就像是在阻止镜中的东西出来一般。

"卫生间的门上了锁,玩偶是怎么进来的,从窗户?不对啊!它为什么会自己动这才是问题的关键!"陈歌感觉自己的世界观正在崩塌,他思绪有点凌乱。

纽扣做成的眼睛,无论从哪个角度都像是在盯着自己,陈歌瞅着这个自己做出来的玩具,嘴角不自觉地抽搐了一下。他小心翼翼地避开玩偶,拿起了旁边的手机。"幸好我留了个心眼,早有准备。"

手机录像一直没有中断,陈歌谨慎地保存备份以后,才开始观看视频。

视频拍摄的不是太清楚,烛火摇曳,站在镜子前面的陈歌显得有些僵硬,反倒是镜子里的影像更加灵动。

前十分钟,风平浪静,转折是从第十一分钟开始的。

夜风吹拂的声音并没有被录入镜头,视频只是拍到蹲厕隔间的门轻轻晃动了几下。

紧接着视频里开始出现杂音,明明只是很普通的画面,却带给人一种无法形容的恐怖感,这可能是人类天性中对黑暗和未知的恐惧在作祟。

看着视频,陈歌的脸色不是太好,他印象中自己闭着眼一直和镜子保持着距离,但实际拍摄的画面显示,他的身体正慢慢前倾,就好像要贴到镜子上一样。

第二十五分钟,他的上半身已经弯成了七十度,鼻尖几乎都要触碰到镜子了。又过了几秒,毫无征兆地,镜子上开始出现一条条裂痕,那场景真称得上触目惊心。

紧接着,最不可思议的事情发生了:镜子里的陈歌变了表情,龇牙咧嘴,狠狠地撞在了镜面上!

就在同一时间,蜡烛熄灭,视频终止。

由于拍摄角度原因,视频中并没有关于布偶的任何镜头,最后的五分钟里到底发生了什么,陈歌也不清楚。

"镜子里的东西想出来,最后好像是被这个玩偶阻止,这么想的话,它应该救了我一次。"陈歌抱起洗手台上的布偶,十分认真地询问,"你能听懂我的话吗?你知道我父母最后去了哪里吗?"

玩偶没有回应,只有那纽扣做成的眼睛,泛着微弱的亮光。

他把布偶搂在怀里,看了一眼卫生间房门,没敢出去,一个人缩到窗台下面,拿出黑色手机,任务完成的信息已经显示出来。

不得不说你是幸运的，恭喜你完成噩梦难度日常任务！获得任务奖励——初级天赋技能"殓容"。

"殓容"：我希望你能在继承这份天赋时，更加严肃认真一些。不同于美容，殓容师只为尸体化妆，你手中的美，贯穿了生与死，让已经冰冷的人重新焕发生机，带给她永恒的美丽。

第一次完成噩梦难度日常任务，获得"噩梦之城新人"称号，额外获得奖励——解锁一星恐怖场景"午夜逃杀"试练任务！试练任务完成后，此场景设施将会出现在冒险屋当中！

翻看黑色手机上的信息，陈歌若有所思：冒险屋发展离不开化妆师，不管是演员还是道具，都需要化妆师进行二次装扮，一个好的化妆师可以更加轻松地营造出逼真的效果。

"天赋技能？噩梦难度的任务奖励和其他任务不太一样，奖励好像是直接作用在我的身上，能够改造我自己！"

陈歌记下这一点后，心中燃起了期待，他已经看到了另一个世界的存在，那是个隐藏在阴影当中，危险、恐怖，隐藏着杀机的世界，仅凭他现在的力量，别说找回父母，就是自保都很勉强。但幸运的是，他拥有黑色手机，未来并非没有逆转的机会。

他取出了自己的手机。"现在思考这些还是太远，先想办法把鬼屋的生意稳住，解决眼前的困境才行。今夜惊心动魄，差一点儿就出现意外，可见噩梦难度任务并不是那么好完成的，我一个人的力量终究有限，不如让更多的人参与进来，为我出谋划策。"

他登陆了国内比较有名的几个灵异论坛，将原版视频上传。几分钟后，这个被他起名为《镜中是谁》的视频就被大量阅读和转发，人们可能是看够了娱乐八卦，偶尔想换换口味，视频的关注度就像是滚雪球般飞速增长，下面的评论每刷新一次都会多出几十条。

"前排提示！25分14秒高能！"

"这视频发布者不是个疯子，就是个精神病！正常人谁会大晚上去做这样的事情？"

"镜子为什么会自己出现裂痕？最后镜子里往外撞的又是什么东西啊？！"

"镜子破碎是因为热胀冷缩吧，房间内部温度不均匀。"

"你们懂个屁，镜子在位理学属阴，极容易招邪，我看这视频不应该叫作《镜中是谁》，而应该叫作《镜中有鬼》！"

"大半夜的，吓我一身冷汗，真佩服楼主的勇气。"

"这视频绝对是合成的，如果不是，我张大柱实名制，倒立三百六十度螺旋吃屎！"

"难道就我一个人发现了吗？视频上传者头像是西郊一家鬼屋的门面，你们先别急着高潮，这应该是人家的宣传广告。"

陈歌的论坛账号也不断被人私信，有的是好奇，有的是质疑，陈歌一概没有理会。他的视频完全真实，懂的人自然懂，不会去谩骂，不懂的又何必浪费时间去跟对方解释。看着持续攀升的关注度，陈歌敏锐意识到这是个机遇，他将原版视频拆分，截取了视频的最后十四秒，将其发布在了国内最大的短视频应用软件上。在充斥着大量歌舞、段子、美食的短视频中，他的这段灵异视频真是一枝独秀！

仅仅十几秒后，就有路人中招。与灵异论坛、贴吧上那些心理承受能力较强的吧友不同，被陈歌这一剂猛药直接吓尿的无辜路人，开始在评论区破口大骂。

世界上没有无缘无故的爱，更没有无缘无故的恨，评论区的大骂吸引了更多人来围观，这导致的结果就是陈歌的短视频评论区直接沦陷。

看着评论区，陈歌隔着手机屏幕都能感受到路人们的愤怒，不过他的心理承受能力可比那些路人强太多了，毫不在意，甚至还有点儿想笑。其实他很理解那些路人的感受：凌晨三点，躲在被子里，想看个美丽小姐姐解解乏，听她撒个娇，嘤嘤嘤几句，然后美美地睡一觉。结果一点开这个视频，大活人点着蜡烛和镜子玩游戏，画风完全不对啊！更坑的是视频只有十四秒，还没反应过来，最大的恐怖就直接出现。

镜子碎裂，里面的影像自己往外撞，就像是要穿过镜面一般！Excuse me？这操作简直令人窒息！

"评论区这么热闹，关注度一时半会下不去，看来大家都很喜欢我的视频啊。"某人不厚道地露出了笑容，"粉丝数也增加了一百多个，这种情况下我要是不给自己的鬼屋打个广告,那真是太对不起热情的吃瓜群众了。"

他说着修改了标题,在最醒目的个人介绍那栏,附上了冒险屋的详细地址,最后还加了个注释——一点儿都不恐怖的鬼屋。

陈歌对自己的个人主页很是满意,他坐在窗台下面,又看了一会儿评论区,就这样睡着了……

阳光照在脸上,陈歌活动了一下酸痛的身体,从卫生间角落爬起。

"八点三十了。"他简单地收拾了一下,将布偶放入口袋,拿起手机,拉开了卫生间的房门。

木质房门边缘残留着明显的抓痕,就像是被老鼠啃咬过一样。

"昨天夜里出现在门外的到底是什么东西?"看到这些,他不禁有些庆幸自己一个晚上都没有出去。

"噩梦级别任务会引发不可知变量,以后我还要更加小心才行。"鬼屋里其他道具都变化不大,陈歌也就没有在意,推开鬼屋大门,新的一天正式开始。

新世纪乐园九点开门营业,八点四十五分,一个体形娇小可爱,上围却丰满傲人的女孩背着包从远处跑来。

"老板!"

"小婉,你来得正好,我在曲库里新添了一首背景音乐,咱们一起去听听。"陈歌还没说完,就看见徐婉一脸激动地抓住了他的胳膊。

"老板,我刚才在乐园门口听见很多人讨论冒险屋!有人专门为了体验咱们的冒险屋在乐园门口排队!"徐婉话语中透着一股兴奋,"老板,咱们有游客了!"

"有游客不是很正常吗?看你一副没见过世面的样子。"陈歌强装镇定,装作若无其事地拿出自己手机,翻看短视频个人主页,关注他的粉丝已经突破五百人,评论区热度更是直接冲进新人榜前十,只是和别人家的评论区一片祥和不同,他的评论区硝烟弥漫,有人还留言昨晚被吓得尿了一床,现在刀片已经磨好,正在起来的路上。

"嗯,貌似玩得有点儿大了……"陈歌干咳一声,拽着徐婉进入冒险屋,"乐园还有十五分钟开始营业,现在冒险屋里员工就咱们两个,今天要做好打一场硬仗的准备!"

第2章 冥 婚

陈歌的冒险屋里只有两个场景："僵尸复活夜"和"冥婚"。

"僵尸复活夜"被黑色手机说得一无是处，陈歌也进行了反思，那个恐怖场景确实存在很多问题，另外那个场景故事想要完整演绎，至少需要三个员工配合才行。

"小婉，今天我们的主题是'冥婚'，等会儿我去调试一下背景音乐，你在扮鬼的时候记住要把耳朵堵上，另外你今天的妆容，我亲自来给你化。"

"老板你还会化妆？"小婉坏笑了一声，"行啊，不过你可别把我弄成丑八怪。"

"放心，我会让你美到令人窒息。"

两人进入化妆间，陈歌让小婉坐在镜子前面，手掌轻轻抚摸着她的脸。

"使用初级天赋技能——'殓容'。"

看着镜子里青春可爱的女孩，陈歌的脑海中慢慢涌现出了很多不属于他的记忆，这记忆非常杂乱，不仅仅有色彩运用和上妆技巧，还有口腔科学、人体解剖学、人体骨骼学、死亡学等基本知识。

"老板，你到底会不会化妆啊？"

"一个好的化妆师，会根据不同的脸型，设计出不同的风格。小婉，你的底子很好。"陈歌脑海中没有任何杂念，使用"殓容"之后，徐婉在他眼中已经是一具

"尸体"了。

"镊子、剃刀、医用钳、缝合线、酒精、防腐针,我这里什么都没有,看来只能进行最基础的化妆。"陈歌在自言自语,却把椅子上的徐婉吓得不轻:为什么给鬼屋演员化妆要用到那些恐怖的东西?她心里有些害怕,但是又不好意思拒绝,只能侧着头,偷偷用眼角余光打量自己的老板,默默祈祷。

"粉底颜色单一,腮红太亮有点儿扎眼,怎么找不到唇膏?"陈歌嘀嘀咕咕,最后开始自己配色,他动作娴熟,手指灵活,色彩辨别能力极强,根本不像是一个从来都不会打扮的宅男。

眼前的场景也让徐婉觉得不可思议,全程自己配色化妆,闻所未闻啊!

"老板,我觉得你没必要对自己那么严格。鬼屋里那么暗,游客看不清楚……"

"少废话,别乱动。"没等徐婉说完,陈歌已经给她打好粉底,把自己配好的眼影给她涂上。

寥寥几笔,虽然只是一个简单的眼影,却让徐婉的气质发生了不小的变化,多出了一丝冷艳和神秘。

徐婉本来还想继续反驳,可看到了镜中的自己后,她的脸上浮现出一丝微笑,爱美之心人皆有之,何况是一个女人。

"单独的樱桃红,色彩单调,缺乏层次感,但是加上木槿紫之后就不同了,两种颜色完美过渡,融合在一起,就如同为彼此而生一样。"陈歌随意地解释着,他又用刷子把腮红涂在自己手背上。

"老板,你这是做什么?"

"我们冒险屋的劣质腮红为了营造视觉冲击,太过明艳,颜色太饱和我先在手背上晕开。"陈歌动作轻柔,片刻后,腮红果然变得细腻,粉质中还带出了一种微妙的丝光感。

此时徐婉的嘴巴已经张成 O 形:"深藏不露啊!你是在哪儿学的这些?"

"我会的多着呢,美容美发只是我的业余爱好。"陈歌微微一笑,人逢喜事精神爽,脑海中多出的那些记忆再次证明手机游戏确实能影响现实。

只用了十分钟,陈歌就为徐婉化好了妆。"照照镜子,满意不?"

抬眼看去,镜中的人犹如从诗画中走出的一样,带着古典东方女人的韵味,但隐隐又觉得哪里不太一样。盯着镜子,徐婉情不自禁地站了起来,她看着镜中的自己,脸上的表情从震惊到迷醉,接着打了个冷战。

"老板,我从来没有这么美过,镜子里的人真是我吗?"

"当然。"

"可是……"她有些犹豫地朝镜子伸手,"我怎么感觉像是在看一个死人一样?"

徐婉的话让陈歌倒吸一口凉气,他终于明白究竟是哪里不一样了。"殓容"是为了最大程度还原死者的美丽,陈歌化的妆本来就不是给活人准备的。

"别看了,乐园马上开放,你赶紧换装,去二楼'冥婚'场地里待着,记住戴上蓝牙耳机,听我命令行事。"陈歌岔开话题,支走了徐婉,又利用仅剩的时间将"冥婚"场景里的纸人、玩偶加工了一遍,在"殓容"技能的加持下,所有纸人就如同活了过来一样,死意中透着生机。

"先这样吧,等以后闲了再全部重新上一遍色。"

陈歌收起工具箱,匆匆下楼,还没靠近冒险屋大门就听见外面游客们交谈的声音。

"你也被那个缺德冒烟的家伙坑了吧?"

"我手机屏幕都摔碎了,你说呢?"

"你们还好,我裤子都脱了,谁知手滑点错,直接弹出来个这玩意儿!吓得老子一个鲤鱼打挺就蹿起来了,我爸妈听见动静以为我做噩梦,赶紧跑过来看。天啊!当时我啥也没穿,就拿着卷卫生纸,我爸妈看着我都蒙了!"

……

听着游客们的哭诉,陈歌勉强忍住笑,深吸一口气,维持严肃的表情,推开冒险屋大门。

"欢迎大家来到我的冒险屋。"

看到长长的队伍里夹着不少全副武装的游客,陈歌嘴角上扬。

"小陈,大清早你这就排起长队了,不错啊。"旁边旋转木马的工作人员有些吃惊,他原本想和陈歌打个招呼,靠近了才发现游客们气氛不太对。

"一般般吧,主要是游客们喜欢。"陈歌耸了下肩,拉开防护栏。

"谁喜欢啊？臭不要脸！"

"我是来找事的，不是来参观的！"

"找到正主了！昨晚发短视频的人就是你吧？我的刀呢？我的刀呢！"

游客太过"热情"，场面一度失控，陈歌立刻开口："大家既然来了，不如就进去体验一下，安抚恐惧的最好方法就是刺激感官，以毒攻毒，让自己麻木。昨晚那个短视频确实是我考虑不周，这样吧，今天冒险屋门票一律五折，走过路过，千万不要错过！"

"以毒攻毒？我信你个鬼啊！"

"大哥，你赔我一块手机屏幕，这事就算了。"

"一张五折的门票就想收买我？不可能！"

吵吵嚷嚷，几分钟过去了，仍旧没有游客进冒险屋参观，一个个躲在防护栏外面，怂的陈歌都看不下去了，"就没有人想要进来体验一下吗？我这冒险屋一点儿都不吓人的，不信，你们上网看大众点评。"

被他这么一说，有人上网开始搜索。

"还真是，所有评论都说不害怕，一点儿也不吓人。"

"嗯，唯一一个点赞，还是因为扮鬼的小姐姐长得美……"

"要不，我们也进去试试？"

又等了半天，终于有人站了出来。"不就是个鬼屋而已，能有多吓人？真的尸体我都见过，还怕这个？"说话的是个理着平头的年轻人，浓眉大眼，看着很朴实。

"兄弟，少扯淡了，装蒜也要有个限度。"

"你才多大就见过尸体？"

"大家都是胆小鬼，何必自欺欺人呢……"

就在众人不屑一顾的时候，有一个声音不失时机地响起："他没有骗你们，尸体对我们来说早就习以为常。"

寻着声音看去，一个身材高挑，戴着遮阳帽，穿着白色短裙的女人从乐园大门处走了过来。

她面部表情很少，所过之处，周围的温度似乎都降低了几分。

"学姐!"年轻人屁颠屁颠地跑了过去,想要帮女人拎包,但被对方一个眼神直接劝退,他手足无措地站在原地,脸上保持着尴尬又不失礼貌的笑容。

"你叫她学姐?你们还是学生?"陈歌的目光也被这两个年轻人吸引。

"我们是江州医科大学法医学院的,我叫鹤山,这是我学姐高汝雪。"年轻人朝陈歌笑了一下,"你的视频昨夜被我转发到了学校贴吧上,学姐也是因为看了那个视频才决定过来参观的。"

"这个冰山美女竟然是法医?"

"不得不说她的气质和她的职业很般配。"

"美女,加个微信呗……"

周围的游客凑到了女人身边,鹤山也不恼笑呵呵地站在一边说:"我这学姐可不一般,早上肢解了青蛙、小白鼠,洗个手就能跟没事人一样去食堂吃红烧肉;大半夜经过解剖室,看见泡在福尔马林里的大体老师,还能一边打着哈欠,一边向尸体问好。你们就不要自讨没趣了,她解剖过的男人,说不定比你们牵过手的女人都多。"这别开生面的介绍立刻起了作用,女人周围出现了一个直径两米的真空地带。

听到鹤山的话,陈歌也有些头痛。他完成噩梦级任务,获得了奖励,好不容易准备打一场翻身仗,结果刚开门遇到的游客就是法医学院学生。

能去学习法医,心理承受能力必然强啊!

"我们能进去了吗?"女人不耐烦地走到陈歌身前,她个子很高,又穿着高跟鞋,几乎平视陈歌。

"门票原价二十,五折就是十块,在进去之前,我还有一些故事背景和注意事项要告诉你们。"陈歌想起黑色手机里曾提及过的冒险屋设计三要素,其中背景故事非常重要,影响着游客的代入感。

"首先是关于我这个冒险屋的介绍,虽然网上很多人点评说我的冒险屋不吓人,但本着负责任的态度,我要告诉你们一个事实。我们脚下的这片土地,五十年前是江州市最大的乱葬岗。三十年前,市里规划,在这里兴建了江州人民医院,随后的事情你们可以在网上搜索到,因为发生了许多科学无法解释的事情,江州人民医院被迫搬迁。而我的这座冒险屋,就是利用医院旧址改造的,这里隐藏着当初医院搬迁留下的许多档案和秘密。"

说完后,陈歌指了一下门边的警示牌。"有心脑血管疾病的游客禁止参观,十二岁以上,十六岁以下青少年请在家长陪同下参观。没什么问题的话,你们两个跟我进来吧。"

陈歌掀开不透光的黑色帘子,合上生锈的铁栅栏,领着鹤山和高汝雪进入漆黑的走廊。

"生时非夫妇,死后葬同穴,江州古城很多年前一直流传着这样一个故事。

"平江侯想要给早夭的孩子配一桩冥婚,请了先生来看,结合生辰八字,最后选定了一个女孩。

"可这女孩早已心有所属,为了逼其就范,平江侯将其情郎推入江中,更以女孩家人的生命作要挟。最终,为保双亲,女孩同意嫁给一个死人。

"血烛漆棺,红白两事同屋操办,在女孩被封入棺中活葬之后,平江侯府开始出现种种怪异。

"铜鸡流血,纸人眨眼,每到午夜,总有一个女人会在屋内出现……

"本次体验项目叫作'冥婚',开放性场景,你们只需要在十五分钟内找到正确的出口,成功逃出就行了。如果实在害怕,就站在监控附近大喊,我会去接你们。"陈歌停在二楼入口处,比了个请的手势,"祝你们玩得愉快。"

"听着感觉挺有意思,不过想要吓到我,还差点儿火候。"鹤山毫无廉耻地躲在自己学姐身后,嘴里说着不怕,身体却很诚实,一步也不敢往前迈。

反观高汝雪,从她身上看不出一丝慌乱,闷着头就往里走。

"学姐,等等我啊!"

两位游客进入二楼长廊后,陈歌反锁住了出口房门,拨通徐婉电话:"小婉,游客进去了,你做好准备,另外,记住一定要堵住耳朵。"

交代完后,他跑向总控制室,监控屏幕、声控台、特效道具和远程操控装置都在这间小小的屋子里。

"本来我是不准备用这首曲子的,毕竟它实在邪乎,但一开张就遇到法医学院学生砸场子,是可忍孰不可忍!"他打开声控台,将《黑色星期五》存入背景曲库,并选择了循环播放,然后他就坐在监控屏幕前,紧紧盯着鹤山和高汝雪,两人一旦出现异常，他会立刻进入冒险屋救援。

"三进三出、正房耳房、东西厢房、抄手游廊、垂花门、如意门、倒挂楣子、雷公柱……这鬼屋细节做得不错，仿造古代四合院，挺有代入感的。"高汝雪在场景内走走停停，神色轻松，不时会点评几句。

"学姐，咱们这是在鬼屋里，不是在逛苏州园林，您能考虑一下我的感受嘛？"空荡的宅院阴气森森，魂幡飘荡，纸钱飞舞，鹤山眼中的鬼屋和高汝雪想的完全不同，他小心谨慎，生怕角落阴影里会突然钻出什么东西，"还是赶紧去找出口吧，我有种不详的预感。"

"既然来了，那就好好参观，我们是在玩鬼屋，你可别被鬼屋玩了。"

"你记不记得进来之前鬼屋老板说过，让我们在十五分钟之内找到出口，我总觉得那人蔫儿坏，如果我们不能在十五分钟内逃出去，肯定会发生什么恐怖的事情！"鹤山试图劝说高汝雪，可惜对方并不在意。

"鬼屋吓人的方法翻来覆去就那么几种，顶多就是让工作人员来扮鬼，追着我们到处跑，我们连死人都不怕，还会害怕活人？"高汝雪漫无目的地在游廊中穿行，随手推开了左侧耳房的门。

"冥婚"的场地是标准四合院结构，正房为长辈和家主居住，厢房为长子、后辈居住，耳房位于正房两侧，是下人丫鬟居住的地方。

推门而入，屋内桌椅倾倒，床铺上被褥被撕破，棉絮散落，房梁正中间的位置还悬挂着一条白绫。

"学姐，我在外面接应，你注意安全……"鹤山话没说完就被高汝雪拽进了屋子里，他苦着一张脸，看着无风却缓缓飘动的白绫，身体有些僵硬。

"有点儿意思，白绫距离地面一米五，这个高度根本吊不死人，桌椅倾倒，地上还残留有挣扎的痕迹，鬼屋是在刻意营造一种自杀的假象。耳房住着丫鬟，'女鬼'连和本家没有血缘关系的下人都不放过，看来是准备将这大宅里的所有人全部折磨死。"高汝雪神色平静，眼角隐藏着一丝兴奋，"鬼屋设计很精细，说不定还隐藏有其他彩蛋。"

她翻箱倒柜，一把将床上的被褥掀开，破旧的被子下面躺着一个纸糊的女娃娃。

"纸人躺在活人床上？"高汝雪随手把纸人丢到一边，掀开了床板，下面空空荡荡什么都没有。

"期望越大，失望就越大，是我高估这鬼屋了。走吧，出口不在这个屋子里。"她摆了摆手，大步朝外面走去。

独自留在屋里的鹤山看着地上的纸娃娃，牙关打颤，可能是因为角度问题，他竟然感觉那纸人娃娃在对着他笑。

"铜鸡流血，纸人睁眼……等等我！学姐！"

耳房的门重新关严，屋内的白绫也停止飘荡。

"你能不能小点儿声，叫什么叫？一个大男人怂得跟个姑娘似的。"高汝雪白了鹤山一眼，停在游廊边缘。

"不是我怂，这地方真的让我很不舒服，待得越久那种不安的感觉就越强烈，好像心底最害怕的东西被勾了出来一样！"

被鹤山这么一说，高汝雪愣了片刻，她也察觉出不对。

法医最重要的是心稳、手稳，可她在刚才说鹤山的时候，语气明显变得急躁了许多，这是从来没有出现过的。

"难道我在害怕？明知道鬼屋里的东西全都是假的，我为什么要害怕？"高汝雪的心理防线出现了一道裂痕，两人都没有找到害怕的原因，在自我怀疑和心理暗示下，恐惧的种子正在生根发芽。

"你说这地方不会真的藏有什么不干净的东西吧？他这鬼屋建在乱葬岗上，还是用医院大楼改建的……"

"闭嘴！咱们学校的地下停尸库不比这地方吓人？你好歹也是个学医的，怎么这么怂？"高汝雪嘴上不在意，语速却越来越快，她坐在游廊的栏杆旁朝四周看去，古宅、灵堂、枯树、满地纸钱，这些东西并不是非常吓人。不明白自己到底在害怕什么。

两人都被阴森的环境吸引，并没有留意一直在循环播放的背景音乐。

这首名为《黑色星期五》的禁忌之曲在潜移默化中，已经缠绕在了两人的心房之上，宛如一条暗河冲刷着他们的灵魂，一步步将他们拖入无底的深渊。

"小山，我们进来多久了？"

"不知道啊，但我感觉十五分钟之内咱们肯定是跑不出去了！"

"别慌，我仔细想了一下。"高汝雪顾不上拍打灰尘，直接朝游廊另一边走去，"这个鬼屋并没有什么可怕的，主要是老板给我们负面的心理暗示，从进入鬼屋开始，他就一直在强调，乱葬岗、活葬、女鬼等词汇，他想让我们自己吓唬自己，这个人更狡猾的地方是，他规定了一个时间限制，但是又没有说具体会遇到什么，这就导致我们会给自己压力，发散思维去想象最恐怖的东西。"

"那你说我们现在该怎么办？这鬼屋总觉得和其他鬼屋不太一样。"鹤山是个很老实的小伙子，学姐说什么，他就信什么。

"你的感觉没有错，正常的鬼屋里会有专业的员工来扮鬼，用一大堆器材制造出血腥恐怖的场景，然后让我们按部就班去体验。但是这个鬼屋没有那样做，他制作好了场景，让我们去自由探索，没有指引和约束，谁也不知道接下来会发生什么。"

"我明白你的意思了，未知才是最可怕的。"鹤山一副顿悟的样子。

"事到如今，也只能这么解释。"高汝雪微不可查地皱了下眉，"好了，我们准备去下一个房间。"

耳房紧邻着正房，推开木门，屋内扔着麻衣孝袍，厅堂正中间放着一架漆木棺。红色的棺椁中间用白纸贴了一个大大的喜字，两边整整齐齐各跪着一排纸人，它们后背上写着名字，脸上画着彩妆，双眼似是有神，表情各异，就好像在偷偷盯着门口的两人一样。

"学姐，我怎么觉得这些纸人好像在看着我们？"鹤山抓着门板，说什么都不肯踏入屋内，"不是开玩笑啊！这些纸人肯定有问题！会不会是人假扮的？我去，我总觉得一靠近，它们就会从地上站起来似的！"

被陈歌用"殓容"技能处理过的纸人，身上都带着一种说不出的诡异感，明明是死物，却透着一丝生机。

高汝雪狠狠瞪了鹤山一眼，很想说一句猪队友，恐惧是会传染的，她本来没有多害怕，可被鹤山这么一说，心里也开始发毛。"你能不能少说几句，再啰嗦我就把你一个人扔到这儿。"

她率先进入屋内，四周打量了一番，正房墙壁上的窗户只是装饰品，并没有通往外界的路。

"学姐,咱们快走吧,这屋子邪性得很,四周密封,出口肯定不在这儿。"

"鬼屋老板精通心理暗示,懂得揣测人心,所以我们要反其道而行,越觉得不可能的地方,越要仔细搜查。"高汝雪在屋内走动,带起的风让地上的纸人随之摇晃。

鹤山在门外看得心惊胆战:"可屋内没有掩蔽,一目了然,出口能藏在哪儿?"

"没有掩蔽?谁告诉你的?"高汝雪站在正房中央,抬起修长雪白的大腿,一脚踩在红棺之上,"过来帮忙,我要开棺!"

"开棺?!"鹤山嘴角抽搐,整个人都不好了,"这么做,不太合适吧……"

"难道你准备在这鬼屋里待一辈子?"在高汝雪的威逼之下,鹤山一寸一寸地挪入屋内,小心翼翼避开地上的纸人,弯腰托住了棺盖另一端。

"我数一二三,一起用力。"

"好。"

"一、二……"

"咚!"

高汝雪只数到一半,屋内竟然传出了一声异响!

"什么声音?"鹤山抱着棺材板,吓得一哆嗦。

"嘘。"高汝雪比了个噤声的手势,她左右四顾,最后看向身前的红棺,"声音好像是从棺材里传出来的。"

她这话说完,鹤山的脸都吓青了,喉结颤动,抱着的棺材盖就像一块烧红的铁板。"姐,你是我亲姐,咱赶紧走吧。"

"冷静,在我们开棺的时候,棺内传出声音,你不觉得这很奇怪吗?"

"棺材里都传出声音了,这哪里是奇怪,这简直是要命啊!"在《黑色星期五》的影响下,鹤山心底的畏惧、恐怖被无限放大,他现在只想早点儿离开。

"你仔细想想,棺材里传出声音,无非就是两种情况:第一,里面藏有工作人员,可能我们一开棺,他就会跳出来吓唬我们;第二,里面装有某种器械机关,开棺触动机关,引发第三变量。所以不管怎么说,棺材都是'冥婚'场景中很重要的一个道具,我们要想逃出去,开棺是必要的步骤之一。"高汝雪拍了拍棺盖,"别犹豫,直接打开。"

"虽然不知道你在说什么,但觉得挺有道理。"

鹤山和高汝雪同时用力，厚重的棺盖慢慢滑动，在开到四分之一的时候，破旧的棺椁里毫无征兆地传出一声炸响！

"嘭！"

棺体朝四周倾倒，无数的纸人和纸钱从棺内弹出，屋内响起陌生女人的怪笑声，房间大门竟然自动闭合了！

"快走！"鹤山距离房门很近，他受了惊吓，哪里还顾得上自己的学姐，一步就蹿到了门口，可还没等他把头伸出去，门外就有一张女人的脸伸了进来！

苍白、精致，美得令人窒息！

"啊！！！"

毫无心理准备的鹤山抡起拳头就砸向那张脸，但那张脸的主人似乎早已知晓他的反应，就像是排练了无数遍一样，没等他拳头落下，就已经躲开。

"有鬼啊！"一拳落空，他慌不择路，连滚带爬冲向宅院另一边。

"鹤山！别乱跑！"高汝雪高声喊着，她正好看见一席红影紧跟着鹤山进入了厢房当中。

"东西厢房是给后辈居住的，坏了！鹤山去的地方就是这怨念生前的屋子！"高汝雪急着往外跑，但是房间大门已经关闭，她被锁在了正房里。"这是要把我们分开，逐个击破？不就是参观个鬼屋而已，至于这么丧心病狂吗？！"

棺材四分五裂，纸人散落一地，被围在中间的高汝雪心已经乱了，她踢踹房门，一分多钟后，才将大门弄开。

"小山？鹤山！"高汝雪连喊两声，但是无人回应，鬼屋除了诡异的背景音乐外，就只有纸钱沙沙刮擦地面的声音。

"什么情况？鬼屋就这么大，鹤山不可能听不到我的声音，难道他出现了意外？"脑海里闪过一张张案发现场的照片，高汝雪也不知道自己为何会突然想起这些东西来。

她沿着游廊，按照记忆来到西厢房，小山刚才就是朝这个方向跑的。

"嘎吱……"

推开破旧的木门，上面用白纸剪成的喜字脱落下来，高汝雪进入厢房当中。

屋内被布置成了喜房，但别扭的是所有装饰品用的全都是白色，不仅感觉不到喜庆，还有些瘆人。

"跑哪儿去了？"这屋子氛围古怪，唯一的光源就是门外悬挂的白灯笼，高汝雪缓慢前行，身后阴风阵阵，她露在外面的肌肤感到一阵冷意，好像被空气中无形的小手轻轻拂过一般。

鞋子踩在纸钱上，脚背不时会被一些奇怪的东西碰到，光线太暗，她看不太清楚，只能咬紧牙加快速度。

掀开里屋的帘子，高汝雪停在了门口，屋内空空荡荡，除了一张被帷幔裹住的床铺外，只剩下两面相对摆放，紧贴墙壁的铜镜。

"我亲眼看见鹤山跑进了这个房间，只不过耽搁了一两分钟的时间，他怎么可能就不见了？难道出口就藏在这房间里，鹤山误打误撞已经逃了出去？"

一个个念头在高汝雪脑海中闪过，她深吸一口气，步入屋内，随着她迈动步伐，屋子里竟然同时响起了两个脚步声！

"谁在我身后！"

她猛地扭头，却只看到一面铜镜，镜中映照着她自己的身影。

"虚惊一场。"高汝雪胸口起伏，心脏怦怦乱跳，她已经很久没有这么失态过了。

诡异的音乐在耳边回荡，借助昏暗的灯光，她看着镜中的自己，瞳孔慢慢放大。

镜子中，她身后的帷幔慢慢拱出了一张纸人的脸，从镜子里可以很清楚地看到，那张纸人脸在冲着她笑。

"谁在里面！"

人在极端恐惧下，会变得易怒、冲动，高汝雪转身揪住帷幔两端，想要进去一探究竟，可是这帷幔设计得颇为复杂，里外好几层，纱帘、床幔相互交错，掀了半天，她非但没有看到里面有什么，自己的手臂还被缠住。

就在这时，屋子里又响起了脚步声。

"我没动，哪来的脚步声？"学弟失踪，在场景渲染和《黑色星期五》的辅助下，高汝雪的心理防线早已布满裂痕，她已经到了崩溃的边缘，此时屋内响起的脚步声成了压垮她的最后一根稻草。

她双腿发软，用不上力，恐惧就像是被放出铁笼的野兽，开始吞噬她的理智。

高汝雪勉强转动身体，想要挣脱帷幔的束缚，那个脚步声越来越近，但就是找不到源头。

"不可能！屋子就这么大，如果有人靠近，我一眼就能看到！"她的心彻底乱了，屋内简单的布景却带给了她无法言说的巨大恐惧。

窗外的白灯笼摇晃起来，光线变得更加昏暗，铜镜中的人影也开始模糊，高汝雪惊惧的目光落在了铜镜上，那镜面里不知何时没有了她的身影，取而代之的是一个身穿嫁衣的陌生女子！

千秋无绝色，悦目是佳人。

那种不真实的苍白美感，让人心惊肉跳，就像是在欣赏一件尘封的艺术品。

盯着镜中的女人，高汝雪双肩颤抖，她的脸上头一次出现了惊恐的表情。

她解剖过许多尸体，镜中女人给她的感觉很熟悉，那是一种只有在面对死人时才会有的感觉！

"鬼屋里藏着一具真正的尸体！"

这个念头一出现，恐惧就如浪潮般将她淹没，她拼命想要远离铜镜，却在后退的时候撞到了什么东西。

与此同时，屋内的脚步声终于停止，高汝雪的思维也在这一瞬间凝固，她没有再去思考什么，只是本能的，在诡异的背景音乐中，慢慢扭头。

四目相对，在她身后一个身穿嫁衣，化着"殓容"的女人正在对她微笑。

"啊——"

一声尖叫打破了鬼屋的宁静，就算在鬼屋外面也听得清清楚楚。

高汝雪双腿一软，花容失色地坐倒在地，压抑的恐惧化为泪水夺目而出，根本控制不住。她半天不敢睁眼，脸颊上残留着泪痕，嘴巴微张，无意识地干咳着。

"小婉，快把人带出来！"

"好的。"高汝雪对面的"女鬼"取下藏在头发里的蓝牙耳机，蹲在她身前。"参观到此结束，缓口气，我带你们出去。"

十几秒后，"冥婚"场景大门被打开，陈歌急急忙忙地跑了进来："这儿怎么就一个人，另一个呢？"他在监控里也没有找到鹤山的身影，害怕出现意外，赶紧问道。

"那个太胆小了,自己冲进来后,站在铜镜前面被吓晕了,我怕他影响到后面游客体验,就先把他拖到了床后面……"

"吓晕?"陈歌也不知道该怎么说,"游客安全永远是第一位,下次再出现这情况,立刻通知我!"

"嗯嗯。"徐婉去扶着高汝雪,陈歌把躺在床榻后面的鹤山拖出,这大兄弟昏倒在地,人事不省,也不知道经历了什么。

"走,先出去找个通风的地方!"他背起鹤山朝鬼屋外面跑去,下到一楼,掀开不透光的门帘,一脚踹开防护栏,"都让让!"

陈歌把鹤山放在冒险屋通风口,又是掐人中,又是冰敷,这场景把周围的游客都给看傻了。

"咋回事?走着进去,躺着出来……"

"参观鬼屋参观到自己昏迷,我还是第一次听说。"

"这是被吓晕了吧?大众点评上不是说不害怕吗?"

"妈啊,我开始慌了……"

没过一会儿,徐婉搀着高汝雪也走了出来,和进去时候完全不同,此时的高汝雪头发散乱、面色苍白,脚步虚浮,眼角还残留着泪花。

"这完全换了个人啊!"

"她到底在里面经历了什么?"

"说好的连尸体都见过,一点儿都不慌呢?"

徐婉把高汝雪扶到了台阶上,递给她一瓶水,高汝雪现在仍有些惊魂未定,拿着水的手微微颤抖。

"别挡着门,都让开!"陈歌也有些头疼,高汝雪被吓哭倒还算正常,这大兄弟怎么就突然晕倒了呢?胆子小就承认啊!何必死扛着进鬼屋呢?

好事不出门,坏事传千里,越来越多的游客围到了冒险屋门口,连游乐园管理员徐叔都被惊动,骑着电瓶车赶了过来。

"小陈!这是怎么回事?游客咋晕倒了?"徐叔推着电瓶车分开人群。

"我也不知道啊,可能是中暑了吧……"陈歌的回答连自己都说服不了。

"这天气能中暑?"徐叔凑了过来,直接将鹤山背起放在电瓶车上,"搭把手,先送医务室去!"

还没走出多远,也不知道是刚才掐人中有了效果,还是其他的原因,鹤山慢慢有了知觉,他眼皮眨动,猛地从电瓶车上坐起,双眼通红,嘴里不断念叨着"镜子、镜子的"。

"冷静!"

"这货中邪了吧?"

阳光洒在脸上,过了几秒鹤山才恢复正常,他一手摸着后脑勺,发现自己正被众人围观,顿时觉得有些不好意思。

"好点儿了吗?你怎么在鬼屋里晕倒了?"穿着乐园工作服的徐叔十分尽责,他拿来一瓶水递给鹤山。

"我也不知道具体怎么回事,当时我被吓坏了,跑进一个屋子里,发现墙壁上有一面铜镜,镜子里有人在喊我的名字,再往后我就不知道了。"鹤山一脸蒙,"这可能是鬼屋里的一个体验项目吧。"

"鬼屋里还有和镜子有关的项目?"徐叔看向陈歌,此时陈歌的脸色并不是太好。

第 3 章 镜中怪物

当鹤山提到自己昏迷和镜子有关的时候,陈歌心头一跳,他想起了昨晚做的那个游戏,镜子里的东西被布偶阻挡没有出来。

现在按照鹤山的说法,那个怪物很可能没有离开,仍旧隐藏在冒险屋的镜子当中。

"老板,这是鬼屋的新项目吗?我怎么不知道?"徐婉凑了过来,很多不明真相的吃瓜群众也都把目光放在了陈歌身上。

他现在是骑虎难下,总不能直接告诉所有人,冒险屋里可能真的有"鬼",你们不怕死就进来吧。如果这么说,冒险屋倒闭都算是轻的,怕是他本人都要被送到精神病院去。

"算是个新项目,具体内容就是我昨夜发的短视频,但是我不建议大家在没有专业人士指导下,去玩这个游戏。"陈歌轻轻拍了拍鹤山肩膀,"贸然去玩,下场就会和这兄弟一样。好了,还有谁要来参观,你们不要害怕,玩鬼屋难免会出现意外,这才刺激嘛!"

陈歌话音刚落,人群齐齐向后退了一步。

"刺激个鬼啊!人都吓晕了,我们就是来玩个冒险屋,犯不着把命搭上吧。"

"对啊！这手机屏幕我也不让你赔了，就求求你以后不要大半夜的发什么短视频了。"

"惹不起，惹不起，告辞！"

陈歌面带苦笑道："不至于吧，我这鬼屋真不吓人的。"

"大哥，两个天天跟尸体打交道的法医学院学生，一个被你吓哭了，一个被你吓晕了，现在你居然还说自己的鬼屋一点儿都不吓人，你是在骗自己吗？你的良心不痛吗？！"

"兄弟，做人要厚道啊！"

周围的游客议论纷纷，让陈歌很是无语，原来鬼屋不可怕的时候，没人参观，说没意思。现在变得吓人了，貌似又用力过猛，起了反作用："你们大老远跑过来，就是为了站在门口围观吗？胆量是可以锻炼的，偶尔感受一下惊悚和刺激也能促进血液循环。"

"你就是说出花来，我也不会进去，还促进血液循环，你咋不说你的鬼屋能治疗癌症呢？"那个手机屏幕被摔碎的哥们儿摆了摆手，扭头就要走。

可就在这时，站在他身边的一位中年大叔忽然开口，声音很大，似乎是经过慎重思考才做出决定。"老板，给我一张票！"

"我去，真有不怕死的。"

"叔啊，别冲动，别人的鬼屋要钱，他这鬼屋要命啊！"

"我敬你是条汉子！放心地去吧，嫂子和侄女就交给我来照顾！"

大叔看起来四十多岁，有点儿谢顶，他走出人群，塞给陈歌十块钱。"我要一张门票。"

"你一个人进去参观？"陈歌对这位大叔也有点儿刮目相看了，这叫什么？明知山有虎，偏向虎山行！

收了钱，陈歌将门票递给大叔，正准备说些冒险屋里的注意事项，谁曾想大叔拿了门票就朝着冒险屋大门相反的方向走去。

"叔，门在这边……"

"我知道。"大叔头也没回，走回原位，拿出手机对着冒险屋门票拍了两张照片，然后开始发朋友圈：草长莺飞四月天，又到了适合外出游玩的时候，强烈推荐西郊鬼屋，非常给力，今天我参观过以后，吓出了一身冷汗……

周围的游客都看不下去了，买张门票就算是参观了？！

没等游客们说话，大叔的朋友圈已经有人点赞，下面还有留言。

人事部小李："张哥，你连老鼠都害怕，居然敢去鬼屋？厉害了，我的哥。"

配模工段王大友："老张敢去的鬼屋肯定是儿童鬼屋（坏笑）。"

老婆："快回家做饭！！！！"

宝贝女儿王静："啊哈哈哈哈，爸，你的胆子我们都清楚，别再做无谓的挣扎了！"

谢顶大叔并没有和这些人计较，面带笑容逐条回复："你们也可以来试试，毕竟你们胆子都比我大，肯定不会觉得害怕。"

他的这番操作，把旁边的游客都给看呆了。

"叔，你好深的城府啊！为了以后不被人说胆小，连自己老婆女儿都坑……"那个手机屏幕被摔碎的年轻人站在大叔旁边，目睹了全过程，他二话不说朝着陈歌走去："给我也来一张门票！"

陈歌不明白事情为什么会发展到这一地步，他收了钱，递给年轻人门票。然后就看到年轻人拿着碎屏的手机，开始拍照发微博，并配上了一行文字：哎哟，怎么办啊，感觉自己胆子又变小了，玩个鬼屋而已，就被吓出了一身冷汗。

年轻人看着微博里那些"怂包""弱鸡"的评论，脸上露出了"诡异"的笑容。

"给我也来一张。"

"我也要！"

"是五折吧，我来两张！"

冒险屋里空空荡荡，一个人都没有，但是门票已经卖出去了小半。

人群慢慢散去，陈歌看着手里的钞票，幸福地点起来。

"老板，咱们今天一早上卖出去的票，比之前半个月都多。"徐婉蹲在陈歌旁边，眼里的兴奋抑制不住。

"居安思危，今天只是讨巧，想要真正留住游客，还要我们本身有内容才行。"陈歌把清点完的门票钱贴身放好，看向冒险屋防护栏外围，饱经"摧残"的鹤山和高汝雪还没有离开。

"两位好点了吗?"陈歌拿着矿泉水走到他们身边,今天能卖出去这么多票,和这两位法医学院学生有很大关系。

"嗯,不好意思,麻烦你了。"

鹤山尴尬地坐在台阶上,旁边的高汝雪脸色还有些苍白,她目光在陈歌和徐婉之间游移。"我有两个问题想要问一下,不知可不可以?"

"你问吧。"陈歌没有拒绝她。

"第一,在西厢房里我明明看到这个女人在镜子里,她为什么会突然从我背后出现?"高汝雪实在不能接受自己被吓哭的事实。

"你以为那是一面普通的镜子,其实那是三面镜子拼合成了一个三角柱,只不过剩下两面都藏在墙壁里,用力一推,就能将其转动,'冥婚'游戏的出口也在镜子后面。至于镜子中的女人,只不过是提前拍好和真人等大的照片,借助灯光和视觉效果,让你产生了一种看到真人的错觉。小婉一直藏在另一面镜子后,你听到的脚步声也是音效。"

听到陈歌的解释,高汝雪轻轻点头。"第二个问题,"她伸手指向徐婉,"为什么这个人明明活着,却给我一种奇怪的感觉,看着她就好像看着尸体一样。"

常年研究人体结构,高汝雪和尸体待在一起的时间,比和室友待在一起的时间都要长。她不擅与人交往,比起活人,她更了解的是死人。

"我们鬼屋演员脸上的妆容都很特殊,再加上鬼屋里复杂的环境,以及你自己的心理暗示,所以才会出现错觉。""殓容"和《黑色星期五》是不能见光的东西,陈歌绝对不会向外人透露。

他一笔带过,没有深入这个话题:"两位如果没事,我就先去忙了。"

告别法医学院学生,他让徐婉去收拾"冥婚"场景里的道具,独自一人回到总控制室。

鹤山被吓晕的真相只有陈歌自己清楚,那个躲在镜子里的怪物并没有离开,仍旧藏在冒险屋当中。留着它,终究是个隐患。他也是第一次接受噩梦级别的任务,根本没想到会产生这样的后果。

陈歌调出监控,反复观看鹤山进入西厢房的视频,逐帧播放,很快有了发现。

九点二十四分十一秒鹤山进入西厢房,他当时被吓破了胆子,横冲直撞。

二十四分十四秒，鹤山来到里屋，第一次看到那面铜镜，这个时候监控上出现了非常诡异的一幕：原本惊慌失措的鹤山，在看到铜镜后居然冷静下来，仿佛时间停止了一般，站在镜子前面一动不动。

监控视频中代表时间的数字不断变化，直到二十四分十七秒时，鹤山突然抬起左手，主动朝镜子走去。那模样就像是有人牵着他的手，想要强行把他拉到镜子中一样！

二十四分二十秒，穿着嫁衣的徐婉从后面追来，这时候鹤山的半边身体已经贴到了镜子上，从监控中能明显看到，镜子里有什么东西一闪而过，随后鹤山便晕倒在地。

"是小婉的到来，破坏了镜子里那怪物的计划？"陈歌反复观看视频，短短十秒钟的时间却发生了这么多事情，他揉了揉太阳穴，暂时也想不出什么好的处理方案。

"看来只能先把冒险屋里所有镜子给遮住，等我摸索出解决这怪物的办法后，再来斩草除根。"

他钻进道具间，找了几块黑布，进入"冥婚"场地。

"老板，你怎么来了？这些交给我就行。"徐婉隔着大门远远看到了陈歌，她正在把散落的纸人、纸钱重新塞回棺材。

"我来通知你一件事，冒险屋里所有和镜子有关的道具都暂时停用，另外你在扮鬼的时候，注意不要靠近镜子。"陈歌拿着黑布，帮徐婉将散开的棺材道具重新布置上。

徐婉不理解陈歌的做法，但也没有细问。

将正房里场景重新布置好后，陈歌独自进入西厢房。

白纸灯笼高挂，屋内光线昏暗，他站在鹤山晕倒的地方，默默盯着铜镜。

"活在镜子里的人？难道说镜子里藏着另一个世界？"陈歌触摸着冰冷的镜面，看着镜中的自己，注视得久了，总觉得有点儿奇怪，"我之前递给鹤山矿泉水的时候，他下意识用右手去接，也就是说他不是左撇子。可是在监控里，他却第一时间抬起了自己的左手。他为何会做出和自己习惯相反的事情？难道他那时已经被镜中的东西控制，身不由己？"

陈歌将自己的左手按在镜子上,和镜中的影像叠在一起,"毕竟,只有镜中的一切才和现实相反。"

用黑布蒙住镜面,陈歌坐在冒险屋里取出了黑色手机。解铃还须系铃人,怪物是因为黑色手机出现的,想要将其解决,恐怕还需要黑色手机的帮助。

滑动屏幕,点开那个冒险屋图标,应用界面发生了些许变化,今日游览人数和当月游览人数各增加了两个。

在可解锁恐怖场景那一栏,又多出了一个试练任务,点击过后,提示只要完成试练任务就可以解锁对应的恐怖场景。

"这个游戏设计的非常公平,完成任务就会获得奖励,奖励的丰厚程度和任务难度有关,我如果想要快速发展冒险屋,并解决镜子里的怪物,就需要尽可能多地去完成任务。"

日常任务一天只能完成一个,所以陈歌很自然地看向了那个试练任务。

"午夜逃杀"试练任务:破旧的公寓楼内住进了一个危险的精神病患者,他手持剪刀和铁锤,正在你的房门外徘徊。

任务地点:西郊平安公寓。

任务要求:今日二十三时之前抵达任务场地,找到凶手,存活至天亮。

任务提示:他隐藏在人群之中,善良的外表下,裹藏着一颗满目疮痍的心。

是否接受任务?注意:试练任务只存在二十四小时,若二十四小时内没有接受,视为放弃,本场景将永远无法解锁。

"是福不是祸,是祸躲不过,现在冒险屋刚有点儿起色,我要抓住一切机会把它经营得更好。"

陈歌本来还有点儿犹豫,但是看到最后一条后,果断选择了接受任务。继续往下看,最下面那一栏的"恐怖大转盘"不知何时已经激活。

陈歌好奇地点开转盘界面,屏幕上浮现出一行字:

生死有命,富贵在天,这里有增加寿命的灵果,亦有仇恨愤懑的怨念。

首次收集到游客尖叫,转盘激活,赠送一次抽奖机会(游客尖叫声超过七十分贝才可被收集,累积一百次后,获得一次转动转盘机会)。

"一百次尖叫才能兑换一次抽奖机会?"陈歌拿着手机,表情古怪,"这个转盘也太坑人了吧，条件本来就难以满足，最后出现的结果还不确定，真要转个怨念出来，那乐子可就大了。"

他看着转盘上的剩余次数，心里直痒痒，那种感觉就跟强迫症患者看到了手机上的来信提示一样，不管是不是骚扰短信，都想要点开看一下。

"试一试应该不会出什么问题吧。"陈歌自我安慰着，手指轻轻一碰，屏幕上的转盘立刻转动了起来。

"只要不是怨念，其他什么都行！"

陈歌聚精会神地盯着手机屏幕，转盘越来越慢，随着一声轻响，指针停在了某一个方向。

抽奖完成，恭喜你获得稀有类特殊道具：被诅咒的情书（中奖概率千分之三）！

双眼外凸、面目苍白，自高楼坠落的那一刻起，她便成了校园中的禁忌。红色的舞鞋，染血的校服，包括那个名字都成了不能提及的话题。人们假装遗忘，直到有一天，又有人收到了她的情书……

首次抽奖抽中怨念，解锁稀有称号：怨念眷顾者。

怨念眷顾者：佩戴该称号时，有一定概率获得怨念的帮助。

看到手机上的提示，陈歌有种缺氧的感觉，"被诅咒的情书？千分之三的概率？怨念眷顾者？镜子里的怪物还没弄清楚，现在又抽到了一个怨念！这是天要亡我啊！"

他现在有点儿后悔，不该在抽奖之前诅咒自己。"冷静！不能自乱阵脚，事情还没到最糟糕的地步，抽中怨念不代表它现在就会出现，我还有时间来补救，或许我应该去附近的寺庙里求个签。"

他收起手机，正要将其放入口袋，指尖忽然碰到了什么东西。

低头看去，陈歌发现自己的口袋里不知何时被塞了一张泛黄的信纸。

他心中顿时出现了不祥的预感，颤巍巍地将信纸拿出，上面用头发编织出了一句话——我喜欢你。

"喜欢个屁啊！你喜欢我哪儿，我改行不行！"

信纸上的字娟秀灵动，如果不是用头发编织出来的，肯定会更赏心悦目一点儿。

陈歌站在西厢房里，拿着信纸，脸色铁青。"真难想象，这辈子收到的第一封情书，竟然是以这样的形式出现。"

"老板！你一个人在嘀嘀咕咕什么呢？"小婉从屋外进来，她刚摆放好正房的纸人。

"没事，我在想假如一个人自知命不久矣，他是不是应该放下一切执念，去做些有意义的事情。"陈歌抬头看着化着"殓容"妆的小婉，"比方说，为人类的繁衍生息尽一份自己的力量。"

陈歌随口一说，没想到徐婉竟然露出思考的表情，她的神色慢慢变得认真起来。

"小婉，难道你是要答应我？别，我还没做好准备，这是不是有点儿太随便了？虽然咱们两个很有默契，也共事了很长时间，如果非要繁衍生息的话其实也不是不可以……"陈歌没来由地感觉有点儿紧张。

"不是，老板你误会了，我刚进门的时候看到你有两个影子，有些好奇。"徐婉伸手指向陈歌身后，"这也是咱们冒险屋的新项目吗？"

"两个影子？！"

陈歌扭头看去，自己身后一大一小两个影子正慢慢靠近，最后融合在了一起。

"啊！"

他二话不说，拽着徐婉就往冒险屋外面跑。

重新晒到太阳后，陈歌才平静下来，他没有向徐婉说明原因，直接坐在了冒险屋门口的台阶上。

"老板，你最近总是疑神疑鬼的，是不是压力太大了？"徐婉也坐到陈歌旁边，"你不要给自己那么大压力，一切总会好起来的，中午想吃什么，我去给你打饭。"

听到徐婉的话，陈歌强笑了一下。"和你的一样就行，另外你先去把妆卸了，别吓着食堂厨师。"

"嗯嗯。"

徐婉离开后，陈歌又将那封情书拿到眼前。"我亲眼看见两个影子融合在了一起，这是不是说明我已经被怨念缠上了，它现在就躲在我的影子里？"

有阳光的地方就有阴影，陈歌望着自己的影子，双眼一眨不眨："我拥有怨念眷顾者的称号，有一定概率能获得怨念的帮助，如果这个称号真的有用的话，那抽中怨念也不一定是坏事。"

他现在只能如此安慰自己，事实上他心里很清楚，怨念之所以被称为怨念，是因为其死前怨气十足，浑身散发着恶毒和诅咒。和这样的怪物相处，稍有不慎，下场就会十分凄惨。

吃完午饭，陈歌拿着冒险屋宣传单坐在冒险屋门口，来往的游客很多，但是想要进冒险屋参观的却没有几个。

闲来无事，陈歌打开了自己的短视频个人主页，发现后台多了几十条私信，删除谩骂和打广告的，剩下的陈歌一一回复，很快他又看到了鹤山的私信。

这个朴实憨厚的法医学院学生偷偷私聊陈歌，说他们学校贴吧已经炸锅了，一群学长在得知系花被吓哭后，个个磨刀霍霍准备踏平冒险屋，甚至还有人在贴吧发起了征集令，已经有十几个人报名响应。

"年轻真好。"陈歌嘴角上扬，脑海里已经浮现出十几个荷尔蒙分泌旺盛的壮小伙，在自己冒险屋里瑟瑟发抖抱成一团的样子了。

"等完成了试练任务，就让他们先去试试新场景，看看手机测评的一星恐怖场景到底有多吓人。"

想到试练任务，陈歌认真起来，这个任务只能进行一次，如果失败，相应的恐怖场景将永远无法解锁。他翻看黑色手机，确定了任务地点后，上网搜索和这个地方相关的一切信息。

"江州市西郊平安公寓……"

光输入地名什么也搜索不到，往后翻了好几页，陈歌才在江州市当地一家二手房交易网站上，看到了和这栋公寓楼有关的信息。

那是一条投诉留言，说卖家隐瞒真实情况，这栋公寓楼其实是一座凶宅，挖开墙皮后，里面残留着斑驳的血迹，每到夜晚还能闻到莫名的恶臭。

投诉无人受理，后来就不了了之，陈歌看了一眼留言的时间，是在九个月前。

"在现实当中的凶宅里住一晚，还要找出隐藏的凶手，这任务对我来说有点儿难度。"陈歌大学学的是玩具设计专业，他本人擅长手工制作，对于侦察和推理基本上算是一窍不通。

"不好办啊，凶宅我倒是不怕，就怕凶手住在我隔壁，夜半时分把我当猎物。"

第 4 章 平安公寓？富安公寓！

下午四点三十分，陈歌一个人站在冒险屋道具间里，他看着满桌子的东西有些拿不定主意。

"在凶宅住宿需要准备什么东西？"

"身份证、手机、充电宝、打火机、水果刀、多用工具锤……对了，这个布偶也要带上。"

陈歌将昨晚出现在镜子前的布偶塞进背包，确定没有遗漏什么东西后，他拉上背包拉链走出房间。

"小婉，今天提前下班。一会儿你来锁门，我有点儿事先走了。"

"老板，现在还不到五点，你这是要去旅游吗？"

"钥匙在道具间桌上，明天见。"

看到陈歌一副放飞自我的样子，徐婉无奈的"哦"了一声，扔下冒险屋宣传单，一溜烟跑进道具间。"这丫头。"傍晚的微风吹乱了宣传单，陈歌摇了摇头，捡起一块石头将其压好。"希望她不要在明天的早间新闻上看到我。"

陈歌表面轻松惬意，其实非常紧张，整个下午他都心绪不宁。

昨夜的噩梦级任务为他打开了另一扇世界的大门，也让他清楚意识到，黑色手机发布的任务确实存在一定的危险性。

"试练任务肯定要比日常任务困难，今夜一定要多加小心。"为了安稳度过这个夜晚，陈歌天还没黑就骑着共享单车前往平安公寓。

任务信息只提供了一个地名，为了找到平安公寓，陈歌结合那条九个月前的投诉留言，一边走一边问，足足耗费了两个多小时才抵达目的地。

"公寓楼建在如此偏僻的地方，会有人入住吗？"

长满野草的土路歪歪斜斜延伸到树林深处，周围没有装路灯，隔着稀疏的树杈依稀能看到远处有一栋深灰色的建筑。

陈歌在来的路上询问过很多人，绝大多数都没有听说过平安公寓，最后还是一个六十多岁的老大爷给他指了一条路，并善意地劝了他几句，说那地方以前死过人，很不吉利，附近的人大白天都会绕着走。

陈歌也是有苦说不出，若不是为了完成黑色手机里的任务，谁会没事去那种地方住宿。

"现在是六点五十分，任务要求晚上十一点之前抵达，我还有足够的时间去弄清楚凶宅里的情况。"

沿着蜿蜒的土路，陈歌进入树林深处，步行了几十米后，终于看到了那栋传说中的凶宅。

公寓楼被深灰色的高墙包围，出入口只有一个，锈迹斑斑的铁门朝两边打开，门上还挂着一把崭新的大锁。

"大门这么破，锁倒是挺新，等下，这是什么东西？"铁门旁边贴着一张白纸，陈歌本来以为是小广告之类的东西，借助手机的亮光才发现，这是一张寻人启事。

"张晴，女，27岁，身高157厘米，偏瘦，右眼靠鼻梁处有一枚黑痣，喜好穿红色衣物……知情者请联系王先生，必有重谢！"寻人启事末尾留有联系人的联系方式和住址，引起陈歌注意的是，那位王先生的住址填写的就是这栋凶宅。

"这可有点儿奇怪。"他本能地觉得不太对劲，取出手机对着寻人启事拍了一张照片，然后才进入院内。这栋建筑比他想象中大得多，主楼三层，旁边还有一个仓库和一个类似于水房的建筑。

"墙皮脱落成这个样子，看起来至少有二三十年的历史了。"建筑整体虽然严重老化，但是打扫的还算干净，地面上看不到什么垃圾，杂草也全被清除干净了。

把自行车停在院子里，陈歌背着包进入主楼。"有人吗？"

长长的走廊里漆黑一片，过了十几秒，临近楼道口的房门打开了一条缝。

"你好。"陈歌走向那个房间，可是屋主人似乎并不愿意面对陈歌，房门也只打开了半指宽。

屋内没有开灯，陈歌只能看到门缝后站着一个女人，她的眼睛里布满了血丝，似乎经常熬夜，精神状态很差。

"我想问一下，咱们这个公寓住一晚要多少钱？"陈歌声音很轻，尽量让自己显得和善一点儿，然而让他没想到的是，对方的反应非常古怪，冲着他笑了笑就立刻关上了门。

"什么意思？"他还没弄明白为什么，公寓二楼便响起了脚步声，走廊拐角唯一的声控灯亮起，有一个跛脚中年人走了下来。

那人刚才似乎听到了陈歌之前说的话，开口询问："你要在我这住宿？准备住多久？"

"你是房东？"陈歌主动走了过去，"我只住一晚。"

"住一晚？"跛脚男人上下打量陈歌，那眼神仿佛是想要将他彻底看穿一般，"行，身份证让我看下，来二楼交钱。"

陈歌正要跟随男人往二楼走，院门口的铁门忽然传来响动，听到这个声音，跛脚男人皱起了眉，脸色瞬间变得很差。

他停在原地，陈歌也只好干等着。

没过一会儿，外面进来一个神色憔悴的中年人，衣衫破旧，手里还拿着厚厚一摞宣传单。

"王琦，我说过你未婚妻不在这里，如果你继续死缠烂打，别怪我不客气！"跛脚男人站在楼梯中间，挡住了路。

中年人没有理会跛脚男人，闷着头朝楼上走。

"我在跟你说话！"跛脚男人用力一推，毫无防备的中年人直接撞到了墙上，手里的宣传单散落一地，其中一张正好落在陈歌脚下。

是寻人启事，和公寓楼大门上贴的一模一样。陈歌眼睛一眯，他不动声色捡起了地上的寻人启事，偷偷关注着楼梯上方。

中年人并没有和跛脚男人大打出手，他从地上爬起，默默捡着寻人启事，宛如行尸走肉一般。

"你不用管他，这人是个疯子。"跛脚男人冲陈歌招手，示意他先去二楼。

"疯子？"陈歌在经过中年人身旁时，悄悄瞥了他一眼，"'午夜逃杀'的场景介绍中曾提到过，公寓楼内混入了一个精神病患者，如果这人是疯子，那他有没有可能就是我要找的杀人凶手？"

疲惫、麻木、瘦弱是陈歌对王琦的第一印象。

两人交错而过，陈歌将刚才从地上捡起的寻人启事还给他，那人轻声说了句谢谢。

这是他第一次开口，声音沙哑，听着不是太清楚。

"不客气，小事而已。"陈歌回以微笑，跟随跛脚男人来到二楼。

与一楼相比，二楼显得更加潮湿、阴暗，角落里盘结着蛛网，墙壁斑斑驳驳，似乎被人用刀划伤过。

跛脚男人领着陈歌一直走到长廊尽头才停下，他打开了走廊最深处那间房的门，从屋里取出一长串钥匙，"住一晚五十块，二楼房间随你挑。"

"五十也太贵了吧？"

"这周围几千米就我一个公寓，收你五十都算少的了。"跛脚男人说话的时候，眼珠子总会有意无意地往后瞟，好像在看什么东西。

"好吧，不过为什么只能挑选二楼的房间，一楼和三楼不能住人吗？"

"你问题怎么那么多？不能住就是不能住！"跛脚男人从陈歌手中拿走五十块钱，随便塞给他一把钥匙，"钥匙上贴有门牌号，自己去找。"

他说完就钻进了屋里，在房门关上的刹那，陈歌听见屋内传出一个老人呜呜咽咽的声音，好像是吃饭卡住了喉咙一样。

陈歌隐隐觉得有些不对，伸手按住门锁说："等一下。"

"又怎么了？"跛脚男人语气不善，可以听出他有些恼火。

陈歌顺着门缝向屋内看去，出租屋面积不大，除了站在门口的跛脚男人外，还有一个背对着房门坐在轮椅上的老人，刚才的声音就是他发出的。

"我有点儿渴,你们这卖水或饮料吗?"

"没有!"

"和气生财,你发那么大火干什么……"

房门"嘭"一声,重重关上,陈歌一个人站在门口愈发觉得奇怪。

"正常的公寓楼,接待处一定是在大门口,可这公寓的接待处却藏在二楼走廊最深处。"他看着手中的钥匙,心中浮现出许多疑惑,"为什么一楼和三楼不能住人?那个和房东住在一起的老人又是谁?"

钥匙上贴着一个 208 的编号,说来也巧,这钥匙对应的房间就在跛脚男人隔壁。

"算了,先住进去再说吧。"奔波了两个多小时,陈歌也有些累了。

他打开房门,一股淡淡的霉味飘了出来,屋子里应该许久没有住人,家具上落满了灰尘,床单受潮,摸着很不舒服。"这床能睡人吗?"陈歌还没来得及把包放下,就听见隔壁房间传出"啪"一声脆响,好像是饭碗被摔碎了。

他关上房门,贴着墙壁偷听,另一边很快传来跛脚男人的咒骂声,可能是因为太过生气,咒骂中还夹杂着一两句方言,听口音不像是当地人。老人呜呜咽咽不会说话,跛脚男人骂了几分钟才停止,然后隔壁电视机的音量突然变大了。

"怎么回事,他在干什么?为什么要把电视机音量调高?"陈歌又继续偷听了几分钟,但是因为电视音量太大,并没有什么收获,他只好作罢,"算了,我还是多操心操心自己的事吧,今晚注定是个不眠之夜。"

陈歌把背包扔在梳妆台上,从里面取出水果刀藏在口袋里。二手房网站的投诉留言上说,房间墙皮后面残留有血迹,每到深夜还总能闻到一股恶臭,所以怀疑这地方是凶宅。但是上网搜索了所有和平安公寓有关的信息,并没有发现哪一起命案是发生在这栋公寓楼里的。

陈歌很清楚,能被黑色手机选定为试练任务的场地,平安公寓一定隐藏着不可告人的秘密。

他藏好水果刀,又把多功能工具锤取了出来,敲敲打打,检查房间的每一个角落,但仍没有任何发现。这就是一间很普通的客房,除了破旧得令人发指外,并无太大异常。

"房东一开始只让我在二楼挑选房间,说明二楼的房间应该不会存在问题,否则也不可能对外出租。如此想来，要想有所发现，必须要去一楼或者三楼看一看。"试练任务开始的时间是晚上十一点，现在距离任务开始还有三个多小时，陈歌不想浪费时间，他收好工具锤，轻手轻脚走到门边。

手握住门锁，陈歌刚把门拉开一半，忽然停住了。

他掌心冒汗，凉气上涌。

那个跛脚男人就站在门外面！已经不知待了多长时间！

对方也没想到陈歌会突然开门，两人隔着一扇半开的门，都被对方吓了一跳。

"房东，你跑我门口干什么？"陈歌面色不善，他越来越觉得这个房东有问题。

"你不是说你口渴吗？我是来给你送这个的。"跛脚男人将手里的暖瓶放在陈歌门前，表情有点儿不自然。

"多谢了。"陈歌顺势将暖瓶提进屋里，"你还有事吗？"

"没事，早点儿休息吧。"跛脚男人朝屋里瞟了一眼，好像自言自语般又补充了一句，"走廊里没有装灯，晚上很黑，你最好不要到处乱跑。"

他转身离开，一直等他回到自己房间，关上房门，陈歌才松了口气。

这个房东长相丑陋，脾气暴躁，不善言谈，虽然身有残疾，但是体格壮硕，能轻易推倒刚才的中年人。陈歌不懂得推理，他只能根据自己以前看过的凶杀电影，开始设想。他也许天生跛脚，从小被人欺负，导致他内心极度自卑，当这种情绪积累到一定程度，就会扭曲爆发产生毁灭别人和自己的念头。这么一想，他好像具备杀人狂的所有性格特点！

陈歌放下暖瓶，他在努力思考一个问题：假如房东真的是杀人狂，那他岂不是要在凶宅里，和杀人凶手做一晚上的邻居？

一想到这儿，陈歌就觉得头皮发麻，那个老变态甚至有可能一晚上都站在自己房间门口！更可怕的是，他是房东，他应该有全部房间的备用钥匙！

"房东有很大的嫌疑，但是也不排除其他可能。"陈歌挠了挠头，"要是能找个房客问问就好了。"他从进入公寓楼开始，一共见到了四个人，躲在门缝后面的女人，张贴寻人启事的王琦，脾气暴躁的房东，还有坐在轮椅上的老人。

"老人和房东住在一起，暂不考虑，一楼那个女人给我的感觉很奇怪，也就剩王琦看起来比较正常了，他应该知道一些公寓里的事情。"这么一推想，陈歌锁上房门，朝一楼走去。

声控灯亮起，陈歌刚到一楼就看到王琦抱着寻人启事在走廊里穿行，他把一张张寻人启事塞进出租屋门缝，也不管里面有没有人居住。

这异常的举动吸引了陈歌注意，别人张贴寻人启事都是往人多的地方去，他倒好，专挑没人住的出租屋塞。

陈歌悄悄跟在王琦身后，等到王琦把最后一张寻人启事塞进门缝后才开口。"兄弟，家人失踪的感觉我能理解，可是你也应该坚强一点，不要重复这些无意义的事情来折磨自己。"

听到声音，王琦慢慢转身，他浑浊的眼珠子似乎永远都没有聚焦："理解？你们不会理解的，我也从不奢求你们能理解……"

陈歌没有跟他废话，拿出自己的手机，将几个月前在派出所做的失踪人口备案的照片调了出来。"我没有骗你，我的父母半年前突然失踪，最开始的时候，我也崩溃绝望过。"

看到手机里保存的照片，王琦沉默了，许久之后才说出一句话，"我很同情你的遭遇，但是我们的情况不一样，我未婚妻一定会回来的，我能感觉到，她并没有去太远的地方。"

"能跟我说说你的事情吗？同是天涯沦落人，说不定我还能帮你一把。"陈歌态度诚恳，说的也是心里话。王琦犹豫片刻，可能是想到了之前陈歌还帮他捡过寻人启事，他看向陈歌的目光稍微缓和了一点。"你帮不了我的，看你人不错，听我一句劝，赶紧走吧，千万别在这里过夜！"

"钱我都交了，你让我走，总要说个原因吧。"陈歌来这里是为了完成试练任务，现在离开就是半途而废，"午夜逃杀"恐怖场景也将永远无法解锁。

"钱重要，还是命重要？"王琦左右看了一眼，发现周围没人后低声说道，"这公寓楼以前发生过灭门案，附近的人都知道。"

"这是栋凶宅我也听说过，可是我在网上却没有找到任何相关的案子，应该是谣传吧。"陈歌说出了心中的疑惑。

"以前这栋建筑楼叫作富安公寓，出了事以后才改名叫平安公寓。当年那案子闹得挺大，凶手直到现在都没有抓到，那些枉死者怨气难平，所以一到深夜就会在老宅里出现。"王琦神色严肃，说得郑重其事。

"现在都什么年代了，你还信这个？"陈歌嘴角僵硬地笑了笑，实际上他心里比谁都慌，镜中怪物、怨念情书，他真的不想再跟更多怪物扯上关系了。

"一开始我也不信，但后来我未婚妻在这附近离奇失踪了。"他痛苦地揪着头发，身上的疲惫根本掩饰不住。

"你的未婚妻为什么会来这地方？"陈歌的注意力一下子集中了起来，说者无意，听者有心，王琦未婚妻的情况和他父母的情况有些相似。

"我也不知道，事实上这个公寓楼我之前从未听说过，还是警察告诉我的，他们说所有线索都在这里中断了。"王琦松开手，指缝间还有几根头发，"我也是没有办法，只能来这里寻找。"

"那你有没有什么发现？"陈歌十分好奇。

王琦张了张嘴，似乎是想到了什么，他没敢说出口，从衣服兜里取出手机，在屏幕上打了一行字：我的未婚妻好像被这公寓里的人绑架了！

看到手机上的字，陈歌有些惊讶，事情的发展和他想象中不太一样："兄弟，失踪和绑架可是两个概念。"王琦示意陈歌小点儿声，他用后背挡住通道，点开了自己的手机信箱，让陈歌观看。原本只是随便瞟一眼，可当陈歌看清楚信箱中的短信后，他眼睛慢慢睁大。王琦的手机信箱里有一条来自他未婚妻的短信！短信的内容只有两个字——"救我"，更奇怪的是，短信的发送时间是在昨天半夜两点左右。

"一个本该失踪的人，却在深夜给你发送求救短信？"经过最初的震惊，陈歌很快冷静下来，"既然你收到了短信，为什么不直接报警？你的未婚妻明明还活着。"

"说来你可能不信，我每天半夜都会收到一条未婚妻发来的短信，短信的内容全部都是这两个字。最关键的是，每当我一觉醒来，短信就会消失不见，就好像从来都没有发生过一样。"王琦指着眼中的血丝，"为了保留这条短信，我已经二十四小时没有合眼了。"

"你一睡着，短信就会消失？"陈歌还是第一次听到这样的事情。

"我知道你恐怕也把我当成了疯子，但我说的全部都是事实。"王琦靠在墙壁上，将手机收了起来，"在我身边还经常发生怪异的事情，比方说我未婚妻的东西会莫名其妙出现在我的屋子里，没有任何征兆，她就像是在时时刻刻提醒着我去寻找她一样。"

听完王琦的最后一句话,陈歌眼皮忍不住跳动起来。照王琦这几天的经历来看,他的未婚妻不是失踪了,而是已经遇害了,并且怨念未消,也只有这样才能解释得通。当然,这一切的前提是,他没有撒谎。

"我的未婚妻是在这栋公寓楼里失踪的,我的生活也是因为这栋公寓才改变的,这是一座凶宅,里面住着枉死的孤魂野鬼,所有妄图靠近之人都会沾染上不详,你还是赶紧走吧。"似乎是因为许久没有说过这么多话,王琦的脸色有些苍白。

王琦一直在劝陈歌离开,从一个陌生人的角度来说,他表现得过于热情了。陈歌没有第一时间答应下来,听完王琦的故事后,他隐隐觉得对方好像隐瞒了什么。

"能说的我都告诉你了,现在走还来得及,等到午夜以后,公寓楼里就会变成另外一个样子。"说完这句话,王琦拍了拍身上的灰尘,转身走出了公寓楼。直到王琦的背影消失在夜色当中,陈歌才反应过来,他最开始是打算找公寓楼内的租户了解一下情况,但现在疑惑不仅没有减少,反而更多了。

"这个人问题很大,他到底是不是疯子?"回想起王琦那双浑浊的眼睛,陈歌有些不舒服,那人的眼中满是疲倦和痛苦,是伪装不出来的,看来,他一定很爱他的未婚妻。

陈歌往回走去,经过一楼那个女人的房间时,他犹豫了一下,试着敲了敲门。

"喂,新来的。"女人房间的门纹丝不动,反倒是陈歌身后的房门打开了一半,有一个高瘦男人靠在门口。他看起来三十多岁,不修边幅,头发和胡子几乎连到了一起,露在外面的手背上还文了一朵牡丹。

"你是?"陈歌警惕地转过身。

"刚才那个发寻人启事的家伙不是我们楼内的租户,他这里有点儿问题。"高瘦男人点了点自己的太阳穴,"他说的任何话你都不要信,和他走太近,会出事的。"

陈歌是第一次见到这个高瘦男人,对方虽然看起来很邋遢,但说话语气却是自己遇到的几人中最正常的。"那人的行为举止确实很奇怪,不过他可能是因为未婚妻失踪,遭受了太大的打击。"

"他是不是给你说他的未婚妻在公寓楼附近失踪了?"

"嗯。"

"他是不是还说这是警察告诉他的,所以他才会一直来这里寻找?"

"没错。"

"呵呵。"高瘦男人笑了一下,"我在这地方住了九个月,从没见警察来过,那个疯子在骗你,还说什么鬼怪冤魂,简直是一派胡言。"

他从口袋里摸出一根劣质香烟叼在嘴里。"这世界上怎么可能有鬼?最多就是有人在装鬼,行了,天不早了,你赶紧回自己房间去吧。"

陈歌朝那人道了声谢,转身离开。他走在楼梯上,心里拿不定主意。"他们两个之中肯定有一个人在撒谎,那个人会是谁?"

可能是思考得过于投入,等陈歌回过神来,他已经走到了三楼。

掉了漆的数字印在楼层拐角,头顶的声控灯散发出昏暗的光,陈歌向两边看去,这一层没有翻修过,地面脏乱,到处都有被焚烧的痕迹,墙皮严重脱落,就像是一道道交错的疤痕。

"为什么只有三楼没有翻新?资金不够,还是因为其他原因?"

声控灯很快熄灭,整个公寓楼非常突兀地陷入黑暗当中。

陈歌常年在冒险屋工作,还算比较习惯黑暗,他并没有慌张,拿出自己的手机,刚要打开手电筒,忽然看见漆黑的楼道里有一个身影快步走过。

"谁在那儿?"手机手电筒的光照亮了三楼,但那个身影却不见了踪影。陈歌有心想要进去搜查,可不巧的是,这时候楼下传来了脚步声。

"是房东吗?"如果让那个脾气暴躁的跛脚房东看到自己在三楼闲逛,免不了要被训斥几句,陈歌想了一下,收起手机,悄悄退回二楼。从楼梯拐角下来,陈歌看到一个矮胖中年人端着脸盆从二楼某个房间走出,那人原本哼着小曲心情还算不错,可看到陈歌后,立刻绷起了脸,低头快步走过。

"什么意思?我长得有那么吓人?"

回到自己房间,陈歌抱着背包躺在床上。"这公寓楼里感觉一个正常人都没有,谁看着都像是杀人凶手……"想到这里,陈歌猛地坐了起来,"手机发布的任务里只要求我找出凶手,但是却没有告诉我到底有几个凶手,这么想的话,杀人凶手可能不止一个!毕竟牵扯到了灭门案,团伙作案的可能性非常大。不行,我要赶紧查查当年的案子。"

陈歌取出了自己的手机，他和王琦的交谈也不是完全没有收获，至少他弄明白了一点，平安公寓在很早以前叫作富安公寓。

在搜索栏输入江州市富安公寓几个字，往后划了几页后，一个个触目惊心的字眼挤入陈歌眼眶。

《一家四口惨遭灭门！杀人者凭空消失？！》

《是意外，还是谋杀！富安公寓的大火因何而起？》

《楼内藏尸，牵出案中案！》

……

陈歌翻看了所有和富安公寓有关的信息，感觉身体有些冰凉，现实往往比想象更加恐怖，因为这是真实发生过的事情，甚至可能有一天就会降临在自己身上的事情。

五年前，有村民看到富安公寓失火，就报了火警。消防队将大火扑灭后，开始调查火灾原因，核定火灾损失。本来是例行公事，但随着调查进展，越来越多蹊跷的地方开始浮现出来。混凝土开裂，窗户玻璃碎块面积小、裂痕烟熏痕迹淡，这说明火势不仅烧得猛烈而且温度很高，扩散很快。火灾现场拥有多个起火点，互不相关，这又是典型的人为故意纵火特征。

案件的性质一下发生了改变，当地公安部门介入，随后在建筑残骸之中找出了四具尸体，正好是经营公寓的一家四口。这件案子当时引起了不小的轰动，警方也全力以赴，只是因为大火破坏了现场，他们找遍了所有地方都没有找到第五个人存在的痕迹，更不要说抓住凶手了。公寓楼被封锁了一整年的时间，后来按照相关法律，转交给了原主人的父亲，富安公寓也是从那个时候改名为平安公寓的。

"一家四口被烧死，凶手至今逍遥法外，也难怪这里会有闹鬼的传说。"弄清楚了当年的案子，陈歌心里多少有了个底，他看着手机上的网页，忽然注意到了一个细节。报道上说公寓楼原主人死亡时四十一岁，后来公寓楼转交给了原主人的父亲，算算年纪的话，现在公寓楼的真正主人应该六七十岁了才对！

平安公寓里符合这个年龄段的只有一个人，就是房东屋里那个连吃饭都困难的老人。

"不对劲啊，结合新闻来看，公寓楼的主人应该是个老人，可接待我的房东却是个中年人。"陈歌站起身，他走到墙边，侧耳偷听。墙壁另一边电视机音量很大，而且播放的都是毫无意义的广告。

"如果正常看电视的话，遇到广告不是应该第一时间换台吗？可现在我已经听了好几分钟的广告了。"陈歌耳朵紧贴着墙壁，"我肯定是忽略了什么。"

他静下心来，从头到尾思索了一遍："我进入房间后，听到隔壁传来饭碗摔碎的声音，紧接着房东开始对老人肆意辱骂，再往后电视音量突然调高……老人坐在轮椅上无法移动，调高音量的肯定是房东，可他为什么要这么做？"

陈歌眼睛眯起，脑海中浮现出了一个想法：房东是不是在虐待老人？以电视机音量来掩盖殴打的声音？

他越想越觉得有可能。"我刚入住，隔壁就传来饭碗摔碎的声音，时间点太巧合了，会不会是老人故意碰碎的？毕竟按照常理来说，只不过是打碎了一个碗而已，房东根本没必要发那么大的火。对！他是在害怕，怕老人吸引到我的注意力。"

脑海里划过一道闪电，陈歌又想起了之前的一个细节，房东在辱骂老人的时候，因为太过激动，其中夹杂了几句外地的方言。老人一家都是江州人，这个房东却是个外地人，他应该和老人没有太深的血缘关系。正常来讲，老人不可能把自己的房产交给一个外人打理，除非是跛脚男鸠占鹊巢，挟持了老人！如果真是这样，那他的真实身份可能是心生贪念的护工，可能是入室偷盗的窃贼，也可能就是几年前的杀人凶手！

陈歌握了握拳。"怪不得他会突然跑到我房屋门口偷听，原来是做贼心虚。"

推理这种事情对陈歌来说还是太吃力了一点，他没有系统学习过刑侦和逻辑学，只能自己一点一点往下顺："现在该怎么办？直接拎着工具锤冲到隔壁捶那个房东？不行，太冲动了，万一推理错误，后果不堪设想。"陈歌手里提着工具锤，口袋里塞着水果刀，额头冒汗，在房间里走来走去。"找机会再去确定一下？也不行，万一打草惊蛇了怎么办？凶手可能有同伙，我双拳难敌四手，一旦被他们盯上，那我自己的处境就会变得很危险。"

"现在我没有任何实质性证据，一切只是凭空臆想。况且我来这里最重要的目的，是找出四年前灭门案的凶手……"陈歌又陷入了苦恼，过了一会儿，隔壁房间的电视机声音突然没了，安静得有些吓人。

"怎么回事？"他悄悄打开房门，蹲在地上，顺着隔壁房间的门缝看去，里面漆黑一片，连灯也给关了。

"才晚上八点多就睡觉？"陈歌提着工具锤蹲在房东门口，他忽然觉得自己的样子恐怕会引起别人误解，回头看了看，发现没有人后，才将锤子塞进怀里，回到自己房间。

"仅凭网上的新闻来推测也不一定准确，现在要是能有个专业人士帮我分析一下就好了。"陈歌躺在床上，摸出自己的手机，他的联系人目录里除了徐婉外，其他的似乎从来都没有说过话。

"做人做到我这种程度，也够专一了。"

陈歌想了半天，在他接触过的所有人里，唯一能和案件侦察扯上关系的，就是那个被吓晕的倒霉孩子——鹤山。"法医院学生应该比我强点儿。"他打开了自己的短视频个人主页，刚一登陆就看到后台提示有几十条私信。

随便点开一条，竟然是短视频平台里一个工作室负责人发给他的，想要邀请他加入团队。"这人算是星探吗？"现在陈歌也没工夫去看，他埋头寻找起鹤山的ID，根本没把这事放在心上。

没想到过了一会儿，那个工作室又发来了私信。"在吗？你的视频我们看了，非常有潜力，你有没有兴趣与我们合作？"

"我们可以联系自己的大主播为你引流，给你增加曝光的机会。"

"一个人单打独斗很难成气候，平台上基本所有的主播都会抱团，你可以考虑一下。"

"在吗？"

"不在。"一个个私信弹出，发的陈歌有点儿上火，他这边正跟杀人狂魔斗智斗勇呢，哪有闲心去管什么工作。

"呵呵，年轻气盛啊，考虑一下我们工作室吧，你只需要将你的短视频打上我们工作室的标志，我们会为你提供最好的渠道，让更多的人看到你。"

"不好意思，我暂时没有兴趣。"陈歌觉得自己已经够礼貌了，换个人在相同的处境下，恐怕会先喷他几句，然后再直接屏蔽拉黑。

"你的那条短视频有成为爆款的可能，平台日均短视频上传量有一百万，你只是其中运气比较好的那一个。现代人追求更快速的娱乐，他们没有耐心等待，这个世界每时每刻都会出现更加吸引人眼珠的噱头，如果不好好运营，你的那条视频要不了多久就会被淹没。"

"明天再说吧，我现在很忙。"陈歌已经找到了鹤山的ID。

"还有什么比赚钱更忙的事情吗？如果你不愿意，我们可以换一种合作方式，比如我们花钱买下你的拍摄方法……"

陈歌没跟他废话，直接将其拉黑，然后给鹤山发了私信要电话。

有点儿出乎意料，不到一秒钟鹤山就回了私信。"老大，我一直在等你发布新视频呢！我的电话是……"

"你先等会儿，我有个很重要的问题想要问你。"陈歌拨通电话后，担心被隔壁房东听到，压低声音将事情的前因后果告诉了他。

全部说完后，电话那边的鹤山傻眼了，这个从山村里一步步考入医学院的朴实大学生，根本没想到第一次和网友打电话，就会讨论灭门案这么刺激的话题。

"你现在在那栋凶宅里？"

"对。"

"隔壁房东可能就是五年前的杀人凶手？"

"嗯。"

"我有点儿乱，你容我想想。"鹤山抱着手机，电话两边简直是两个完全不同的世界，这一边在寝室里热火朝天玩着游戏，话筒另一边却一片死寂，充斥着一种令人窒息的紧张气氛。

"老大，我觉得你还是报警比较好，虽然你没有证据，但是比起报假警来，自己的生命安全才是最重要的。"

鹤山说的是实话，可陈歌有自己的考虑，凶宅逃杀是黑色手机交给他的任务，要求他在这里住上一晚。可一旦被警方干预，任务失败的可能性非常大。涉及全新恐怖场景解锁，就这么放弃，实在有点儿可惜。

"暂时还不到报警的时候。"

"现在最主要的是你自身的安全问题，要不这样吧，"鹤山顿了一顿继续说道，"你把手机定位打开，然后今天一晚都不要挂电话，我会留意你那边的声音，有什么风吹草动，我会第一时间帮你报警。"

保持通话是个不错的方法，陈歌看着自己的手机，上面短视频页面还没有关闭，一条招募游戏主播的广告在滚动播放。

眼前一亮，比起保持通话，陈歌产生了一个更靠谱的想法：我可以在凶宅开启直播，如果我出现了意外，直播间的观众能帮我报警，直播间上传的录像也会成为最有力的证据。一切无恙自然更好，还能通过直播吸引更多人关注，为冒险屋打出名气。

"鹤山，电话我先挂了，等会儿你直接来我的直播间，房间名就是我短视频个人主页ID。"

挂断电话，陈歌打开自己手机的定位系统，同时将一键拨号设置成报警电话，做好全部准备后，他点开了短视频后台的直播软件。

昨夜一条短视频，为陈歌带来了近千的粉丝，第二天冒险屋的游客数量也陡增几倍，这让陈歌尝到了甜头。而且他进入凶宅的根本目的，是为了获得任务奖励，让自己的冒险屋能更好发展。开启直播，可以让他在做任务的同时保证自己的安全，还能吸引流量，何乐而不为呢。

"酒香也怕巷子深，我没有资金去铺天盖地地打广告，但我可以借助直播和短视频来引起更多人的关注。"

陈歌缺少的是营销和积累，至于内容方面，他一点儿也不担心。

之前那个工作室的人虽然语气不讨人喜欢，但是有一点他说的没错，现代人追求更快速的娱乐，需要更强烈的刺激，而放眼整个平台，还有比在凶宅住宿和杀人凶手博弈更有吸引力、更刺激的直播吗？

与其他主播相比，陈歌拥有一个他们全都不具备的优势。

他所拍摄的，他所经历的，全部都是真的，没有任何剧本，连他自己都不知道下一刻会发生什么。

他是在完成黑色手机的任务，直播只是顺带记录下这一切罢了。

短视频容易转发、扩散，用来制造爆点吸引人注意，紧接着再用充满个人特色的直播将路人观众转化为粉丝，两者相辅相成，陈歌也算是误打误撞地摸索出了一条最正确的道路。

"夜宿凶宅！亲身探秘！为你掀开这世界不为人知的一幕！"陈歌输入标题，

他连用了几个感叹号，让自己直播间看起来与众不同。

事实上他根本不用做这多余的事情，短视频的直播软件和专业的直播平台没法比，分类很少，大多标题都是性感小姐姐治愈聊天、甜心女神哄你入睡之类的。与人家相比，陈歌这简直就是一股泥石流，想不引起别人注意都难。

直播开启，关注他页面的粉丝都会得到提示，同时他的短视频个人动态也会有公告。

没过几秒钟，就有观众进入。

鹤山："老大，你玩儿真的啊！确定要直播这个？"

渣男都得死："你就是昨晚发短视频的那个禽兽！老娘跟你拼了！"

"楼上啥情况啊？快说出你的故事。"

我是一条小青虫："禽兽主播，关注了。"

"有没有大哥知道这直播间播什么？"

"能不能别总麻烦我们这些大哥，自己看公告啊！"

陈歌一开播，蹲点等短视频更新的人就冒了出来，人气在缓缓增长。

"诸位，我想你们都误解我了。"陈歌放下手里的多功能工具锤，非常认真地看着手机屏幕，"昨天那个短视频并非玩笑，而是我的亲身经历。原版视频你们可以去一些灵异论坛上搜索，我没有添加任何技术特效，一切都是真的，镜子里确实有东西。我知道你们很难相信，但是我会一点点为你们揭秘，让你们看到一个完全不同的世界。"

"喂，110，请问非正常人类研究中心电话是多少？我发现了一个野生的精神病。"

"我就喜欢看你一本正经的胡说八道。"

"李明！我知道你在看直播，晚上回来帮我带份炒冷面，不要辣椒，谢谢！"

"富山精神病院三房十一床集体为主播鼓掌！支持康复患者再就业！"

……

屏幕上多条弹幕划过，没有一个相信陈歌说的话，他也不生气："你们把我当成神经病没关系，我会向你们证明我是正常的。"

热度和人气在缓慢增加，陈歌看着窗外愈发浓郁的夜色，点燃一根烟，开始向直播间观众讲述五年前的富安公寓灭门案。

第5章 午夜逃杀！

诡异的大火，消失的凶手……陈歌第一次发现自己很有讲故事的天赋，他结合网上的新闻报道和自己的推测，拼凑出了当年的灭门案。

"事情的前因后果就是这样，我为了给自己的冒险屋寻找新的素材，夜探凶宅，但是却有了惊人的发现，这公寓楼里的每一个人都不正常，我怀疑五年前的杀人凶手就藏在他们当中！"陈歌掐灭了烟，看向手机屏幕。

"有点儿意思，现实版《狼人杀》啊，下面有请'预言家'发言。"

我是一条小青虫："主播你就编吧，说得跟真的一样。你尽管扯，有一个人信算我输。"

"江州市富安公寓，我上网查了一下，貌似是真的。"

鹤山："我相信主播。"

我是一条小青虫："就算主播说得不假，他怎么证明自己所在的房间就是当年的凶宅？如他所说，公寓楼被大火焚烧过，可看他居住的房间，墙壁平整，地面干净，所有家具完好无损，这像是凶宅吗？"

"我不会在这方面欺骗你们，想要证明真的是太简单了。"陈歌移开梳妆台，取出水果刀，轻轻刮去角落里的墙皮涂料，"公寓楼出事后改了名字，又里里外外重新装修了一遍,但不管怎么装修,有些东西是掩盖不了的。"

他将墙皮刮去一层,露出了下面熏黑的砖块。"这就是火灾曾经发生过的证据之一。"

渣男都得死:"我现在好奇的是你为什么去旅店住宿会带锤子和刀?你是想要冒充犯罪嫌疑人的同伴吗?"

"好好的墙皮被刮坏了,心疼公寓老板一秒。"

"这公寓住一晚多少钱啊?连个电视机都没有。"

陈歌看着弹幕,忍了很久还是没忍住。"各位,你们的关注点能不能不要那么刁钻?给我点儿尊重行不行?我现在可是冒着生命危险在给你们直播啊!"

渣男都得死"打赏"一枚硬币:"投喂一毛,以示尊重。"

对待观众,陈歌也只剩下无奈,这群老司机皮得很:"好了,下面咱们回归正题。在公寓楼里,我先后遇见了六个人,第一个是精神可能存在问题的女人,她在我进门的时候顺着门缝对我露出莫名的笑容,这个人我完全不了解,暂不讨论……"

陈歌将公寓楼内租户的外貌特征全部告诉观众,其中还夹杂着他自己的分析。"从动机上来讲,房东是最有可能成为凶手的人,但是他跛脚,走得很慢。如果从身体条件来说,一楼的文身男和二楼的矮胖男人则更有可能。当然也不排除一楼的女人和瘦弱的王琦。"

渣男都得死:"你说这么一圈等于没说,我还怀疑真凶是坐在轮椅上的老人呢,毕竟当年火灾过后,最大的受益人是他。"

"确实有可能啊,老人现在瘫痪,坐在轮椅上,不代表他五年前就已经瘫痪,再说凶手不是利用肢体搏斗杀人,而是纵火,老人完全有作案的可能。"

"对,老人的瘫痪也可能是伪装的,最不可能是凶手的那一个或许就是凶手。"

"其实我更怀疑一楼的那个女人,她对主播微笑,应该是在暗示什么。主播,你还记不记得那个女人微笑时,嘴唇凸起的高度、张开的大小,让我从微表情心理学上给你分析一下。"

"不记得了……"

观众们的热情被调动了起来,直播间的人气增长速度也开始变快。

陈歌默默看着弹幕，并没有发现什么有价值的发言。"看来还是需要我亲自去寻找更多的线索才行。"

他把手机拿在身前说："我之前实地勘查了一遍，发现这栋公寓楼里一楼和二楼全部翻新，但是三楼的某些地方还保留着五年前的样子，等会儿我会进入其中仔细搜索，争取找到有用的东西。"

"保留着五年前的样子？怪瘆人的。"

"悬案未破，死者会不会心有不甘，一直徘徊在原地？"

"夜探凶宅，真生猛！"

"不生猛怎么开鬼屋？我给你们讲，上次我们一群人去主播的鬼屋砸场子，结果胆子最大的两个人，一个被吓哭了，一个直接被吓晕了。"

"你等等，为啥胆子最大的两个会被吓成这样？那胆子小的呢？"

"你说的都是屁话，胆子小的人谁敢进他的鬼屋？"

"好像有点儿道理。"

鹤山："呵呵。"

直播间的节奏已经跑偏，陈歌也不在意，他将水果刀放入口袋，抽刀练习了几次，然后一手举着手机，一手提着工具锤来到门口。

这一次他学聪明了，先隔着门缝朝外面看了一眼，确定走廊上没人后才轻轻推开门。

关门的时候，陈歌揪下一根自己的头发放到锁眼，这样如果有人在他离开的时候开门，头发就会被顶入锁孔深处。

准备好后，陈歌穿过二楼长廊来到楼梯口。他动作很轻，没有激活声控灯，仅凭手机屏幕自带的亮光摸索前行，走上台阶，两边墙壁的颜色慢慢变深，空气中飘散着一股说不出来的古怪气味。来到三楼，陈歌打开了手机自带的手电筒，他背靠墙壁，注意力高度集中。

第一次意外走到三楼时，他曾看见过一道模糊的黑影在走廊中闪过，那依稀是个人的轮廓。

"不管他是人是鬼，我都要小心。"手机发出的亮光将五年前的凶案现场呈现在眼前，陈歌看着墙壁上那一道道深入墙体的划痕，不由抓紧了手中的工具锤。

平安公寓的建筑风格很特别，只有一个楼道口，而且靠近公寓右侧，这就导致左侧的走廊看起来格外的幽深，走在其中，后背发冷，就算贴着墙壁也很没有安全感。

"起火点如果在三楼的话，这里根本无法保存下来，所以三楼很有可能是凶手没有光顾的地方。"陈歌拿着手机走在漆黑的走廊里，两边的房门半开着，很多已经被烧得变形了。

避开地上堆积的杂物，陈歌走进最近的一个房间。

破烂狭窄的房间里散发出一股浓浓的霉味，屋顶似乎漏雨，屋内潮湿密闭，让人感觉很不舒服。窗户全部被人用木板封死，陈歌检查了一下后发现，木板很新，是最近才装上去的。

焚毁的家具早已被扔掉，屋子里空空荡荡，找不到任何有价值的东西。

"也对，都过去了五年时间，就算有证据恐怕也无法完整保留下来。"他从屋内走出，漫步在漆黑的走廊上，客房大多被清空，杂物和生活垃圾混在一起，连个下脚的地方都没有。

"生活垃圾？或许从这里面能有所发现。"更换了目标，陈歌忍受异味仔细搜寻，一个多小时后，他还真找到了一些奇怪的东西。

为什么公寓楼里会有这么多布偶玩具？楼内没有小孩，这些玩具会是谁的？他花了近两个小时的时间翻遍了所有垃圾，前后一共找到四个毛绒玩具，相比较堆满走廊的杂物来说，这四个玩具并不起眼，若非陈歌主修玩具设计专业，对玩具比较敏感，他可能也会将其忽略。

四个玩具不知被扔在这里多久，表面满是污渍，有些地方已经发霉，手指轻轻一碰就能抓掉一大把绒毛。陈歌反复观看，疑点变得更多，玩偶外形不同，但却出自同一个厂家。

"难道是平安公寓改建后，住宿在这里的房客留下的？"很快陈歌便摇头否定了这个想法，"先不说带孩子住进凶宅公寓的概率有多大，就算和孩子一起入住，也不太可能同时携带四个布偶，这四个玩偶生产商相同，而且看做工和款式应该是好几年前的东西了。"

玩具市场更新换代极快，他在接手冒险屋以前就是某家玩具公司的职员，对行情还算了解。

"不是房客留下的，却保留在凶宅当中，那这东西很有可能是公寓原来有的东西。"他大胆进行猜测，"公寓楼原主人有两个女儿，如果我所料不错，这玩偶应该是她们的。"

想到这里，陈歌又浮现出了一个疑问："水火无情，房子、家具都被烧毁了，这四个玩偶是怎么躲过一劫的？"

"是巧合，还是说……有人特意将其放到了安全的地方？"陈歌感觉自己抓住了一条很重要的线索，"能在大火之中转移物品的只有一个人，就是凶手自己！可是他为什么要冒着危险去保护四个玩偶，这四个玩偶对他来说很重要吗？"

布偶背后的拉锁已经生锈坏掉，陈歌直接将其撕开，在发臭变质的棉絮中他找到了一张卡片，巴掌大小，字里行间充满爱意，看得陈歌直起鸡皮疙瘩。把情书塞进玩偶里？通过这种方式表白也太含蓄了吧？

他开始假设凶手的性格，对方应该是一个腼腆内向的男人，不好意思当面直说，所以送了玩偶，希望对方回家以后再拆开查看。带着好奇，陈歌又撕开两个布偶，里面各有一张卡片，内容大致相同，可当他撕开第四个布偶时，一股寒意悄然攀上了他的脊柱。

最后一个布偶里没有放表白卡片，发霉的棉絮里塞满了撕碎的纸条，所有纸条上只有三个字——去死吧！

浓烈的爱不知为何变成了最恶毒的诅咒，这中间究竟发生过什么，陈歌无从知晓。"纸条上的字应该是凶手留下的，这是关键性证据。"他挑出几张纸条放入口袋，正准备朝更深处查探时，楼梯拐角的声控灯突然亮起！

"有人来了！"陈歌一下慌了神，他赶紧关了手机手电筒，抱着几个布偶躲进旁边的客房。他藏在门后，大气不敢出，隔着门缝偷偷注视着外面。

脚步声响起，漆黑的走廊上响起了一男一女的交谈声。

"必须要赶紧把那东西弄出去，不能再耽搁了。"

"那个新来的房客之前上过三楼，他走到楼梯口突然又下去了，差一点儿发现我。"

"我知道，最近来公寓的外人越来越多，这东西要赶紧处理掉。"

"嗯。"

"叫上其他人，一起动手，今夜就给它挖出来，埋到后山去。"

来者提着一盏老式矿灯，借着光亮，陈歌这才看清走廊上说话的两人，分别是房东和一楼的那个女人。

"他们深夜不睡觉怎么跑三楼来了？"陈歌调整角度，在确保自己不会被发现后，偷偷把身体贴在门后。

没过一会儿，曾经在公寓楼里见过的文身男和胖子全部走了上来，他们不仅把自己裹得严严实实，还拿着铁钎、麻袋、菜刀等工具。

几人在走廊上，似乎是发生了争执。

走在最后面的矮胖男人心情很差，"真要这么做吗？一旦我们把它挖出来，周围会残留我们的指纹，到时候一切都说不清楚了。"

"你以为现在就说得清楚？"房东瞪了胖子一眼，"别磨蹭，赶紧来帮忙。"

"我觉得咱们还是报警吧。"矮胖男人站在原地。

听到他这话，文身男直接走过来揪住他的衣领。"你疯了吗？自己往枪口上撞？警察过来第一时间调查的肯定是我们几个，到时候你酒驾撞人肇事逃逸的事，还有我们霸占老头子公寓的事全都得暴露！"

"老公，别生气。"一楼那个住在文身男对面的女人走了过来，"这事大家人人有份，谁也跑不了，还是赶紧干活吧。"

"咱们几个身上都不干净，好不容易找了个容身之地，你们谁要是敢有其他想法，别怪我翻脸不认人。"房东将手里的铁钎塞给矮胖男人，"你去弄第一下。"

"我？"胖子额头的汗立刻淌了下来，他脸色青一阵白一阵，抓着铁钎慢慢挪动。

看着门外几人异常的行为，陈歌愈发觉得不对劲——他们到底准备挖什么？

矮胖男人走到走廊最深处，他把杂物推到两边，在其他房客的注视下，颤抖着手掀开了杂物堆后面的布帘。

那是一面加厚的水泥墙，墙体里面嵌着一具背对众人的女尸。

陈歌咬紧牙，努力不让自己发出声音，在看到尸体的瞬间，他立刻给鹤山发送了信息："报警，快报警！"

光线太暗，又隔着一扇门，直播间的观众根本不知道发生了什么事情，此时此刻陈歌也顾不上他们，贴近门缝，眼皮都不敢眨动一下。

"楼中藏尸，原来他们要挖的东西是这个。"陈歌缩在墙后，他不敢有任何异动，现在是最紧张危险的时候，那几个房客就在距离他几步远的地方，他们只要转身进入这间屋子，就能发现陈歌。

"磨磨唧唧，挖啊！"房东低骂一声，提着工具走了过去，他将麻袋铺在地上，开始清理女尸周围的水泥。

可能是害怕吵醒楼下的住户，他们动作很轻，没有发出太大的声音。墙壁被凿开，水泥块不断脱落，几人不知是热的，还是紧张，个个头顶冒汗。他们分工合作，但毕竟心里害怕，慌慌张张，进度很慢。十几分钟后，他们才把女尸从墙体里剥离出来，装入了麻袋。

"胖子，你留下来清理墙壁，剩下几个人跟我去后山，咱们找地方给她埋了。"房东提着铁钎，在一旁指挥。

"我跟你们一起去！"矮胖男人想都没想就开口，把女尸挖出来后，他整个人都快要虚脱了，哪还敢一个人留在这地方。

"瞅你那点儿出息！娟儿，你陪他留在这收拾，等会儿我们在后山老地方汇合。"房东朝唯一的女人叮嘱了几句，然后他和文身男抬着麻袋朝楼下走去。

他走路一瘸一拐，脚步声一轻一重，在经过陈歌躲藏的房间时，忽然停顿了一下："地上咋这么多棉絮？"

听到房东的声音，陈歌的心都要提到嗓子眼了，布偶撕开，有些棉絮和碎纸片掉在了地上，声控灯亮起，发现有人过来后他根本没时间捡。

"先别管那么多了，这玩意儿死沉死沉的，赶紧埋了再说。"文身男在后面催促，房东也没有深究，两人从陈歌藏身的房门前经过，似乎是走远了。

"胖子，别愣着了，干活吧。"女人和矮胖中年人开始清理垃圾，擦去工具上沾染的血迹，几分钟后，他俩提着一个大袋子下了楼。脚步声渐行渐远，等三楼重新安静下来，陈歌才敢大口喘气，他非常谨慎，顺着门缝往外看。

走廊上漆黑一片，那几人都已经离开。

"靠！吓死我了。"

又等了三分钟，外面仍旧没有任何异常，陈歌这才慢慢推开房门，猫着腰走了出来，为避免被发现，他没有打开手机手电筒，一手扶着墙壁，缓慢前行。

"听这几个人的对话，他们虽然都不是什么好东西，但墙壁里的女尸确实和他们无关。"要说起来，这群人也够倒霉的，霸占了老人家的公寓后，谁知道竟会在楼顶墙壁里发现一具尸体。正常人发现尸体第一反应肯定是报警，可这几个人自身不干净，一方面害怕报警被警察查出自己的案底，一方面又觉得和尸体住同一栋楼怪瘆人的，没办法只能选择帮真正的凶手背锅，主动挖尸掩埋。

"难怪房东再三交代，不让我在午夜以后外出。"陈歌的双眼已经适应了黑暗，他加快速度，准备尽快离开公寓楼。

一路轻手轻脚，陈歌背包也不准备要了，他直接来到了一楼。

坏了！公寓楼的防盗门被锁上了，他被困在了大楼里。

"那些人去埋尸体，临走还不忘锁门？"陈歌隐隐觉得有些不妙，"一楼走廊的窗户上安装了防盗网，三楼的窗户被木板封死，我现在唯一能离开公寓楼的出口，就剩二楼房间的窗户。"

公寓内的气氛很诡异，陈歌不愿停留，他提着工具锤返回二楼。

黑暗中的走廊幽长深邃，就像是凶兽张开的嘴巴，一旦进入就会被咬得粉碎。

"好安静。"陈歌自己的房间在走廊最左侧和房东的屋子紧邻，他高度警戒，很害怕某扇房间的房门会突然打开。

放缓脚步，屏住呼吸，用了一分多钟的时间，陈歌才走到自己房间门口。

"幸好没出意外，等会儿我把床单捆在窗框上，从二楼下去应该没问题。"陈歌摸出钥匙，借助手机屏幕的微光找准锁孔，他正要将钥匙插进去，手臂突然凝固在半空。

"我放在锁眼里的那根头发怎么不见了？"

汗毛竖起，恐惧如潮水从四面八方袭来，陈歌只觉得手脚冰凉，寒意顿生。

"有人进过我的房间！他们知道我不在房间里！"陈歌的呼吸变得急促，肺里好像塞进了一块冰。

"他们是什么时候怀疑我的？是挖尸体之后，还是在发现地上的棉絮时？"其实现在思考这个意义并不大，陈歌向后退去，他看着自己居住过的房间，很快冷静下来。"不能回去，那些人现在很有可能就在我的房间里！或许他们正拿着铁钎躲在门后！"

强大的心理素质让陈歌迅速调整自己的状态，他必须要在最短的时间里逃出去，拖得越久就越危险。

一步步后退，陈歌没有发出任何声音，他心里很清楚，现在只有通过二楼的窗户才能离开公寓楼，其他的路都已经被堵死了。漆黑寂静的走廊里，陈歌没有发出任何声音，悄悄退到了走廊最右侧，这里是二楼距离他房间最远的地方。

"那群房客比我想象的还要危险，今夜能不能保住小命，就看这一搏了！"陈歌咬紧牙关，举起工具锤，重重地砸在最右侧房间的门锁上。

"嘭！"

笼罩平安公寓的死寂被打破，陈歌像疯了一样连续捶打门锁，随着一声声巨响，他最不愿意看到的事情发生了。

走廊最左侧，陈歌原本租住的208号房间的房门被推开！听到响动，文身男和房东两人手持铁钎和菜刀，面目狰狞地冲了出来！

"快开啊！"

连续捶击，锁头终于掉落，陈歌毫不犹豫一脚踹开房门！

"嘭！"门板重重撞击在墙壁上，陈歌冲入屋内拉开了玻璃窗。

"糟了！这么高？"站在窗沿旁边往下看，这里距离地面至少有三四米。走廊上传来急促的脚步声，房东和文身男正在快速逼近。陈歌来不及思索，翻出窗户，双手扒着窗台，脚踩一楼防盗网。

"他肯定看见我们搬尸了！"

"千万不能放他走！"

房东那张丑陋暴躁的脸已经出现在房门口，他举着菜刀，面目狰狞地叫道："还想跑？！"

这阵仗陈歌哪敢犹豫，直接松手跳了下去。

胳膊被墙壁擦破，衣服也让防盗网划出了一个大口子，陈歌落下就地一滚，捡起地上的工具锤就朝大院外墙跑去。

"快！抓住他！"房东怒吼，将手里的菜刀对准陈歌扔了下来。

后脑一凉,陈歌看着深深插在身后草地里的菜刀,冷汗直流。"绝对不能落到这群人手里,他们已经动了杀念!"

公寓楼的防盗门这时候也被打开了,埋伏在一楼的胖子和女人抓着修剪灌木用的铁剪冲了过来。

"一群疯子!"陈歌全力狂奔,好像利箭般蹿到大院铁门处,踩着房东新换的大锁,抓着锈迹斑斑的铁链翻门而逃。

公寓楼被一片密林包围,夜色漆黑,根本看不清路,再加上又被几人追赶,匆忙之下,陈歌直接冲入树林当中。

一追一逃,手电筒的灯光不时扫过,房东和文身男的叫骂声在身后响起,陈歌头也不敢回,他此时心中只有一个想法——赶紧逃出去!

衣服裤子被树杈枝蔓挂烂,满身的泥泞和树叶,跑了不知多久,陈歌才把房东他们甩开。

他半蹲在灌木丛里,看着远处扫来扫去的微光,手指抓进泥土当中,大口大口吞吸着空气。

太惊险了!

被困在公寓楼时,他只要有一个地方稍有犹豫或者选择错误,就很可能会丢掉自己的性命。

"这试练任务的难度也太大了吧?"黑色手机发布的任务以生死为赌注,更可怕的是,它就发生在现实当中。

暂时甩开房东,但这并不代表自己的处境已经安全,陈歌缩在树丛里,他很担心一扭头,突然看见房东他们拿着修枝剪和菜刀出现在背后。

心跳恢复正常,陈歌慢慢从灌木丛中站起,房东手电筒的灯光已经消失不见,深夜的密林一片死寂,连虫鸣和鸟叫都很少。

他人生地不熟,在密林里狂奔,现在连东西南北都分不出来了。"该往哪走?要不,就在这里躲到天亮?"

陈歌拿出手机,发现直播还在继续,黑屏了一个多小时,满屏都在刷问号,这么诡异的直播间,饶是见多识广的老司机们也开始摸不着头脑了。

他没有去和观众交流,看了下时间,正准备点开鹤山的回信,侧后方忽然传来了树枝摇晃的声音。陈歌立刻把手机塞回口袋，防止屏幕的光暴露自己。抓紧工具锤，他紧张得手心冒汗，死盯着发出声音的树丛。

没过一会儿，一束浅浅的亮光照了过来。

就在陈歌准备暴起挥动工具锤的时候，他听到了一个熟悉的声音："有人？谁在那里？"

王琦？他不是早都离开公寓楼了吗，怎么大半夜的又跑回来了？陈歌虽然好奇，但是他深知好奇害死猫的道理，蹲在原地一动不动。

"是我看错了？不可能啊。"王琦拿着手电筒扫了几遍，他不死心的在原地转悠。

"绝不能过去，此人身上的问题不比平安公寓房客小。"陈歌不仅没有靠近王琦，还朝着和王琦相反的方向离开。走了没多远，陈歌发现地势越来越陡，他似乎是跑错了方向，独自进入了后山当中。

穿过灌木丛，眼前出现一块坡地，在树木环绕下，陈歌看到了一座十分简陋的木屋，门上还钉着一个标牌，他凑到跟前查看，标牌上写着"防火如防疫，千万别大意；改善投资环境，造林绿化先行"。

"这好像是护林员住的地方。"他试着推了一下门，木门没锁，伴随着嘎吱一声轻响，一股怪味散发了出来。

"什么东西？"他没敢打开手机手电筒，只是将屏幕亮度调高。木屋不大，各种生活用品随意摆放，好像垃圾堆一样。陈歌捂着鼻子走向怪味最重的地方，掀开床板，下面是一大堆已经发霉的衣服。

"收集癖？"双眼所见要比他想象中还要严重，床底下大部分衣物都是女性的，从来没有洗过，沾满污渍，随便捞出几件对比大小，陈歌发现这些女性衣物尺码相同，应该是属于同一个人的。上面沾染的泥土没有完全干裂，这件衣服最近一两天内好像还被人穿过。

陈歌拥有"殓容"技能，对人体线条结构非常了解，在用手指丈量尺寸的同时，脑中几乎瞬间浮现出了那具被砌入墙壁里的女尸。

尺码完美贴合，这衣服很可能是墙中女尸的！死人穿过的衣服为何会藏在这个木屋里？在最近几天还被人穿过！

陈歌的心跳开始加快，他将手中的女性衣物铺在地面上，从其口袋中翻找出了一些皱皱巴巴的碎纸条,上面隐约写着"我爱你"等句子。

"这个字体……"陈歌又把从布偶身体中取出的纸条拿了出来,两者对比,字迹竟有八九分相似。布偶里的纸条是五年前的东西,而这些女性衣物很显然是最近几个星期才被扔到这里的,跨越了五年时间,为何它们会有如此多的相似之处?

同样的字体,同样的表白信,难道两起案件的凶手也是同一个人吗?

他将衣物重新拿起,正要去合上床板,一个桃红色外壳的手机从那衣服的里兜掉了出来。

"死者的手机?"

伸手捡起,陈歌按了一下开关,发现手机屏幕正处于编辑短信的状态。

"救我……"

他心中浮现出不好的预感,颤抖着手点开了发件箱,里面所有的短信都只有两个字——救我!

陈歌查看了所有短信的发件日期,全部是在午夜以后,这一点和王琦所说完全吻合,但这也是最让陈歌觉得惊悚的地方。

一具被砌入墙里的尸体,是如何在每天晚上发送短信的呢?

灵异现象?如果真是怨念作祟,那挖尸的几个人现在怎么可能还好好活着?

"一定是有人在捣鬼。"陈歌已经串联起了所有线索,他心里十分清楚。"这个使用死者手机每天给王琦发送短信的人,就是杀害他未婚妻的凶手,同时,也是五年前灭门案的真凶。"

"我想我已经知道凶手是谁了。"陈歌拿着手机站在屋内,"王琦被公寓楼内的房客当作疯子,房东更是每次见他都要将他驱赶出去,这个人是我今夜见过的唯一一个没有住在公寓楼里,但是却总在公寓附近出现的人,所以他的落脚点一定距离公寓楼很近。"

"关键在于,我因为房价和房东产生分歧时,房东告诉我这周围几千米内没有其他可以住宿的地方,如此想来,他平时有很大概率就藏在这木屋里。"

"如果他就是木屋的主人,那么一切都能解释得通了。这个拿着寻人启事,每天都在寻找自己失踪未婚妻的可怜人,其实就是亲手杀死自己未婚妻的凶手!"

陈歌简直不敢相信,自己居然跟一个杀人凶手聊过天,还试图打开对方的内心去沟通。

喉结滚动，他现在才有点儿后怕。"这个疯子肯定是受过什么刺激，收集死者生前的衣物，用死者的手机给自己发信息，或许他的身体里还隐藏着第二种人格，当他睡着以后，就会接管他的身体。"

越想越瘆人，陈歌滑动手机，想要找出更多线索。桃红色手机上应该保留有他的指纹，这是证物，必须要收好。

他看着屏幕，也不知道是过于紧张导致眼花，还是因为其他原因，他竟然看到屏幕上模模糊糊倒映出了一个女孩的身形，那孩子看起来只有十七八岁，还穿着一件染血的校服。

揉了揉眼睛，他正要再仔细看一眼时，脖子后面突然传来一阵凉意，就好像被什么东西抚摸过一样，这瞬间的刺激让陈歌猛然扭头！

木屋里空气仿佛结冰，看着自己身后，陈歌感觉心脏都快要跳出来了。

房门不知何时被打开，周围悄无声息。在距离他两米多远的地方，王琦瞪着满是血丝的眼睛，正缓缓将手中斧头举起！

时间似乎停止，两人站在屋子两边，谁都没有动。

"就差一点儿啊……"王琦的声音和之前完全不同，那是一种压抑的疯狂，就像是野兽一般不受控制。

陈歌没有说话，他握紧了工具锤，心里对屏幕上出现的影子抱有一丝感激，如果不是红衣现身提醒了他，可能此时此刻王琦已经将他砍伤。

"真可惜。"王琦向前走了一步，陈歌立刻将锤子护在身前，他不知道这疯子有什么打算，全身高度戒备着。

"别激动，手机里的东西你都看到了？其实也没什么大不了的。"王琦脸上的疲态一扫而光，他非常兴奋，和最开始判若两人，"从你进入公寓楼和我第一次对话的时候，我就说过，我的未婚妻肯定藏在公寓楼内，怎么样？我没有骗你吧？"

他用斧头挑起自己未婚妻曾穿过的衣服说道："毕竟，是我亲手把她砌入墙里的。"

说着说着王琦语调突然发生变化，他情绪波动极大，好像是想到了什么痛苦的事情，抓着斧头狠狠地砍在了那件衣服上。"我没有错，错的是她，她非要离开，我只是想尽自己的力量把她留下。"

王琦堵在门口，提着斧头，注视着地上被砍烂的衣服。"我不想这样做的，你知道吗？我也不想这样的……"

抓紧工具锤，陈歌偷偷将死者的手机放入口袋，眼睛盯着木屋房门，他在寻找机会，随时准备逃离。

"我是个很讨人厌的家伙，周围的人都这么说，不，就算他们不说，我也感受得到……"王琦这个人不单单是心理变态，他的精神似乎也出现了很严重的问题，每次开口说话都像是在自言自语，他似乎走进了一个怪圈里，怎么也爬不出来了。

在王琦说话的时候，陈歌慢慢调整自己的角度，他在脑海中模拟了三四种逃离的方案，比如转移对方注意力，或者诱使其靠近等等，但是因为木屋空间太小，这些方案可行性极低。

王琦的声音越来越尖锐，他的状态很不稳定。"所以我把他们都烧了！烧掉一切看不起我的人！一家子布娃娃全都去死吧！去死吧！！"

待得越久，陈歌感觉自己就会越危险，他决定不再等待，也不去想什么乱七八糟的方案，全身肌肉绷紧，在王琦情绪快要失控，无意识挥舞斧头时，他小腿蹬地，如同炮弹般主动撞向王琦！

兔子急了还会蹬鹰，这应该是陈歌二十几年人生中做过最大胆的决定，在和连环杀人案真凶对峙时，他要比杀人凶手还疯狂！

两三米的距离转瞬即至，黑暗中王琦反应慢了陈歌一拍，在几秒前，陈歌就已经瞄准了王琦的脑袋。

"嘭！"

工具锤狠狠砸下，手腕上感觉到了一丝温热，陈歌又一脚踹向王琦小腹，夺门而逃！

冲出木屋后陈歌就朝着密林跑去，这一次他找准了方向，树木渐渐稀疏，视野开阔。但是危险仍在，他能感觉到树林里有人跟在他的身后，摇晃的手电筒灯光和树枝不断碰撞、折断的声音就是最好的说明。

一刻也不敢停，陈歌玩了命在前面跑，直到看见村镇附近的水泥路时，他身后的声音才慢慢消失。

"那些人应该离开了。"沿着水泥路,陈歌又跑了几百米,耳边忽然响起了警笛声,放眼远望,公路尽头亮起了警灯,几辆警车呼啸而来。

"得救了!"他就像是遇到了失散多年的亲人一样,站在马路正中央,"是我报的警!我抓住了五年前灭门案的凶手!"

木桌上放着几个用过的棉签,还有一瓶矿泉水和一个未开封的面包。坐在桌子另一端的年轻警察放下录音笔,取出自己手机,打开一个文件夹:"你看看是不是这个人?"

陈歌看了一眼照片,几个男人勾肩搭背从饭店走出,其中个子最高的那人,手背上文着一朵牡丹。

"对,就是他!"

"牡丹花开,富贵自来。这人叫张鹏,是个赌徒,欠下了几十万高利贷,涉嫌入室盗窃、抢劫。"警察继续往后翻照片,"你再看看这张照片。"

后面的照片是从某段监控视频中截取出来的,多次放大后,陈歌才看清楚,面包车主驾驶位上坐着一个神色慌张的胖子,他的长相和公寓楼内的矮胖男人有八九分相似。

"看着眼熟。"

"根据你的描述,我们对比了公安数据库,图片里的司机叫冯春磊,是外省人,酒后驾车并肇事逃逸,情节极为恶劣。"年轻警察收起手机,整理着手中资料,"我这边笔录已经做完,但你暂时还不能走,等会儿市分局刑侦队的人要过来对你做更详细的讯问,希望你能配合案件调查,毕竟你是唯一的目击者。"

"应该的。"陈歌坐在床上,直到现在,他的心情才慢慢平复下来。

几个小时前,西城派出所接到报案说西郊平安公寓疑似发生命案,警方立刻行动,在临近平安公寓的公路上遇见了陈歌,对他进行过基本查问之后,西城派出所兵分两路,一队跟随陈歌前往后山木屋,追捕王琦;另一队则进入树林搜寻平安公寓的房客。

穿过密林,等陈歌再次来到木屋的时候,地上只剩下一摊血迹,王琦却不见了踪影。

西城派出所民警发现新鲜血迹，又在木屋中找寻到大量死者衣物后，终于相信了陈歌的话，立刻向市分局求援，调集更多警力，连夜封山搜查。

作为关键性证人，陈歌得到密切保护，本来警方决定直接将其送往分局，但陈歌为了完成黑色手机布置的任务，他告诉警方平安公寓楼里还隐藏有更重要的线索，强烈要求就在平安公寓进行笔录。再后来就有了上面那一幕，在门里门外两名警察的保护下，陈歌安安心心躺在凶宅当中，等待任务时间过去。

到了半夜三点多，房门被推开，一个四十多岁的中年警察走了进来，他脱下警帽，抓起桌上的矿泉水就猛灌了几口。

"三宝叔，这水是我的。"陈歌看着进来的男人，从床上爬了起来。

来人全名李三宝，是西城派出所副所长，说来也巧，当初负责调查陈歌父母失踪的就是他。那个时候陈歌绝望心焦，多亏了这位大叔跑前跑后，帮了陈歌许多忙。

"你这家伙，三宝也是你能叫的？说多少次了，要不叫我李主任，要不叫我李队长。"李三宝放下水瓶，脸上带着隐藏不住的笑意，"算了，看在这一次你立了大功的份儿上，我就不跟你计较了。"

"人抓住了？"陈歌一下站了起来。

"刑侦队那帮家伙可不是吃素的，不仅抓住了王琦，公寓楼里其他几个房客也相继落网，现在只有一个张鹏没有归案。"

"太好了！"

"王琦未婚妻的尸体也已经找到，正交由法医处理，你小子有什么要问的赶紧问，一会儿我还要去忙其他的。"李队过来只是为了给陈歌一颗定心丸。

"张鹏、冯春磊都是在逃人员，剩下的那两个是不是也是逃犯？"陈歌倒不客气，直接把心中疑惑问出。

"女的是张鹏老婆，最多算是个包庇罪。房东的情况有点儿复杂，他本身只是个护工，但是见财起意，所以就伙同其余几人霸占了老人的公寓，不过他并没有虐待过老人，至少我们没有在老人身上看到明显的伤痕。"李队戴好警帽，"你问这干什么？"

"也没什么。"陈歌学着鹤山那样露出憨厚的笑容，"奋不顾身，协助警方缉拿在逃嫌犯，听说好像是有赏金的。"

"锦旗等案子结了就给你送家里去，回见。"

"喂！"

看到陈歌吃瘪，旁边的年轻警察笑了起来。"李队逗你玩呢，如果王琦真的是五年前灭门案的凶手，那你能获得的赏金应该在三万以上，只不过这个钱由当地财政部门支出。另外，公寓楼里的老爷子曾以个人名义发布悬赏，凡能提供关键线索者奖励五千元。"

"还真有赏金啊？"陈歌一听有现金奖励，嘴角都翘了起来，"我就随便一问，其实我见义勇为的初衷并不是为了钱，能为我市和谐安定发展做出自己的贡献，是每一个市民应尽的责任。"

年轻警察笑了笑，也没有反驳，尽职尽责地守在房门口。

陈歌随后又接受了市分局刑侦队的讯问，做了两套笔录后，西城派出所本来要把他送回家，可他为了完成任务找各种理由，死赖在凶宅不走，一会儿要去208房间拿回自己的背包，一会儿又要带警察去三楼看凶案第二现场。一直折腾到早上六点，黑色手机上提示试练任务完成后，他才坐上警车离开。

看着两边飞速倒退的风景，陈歌没有任何困意，他偷偷拿出黑色手机，开始查看任务奖励。

玩家在规定时间内抵达任务场地，成功找出凶手，并存活至天亮，"午夜逃杀"试练任务完成！全新恐怖场景"午夜逃杀"已解锁，玩家可在场景界面自由操控本场景内所有机关！

试练任务完成度超过百分之九十，获得本次任务隐藏道具——王琦的寻人启事。

王琦的寻人启事（怨念值十一）：我每天都在寻找那个被自己杀死的人，我将她杀死了一遍又一遍，可她似乎总能找到我。每当天亮，我睁开双眼的时候，她的东西总会出现在我的床上。我明明把她砌进了墙里，可她却好像钻进了我的心里……

第6章 法医学院学生

"任务完成度超过百分之九十还有额外奖励?"

陈歌刚发现自己获得隐藏道具时,心里有些小兴奋,可是当他点开了道具说明后,所有的期待都烟消云散:"王琦的寻人启事也算奖励?黑色手机不会弄错了吧?这怎么看都像是诅咒啊!"

硬着头皮看完瘆人的物品介绍,一个新的问题出现在陈歌脑海。

怨念值是什么玩意儿?

根据字面意思来理解,黑色手机奖励的宣传单上,应该残留着王琦心中的仇怨。

"是个正常人应该都不需要这东西,难道它不是给活人准备的?"陈歌回头看了一眼自己的影子,摇头驱散了心中的想法。

七点多钟,警车开回新世纪乐园,陈歌问门岗取了冒险屋备用钥匙,回到了自己的冒险屋当中。

奔波了一晚上,他筋疲力尽,躺在员工休息室里,感觉全身骨头都要散了一样。他掏出自己的手机,发现电量早已耗尽,直播也不知道是什么时候停止的。

连上充电器,重新开机。

手机自带的计步器显示他昨天一晚上跑了四万多步,位于好友第一位,下面还有小婉的点赞。

"看来我有必要锻炼一下身体了，不求能干倒别人，只求比别人跑得快就行。"陈歌翻动手机屏幕，找出了鹤山的电话，他怕打扰鹤山睡觉，试探性地发了个短信，结果没过两三秒鹤山倒主动打了过来。

"天啊！老大，你还活着啊！"鹤山的声音很大，震得陈歌头疼。

"你就这么盼着我挂？小点儿声，别影响你们寝室人睡觉。"

"睡毛线啊！昨天他们全都在看你直播，我们一起熬到了现在！"

鹤山这句话说得陈歌还挺感动，他正准备说句替我谢谢哥儿几个时，鹤山的第二句话脱口而出："直播中断后，他们都说你已经遇害，还非要跟我打赌一顿饭，现在好了，我下个星期的伙食都不愁了。"

"我的命就值一顿饭吗？你其实可以不用和我分享你的喜悦，真的……"陈歌对鹤山这个耿直 boy 无话可说。

"总之，老大你活着就好，我真怕哪一天在我们实验室里看见你。你知道不，我们法医上实习课的时候，老师会拍下受害者的照片，供我们学习分析……"

"好了，好了。"陈歌揉着太阳穴，感觉脑仁生疼，"我人没事，这次多谢你了，以后有机会我请你吃饭。"

匆匆挂了电话，陈歌打开了自己的短视频个人主页，意外发现自己的粉丝狂涨了三千多个。

"我去？直播黑屏也能涨粉？"他又看向私信箱，已经爆满的信箱里问得最多的问题就是——主播，你还活着吗？

"这群人，一个会说吉利话的都没有！"

陈歌看到自己首页的冒险屋广告还在，直播间和个人主页没有被封禁后松了口气，他把手机扔到一边，脑袋埋在枕头里，舒舒服服地伸了个懒腰。

"什么都不想，今天就偷个懒吧，我要好好睡一觉。"

闭上眼，陈歌很快睡着了。

太阳升起，新的一天到来，阳光照入屋内，给床单镶了一层金边。

"嘭！"

冒险屋外面的防护栏向两边拉开，楼梯上响起了轻盈急促的脚步声，钥匙插进锁孔，卡簧转动，员工休息室的门被人用力推开。

床板猛然一震！

吓得陈歌蹭一下坐起，他还没开口，就看到眼前有什么曼妙的东西晃动了一下，接着就听到了一个清脆兴奋的声音。

"老板！你上电视了！"

过了两三秒，陈歌才反应过来，他看着坐在自己枕头旁边，穿着清凉的小婉，闻着对方身上散发出洗发水的清香，默默捡起床单挡住上半身。"你慢点儿说，我怎么了？"

"我还是第一次在视频里看到现实生活中的人，虽然你脸上打了马赛克，但我还是一下就认出你了！"

"马赛克？"陈歌总觉得徐婉说的话有种很微妙的感觉。

"你看。"徐婉拿出手机递给陈歌，"这是我从网上截取的片段，江州早间快讯播放到第二十三分钟的时候，紧急插播了一条新闻。"

陈歌点开了视频，画面中正是平安公寓。

"邪不压正！五年前富安公寓灭门案有重大突破，在一位热心市民帮助下，警方现已将真凶缉拿归案！"

后面有一段简单的采访，并配上了陈歌和西城派出所民警一起离开的图片，只不过陈歌的脸部打了厚厚的马赛克，下面还配上了字幕，说是因为有一名嫌犯仍在逃窜，为保护证人安全，所以暂时不公开其身份。

"老板，这个人是你吧，身高体形就连衣服都完全一样！"

"你先让我把衣服穿上再说。"陈歌晃了晃脑袋，穿好衣服，把昨晚的事情大致给徐婉讲了一遍。不过，他没有告诉徐婉他去平安公寓的真实原因，只说自己是为了改造冒险屋，前去寻找灵感。

听完之后，徐婉神情发生很大变化。"老板你辛苦了，再睡会儿吧，外面的游客我来招呼就行。"

她也是好意，可是一听到有游客，陈歌瞬间精神了许多："人多不？"

"反正比昨天多。"

"那还等什么？扶我起来！"

陈歌让徐婉先去招待，他跑到卫生间洗了把脸，然后取出黑色手机点开了"午夜逃杀"恐怖场景。

"午夜逃杀"（尖叫指数一星）：此恐怖场景已布置完毕，可前往三楼进行参观。

注意：冒险屋内部空间已不足，扩建之后，才能继续解锁全新恐怖场景！

"什么时候布置好的？"陈歌本来还以为需要准备很多东西，但他发现自己严重低估了这个黑色手机。

穿上鞋子跑到三楼，陈歌推开阁楼的门，门后的世界完全变了一个样子。

被淘汰损坏的道具全都不见了，面前只剩下一条条阴森得冒着寒气的走廊。

新解锁的"午夜逃杀"场景占地很大，囊括了整个三层，还侵占了二层"冥婚"和三层"僵尸复活夜"场景的一部分。

"一共一层，一楼和二楼是过渡，最恐怖的地方在三楼，这怎么跟平安公寓有点儿相似？"

陈歌熟悉了一下新的场景，内部构造和平安公寓差不多，弥漫着不安和痛苦，安装了数十处机关，很多房间相互连通，设置有暗门，其中还隐藏了几个充满恶趣味的彩蛋。

"很真实，这地方适合玩逃生类游戏，等会儿可以用游客做一下试验。"

昨夜的经历让陈歌现在回想起来仍感到心悸，他拥有最真实的体验，时间有限，陈歌只是简单逛了一遍，就朝楼下走去，毕竟冒险屋外面还有很多游客在等待。

"大家稍等一下，老板马上就过来，你们可以先去参观一下乐园的其他项目。"隔着老远，陈歌就听到了徐婉的声音。

"妹子，你老板真的在鬼屋里？我们昨晚可看他直播了，十几个人在树林里追着他打！那种情况下，他还能挺过来？"

"瞎扯！我也看直播了，主播被几个变态困在公寓楼里，猫捉老鼠你们知不知道？那下场我简直不敢想。"

"你确定咱们看的是同一个直播？昨晚除了声音，剩下时间全是黑屏，你们是怎么看出来那么多东西的？"

"甭说没用的，活要见人，死要见尸！"

讨论的声音慢慢变大，徐叔也被吸引了过来，他看着还在聚集的人群，心里既高兴又有点儿担忧。从某一个时间段开始，这座快要倒闭的冒险屋好像突然成了新世界乐园的焦点，甚至有很多人大清早专程到此。正常来说这是好事，可每次听到这些游客嘴里说的话，他都有种心惊肉跳的感觉。"不行，下次见了小陈，要和他好好谈一谈，年轻人急功近利，可不敢走上什么邪路啊！"

"刷！"

防护栏被拉开，洗漱完毕的陈歌从冒险屋里走出："不好意思，让诸位久等了，冒险屋冒险，票价二十，童叟无欺。"

众人的讨论声为之一静，其中有几个因为看了他直播才来的观众，直接跑了过来，围着他开始询问昨晚的事情，让陈歌也过了一把当网红的瘾。

几分钟后，人群恢复秩序，陆陆续续开始进入冒险屋体验。

吸取了上一次太过恐怖的教训，这回陈歌没有单曲循环《黑色星期五》，而是将其夹在曲库当中，随机播放。

陈歌给小婉化了妆，让她进入"冥婚"场景扮鬼，自己则待在冒险屋门口收费。

"游客数量在稳步增长，好评率也多了不少，这样下去，用不了几天我就可以满足冒险屋扩建的要求。"陈歌拿出黑色手机，一来是看看自己距离第一次扩建还差多少游客量，二来是想看看今天刷新出来的日常任务。

简单难度：如果要给游客提供一个十分吓人的经历，那么首先要注意游览的节奏，演员和机关过早或过晚出现都会导致游客兴致丧失，所以建议在冒险屋中安装声音探测器以及监控，时刻掌控游客的游览进度。

一般难度：真正吓人的秘诀是使参观者意识不到惊吓的来临，比如在引人注目物体的反方向设计惊吓点，检查冒险屋里所有道具是否符合标准。

噩梦难度：深夜的浴室总会发出奇怪的声音，想知道原因的话，就照我说的做吧。

日常任务每日零点刷新，每天只能领取一个任务，难度不同，奖励不同。

注意！个别任务极度危险，请慎重选择！

扫了一眼三个日常任务，陈歌首先排除了噩梦级任务。连续折腾了两个晚上，他现在迫切需要好好休息一下，再说镜子里的怪物还没弄清楚，如果又引来其他东西，他一个人很难招架住。

"噩梦级任务的奖励可以直接作用于我的身体，赋予我某些能力，但奖励和危险程度是成正比的，暂时先不考虑。简单难度任务需要一定的资金才行，现在抓捕逃犯的悬赏还没有给我，想要完成难度很大。"陈歌想来想去，觉得只有一般难度的任务比较合适，在引人注目物体的反方向设计惊吓点，这个想法倒是不错，运用在我的冒险屋里，应该能带给游客更多"惊喜"。

领取了一般难度任务后，陈歌就靠在冒险屋门口收钱，不时会跟冒险屋里的徐婉交流几句。

很快到了中午，游客渐渐变少，陈歌将徐婉唤出，让她去吃饭，自己一个人进入"冥婚"场景当中。

这个恐怖场景从头到尾都是他亲自设计的，每一个惊吓点都考虑过很久，接受了一般难度日常任务后，他便利用中午时间开始进行改良。

通常游客进入冒险屋之前都会做好心理准备，在心理高度戒备的情况下，很难受到惊吓，所以就需要用一个无关的东西来吸引他们的注意力，让他们误以为那个地方可能存在危险，等他们全神贯注看向那里时，再从另外一个完全想不到的方向发动机关。

这个一般难度任务要比陈歌想象中简单得多，只用了一个中午的时间，他就收到了黑色手机任务完成的提示。

你已完成一般难度日常任务，吓人的方式有很多种，懂得揣摩人心，做出不同的应变才是最关键的，恭喜你获得任务奖励——碎颅医生的制服！

碎颅医生的制服（服装道具）：克劳瑞在精神病院里工作了二十年，长时间接触患者让他的精神饱受折磨，终于有一天他决定结束这一切。病态和疯狂浸透骨髓，他手持铁锤想要从根本上治疗好自己的患者！

继《黑色星期五》之后，陈歌又获得了一件道具，他点动图标，黑色手机提示他物品已经放入道具间。

"这件服装道具来得真是时候，把他和'午夜逃杀'场景结合起来，应该会产生非常奇妙的化学反应。"陈歌脑中出现了几种构思，他找出纸笔刚要好好设计一下，自己的手机突然震动了起来。

"鹤山？"

陈歌接通了电话问道："怎么了？"

"老大，你还记得我上次跟你说过的事不？"鹤山故意把声音压得很低，仿佛害怕被人偷听到一样，"高汝雪学姐被你吓哭后，我们系里的学长学姐决定组团去给她报仇，他们现在已经出发了！你可要做好准备啊！"

"他们现在就要过来？"陈歌其实并没有把鹤山的学长们放在心上。

"我是偷偷给你报信的，学长们准备在你的鬼屋里录搞笑视频，然后放到网上逗学姐开心。你也别怪他们阴险，我们系五个班，一共才七个女的，你吓哭的那个还是系花。老大，你自己保重！"鹤山身边好像有人在走动，他说完就挂了电话。

"在我的鬼屋里录搞笑视频？"陈歌收起了手机，脸色古怪，"学法医的胆子都比较大，正好让他们来帮我试试新场景，希望他们到时候还能笑得出来吧。"

午餐时间结束，陈歌来到楼下，推开冒险屋防护栏，早上没有来得及参观的游客立刻围了过来。

他们之中有的是看了陈歌的短视频和直播从其他地方特意赶来的，有的是亲戚朋友推荐过来的，还有的则纯粹是因为好奇这么多人在排队，感觉这个项目一定很有意思。

"门票二十元，为达到最佳体验效果，一次进入不要超过三位。"陈歌一边维持着现场秩序，一边跟徐婉沟通，两个人忙得不可开交。

时间不知不觉过去，下午三点多钟的时候，七个穿着时尚的年轻人进入新世纪乐园，他们好像带着某种使命一般，直接朝冒险屋走来。

七个人之间也很少交流，安安静静在冒险屋门口排队，把整条队列的气氛都弄得严肃了许多。

十几分钟后，等上一批游客相互搀扶着出来的时候，七个人里个子最高那人走到了陈歌面前。

"老板，六张门票。"他的声音很沉稳。

陈歌抬头看了看他，又扫了一眼队伍。"你们七个人不是一起的？"

"这个只负责带路。"大高个直接将身后的鹤山给推了出来。

"老大，我就不进去了。"鹤山对冒险屋已经有心理阴影了，他打了个招呼，就赶紧往后躲。

"来都来了,哪能让你在外面?这张票算送你的。"陈歌随手递过去了七张票。"你们都是江州法医学院的吧?以后还请多多关照啊。"

陈歌一脸和善,十分热心,弄得几位还没有踏上社会的法医学院学生反倒有些不好意思了。

"鹤山,老板送你的门票,你就别推辞了。"大高个把门票分发给每一个人,接下来他们的举动把周围的游客都给看的一愣一愣的。

他们没有直接进入冒险屋,而是聚在门口。

"鹤山和我一组;猴子、老赵一组;老宋,小慧,诗铃你们三个一组,来之前,贴吧上的攻略都记住了没?"

"嗯,都记住了。"

"整个场景的简易地图鹤山已经画出来了,里面的机关我们全都清楚,我希望你们能提前做好心理准备,不要流露出一丝害怕,拿出我们江州法医学院的气势!"

"明白!"

"好,从现在开始,调整自己的状态,让自己兴奋起来!加快呼吸速度,假装自己准备跳伞。蹦极,让每一个细胞都动起来!"

"对!摆出凶狠的样子!你是比鬼还要凶的恶鬼!你什么都不怕!"

"还记不记得入学时宣过的誓!"

"心不正,剑则斜!"

"江州法医学院,替死者言,捍生者权!"

"走!出发!"

几个人热血沸腾,连旁边的游客都禁不住给他们鼓掌,陈歌也在心里给他们叫好。

防护栏拉开,鹤山和大高个率先走了出来说:"我们俩打头阵,等会儿出来再给你们分享经验。"

两人走到了陈歌面前,颇有几分气势。

"就你们两个?"

"你们这不是规定一次最多三个人同时参观吗?"

"哦,那是'冥婚'主题场景的规定,你们不用在意,七个人一起来吧,省得耽误时间了。"陈歌将几人带入冒险屋,这里温度要比室外低很多,"你们先去把桌子上免责协议给签了,无论在冒险屋里出现什么意外都与本冒险屋无关,然后我才能带你们进去参观。"

"上次来没有这一项啊?"鹤山走到桌边看了看。

"那是因为在你之前从来没有人被吓晕过。"陈歌笑眯眯地看着七位朝气蓬勃的法医学院学生,"关于我这个冒险屋的背景,想必鹤山都已经告诉你们了,我也就不啰嗦了。把你们留在这里,是想再给你们提个醒。"

陈歌慢慢收敛笑容,他取出手机,搜到了早上那条新闻:"五年前的平安公寓灭门案终于告破,但是还有一个凶手没有落网,本来这和你们也没有关系,但是我早上来上班的时候,发现冒险屋大门是打开的,好像有人躲了进去。平安公寓和新世纪乐园都在西郊,但愿只是我想多了吧。"

寥寥几句,陈歌就将怀疑的种子播撒了出去,他不需要让鹤山他们相信,只是给他们提供一个想象的方向。毕竟虚拟的东西就算再真实,也远远没有现实中的可怕。

等几人全部签完了免责协议后,陈歌领着他们来到三楼,缓缓推开了"午夜逃杀"主题场景的大门。

阴森的走廊里不知从什么地方吹过一阵冷风,一扇扇半开的房门后,似乎有人在窥伺,错综复杂的通道、无止境的阶梯、烧焦的屋顶,还有随处可见如疤痕般恐怖的刀痕。

几个法医学院学生的热血,在看到这场景时就已经凉了半截。

一个个愣在原地,不约而同,全部望向鹤山。

"四合院呢?"

"这是不是跟说好的不太一样?"

"我为了能快速开棺,可是练了一晚上负重推举……"

几人看着鹤山,快把鹤山给看哭了,这个憨厚的大学生只能朝陈歌求助,然而陈歌并没有给他任何回应。"本场景主题为'午夜逃杀',请勿在场景内拍照录像，违者后果自负。出口隐藏在场景当中，限时二十分钟，如果期间实在害怕可以对着监控大叫，我会带你们出来。"

等几人全部进入走廊里后，陈歌微笑着注视他们。"最后，祝你们玩得愉快。"

"午夜逃杀"入口的大门慢慢合上，门板转动的声音如同一条锁链，狠狠勒紧几个医学生的心脏。

"鹤山，以你上次的经验来看，我们现在应该怎么办？"

"赶紧找出口，越快越好！"

……

反锁了场景大门，陈歌立刻给小婉打电话，两人一起来到道具间。

"老板，你急急忙忙找我干什么？游客不是已经进来了吗？"徐婉化着"殓容"，穿着"冥婚"场景里的服装，跑来跑去，还真有点儿吓人。

"我在三楼新制作了一个'午夜逃杀'恐怖场景，这帮法医学院学生胆子大，正好让他们去试试效果。"陈歌推开道具间的门，按照黑色手机的提示翻找起来。

"新场景制作完成后，不是还需要乐园检查才能投入使用吗？"徐婉提着古装裙摆走了过来，"老板，你在找什么东西？"

"我给你定做的制服。"

"制服？"

进入房间最深处，陈歌在角落里看到了一个熟悉的木箱，他也没想到这个原本用来存放黑色手机和布娃娃的箱子，会出现在这里。走到木箱旁边，陈歌向内看去，箱底放着一把模样古怪的锤子、一件浸透了鲜血的衣袍，旁边还有一张泛黄的寻人启事。

"找到了。"陈歌将衣服拿起，出乎他的预料，这件看似普通的医生制服非常重，里面缠着一根根雕刻着人脸的铁索。

"老板，这就是你给我定做的制服？"徐婉往后退了一步，她隔着几步远，仿佛都能闻到从上面散发出的血腥味。"我能不穿吗？"

"冒险屋演员也是演员，小婉，想想在戏剧学院你们老师说过的话，你要严格要求自己才行。"陈歌抖开了手中衣服，一张仿造的人皮面具掉了出来。

陈歌也不知道衣服里还藏有这东西，将其拿起来后，只看了一眼，他就感到一阵恶寒。面具是由不同的男性面孔缝合起来的，手法粗暴，怎么看都透着一股歇斯底里的感觉。

"老板，你别告诉我还要戴上这个东西。"徐婉已经退到了门口。

"仅仅只是尝试，我想要看看新场景的整体效果，下一次我来扮鬼好吧？"陈歌的语气就像是童话故事里引诱人堕落的魔鬼一样。

"行……那我来试试。"徐婉最终还是心软同意，接过面具和医生外套，也不避讳陈歌，脱去古装，直接换了起来，"老板，说实话，你对制服的定义，真是让我大开眼界。"

缠上外套里的锁链，披上被鲜血浸泡过的外衣，在徐婉戴上面具的瞬间，她整个人好像发生了某种变化，身上散发出了一种疯狂、狠毒、残忍到极致的气息。

"很不错。"陈歌没敢让徐婉照镜子，他害怕徐婉自己把自己给吓着，"来，再拿上这个。"

陈歌将那把造型古怪的锤子从箱子里拿出，这锤子长约四十厘米，手柄外形与活人的脊椎骨一样，末端和衣服里的锁链连接，锤头两边还有专门放血的尖钉，"中空的，不算太沉，你在快速移动的时候如果嫌麻烦，可以拖着它跑。"

徐婉已经放弃挣扎，点了点头，接过锤子。

"手机放在外兜里，检查一下耳机，随时保持联络，没问题的话，就该我们上场了。"

徐婉扭头看了陈歌一眼说："我们？老板，你也要进入场景吗？"清脆好听的声音，搭配上那张拼合成的男人脸，让陈歌有种胃疼的感觉。

"当然，快走吧，游客们估计都等急了。"

陈歌将徐婉送入"午夜逃杀"场景，自己则回到了总控制室。在监控上陈歌找到了七个医学生的身影，这七个人要比高汝雪怂太多了，从他们脸上的表情能看得出来，每个人都十分紧张。

走了半天，还在三层前几个房间晃悠，看来要给他们一点儿紧迫感了。陈歌先是把背景曲目换成了《黑色星期五》，然后他拨通徐婉电话说："小婉，这个新的恐怖场景很大，不仅囊括整个冒险屋的第三层，还包括二层和一层的部分地方，左右各有一个楼梯，等会儿你不要乱跑，听我指挥。"

"收到。"

和徐婉沟通完后,陈歌简单给自己化了一下妆,便从员工通道进入"午夜逃杀"场景当中。

他拥有黑色手机,能够随时随地操控场景内的数十个机关,仅凭这一点,"午夜逃杀"场景的可玩性就要远远超过"冥婚"和"僵尸复活夜"。

阴冷黑暗的走廊里,某个房间的浴池被推开,陈歌爬出来后,又将一切复原。

"小婉,他们现在可能在三楼207房间附近,你先去左边楼梯守着,等我下一步指示。"说完后,陈歌先让双眼适应场景内的黑暗,然后沿着右边的楼梯来到三楼。

此时此刻,江州法医学院的学生们丝毫没有察觉到"危险"已经临近,还在认真翻找屋内各种杂物,希望能有什么发现。

"这鬼屋除了阴森一点儿,温度低了一点儿,好像也没有什么可害怕的,咱们是不是太敏感了?"猴子是几人里个子最矮的,也是话最多的,"峰哥,我觉得咱们应该分成两队,这样搜索起来比较快,大家挤在一起,太浪费时间了。"

个子最高那人就是猴子口中的峰哥,他刚进入"午夜逃杀"场景,发现自己所做的准备全都白瞎后,也有点儿慌。但随着时间推移,他慢慢觉得,这个场景好像并不吓人。"分开也行,那猴子、老宋你俩带着两个女生搜索左边的房间,我们三个搜右边的房间。"

"早就该这样了,我真不知道这地方有什么吓人的,跟咱们学校的停尸库比起来差远了。"说话的是一个女孩,也是几人中唯一染发的,她和高汝雪是两种完全不同的气质,化了妆,看起来成熟性感,不太像是一个在校学生。

"慧姐,峰哥,千万别大意,咱们最好还是聚在一起。"鹤山躲在人群里,苦着一张脸,"这个鬼屋老板从来不按套路出牌,你们是没有看过他的直播,那就是一个不要命的疯子啊!"

鹤山苦口婆心地说了半天,几位学长和学姐却无动于衷,他们都觉得鹤山是在故意夸大事实,以此来掩饰自己的胆小。

正所谓耳听为虚,眼见为实,他们在鬼屋里转悠了几分钟,认为这鬼屋也不过如此。

"小山，你要是害怕就躲在姐姐后面。"被称为慧姐的女人一马当先，独自走进了旁边的房间里，"鬼屋的布置都差不多，还不如在寝室里看犯罪现场有意思。"

"那就按照刚才的分组来吧。"猴子屁颠屁颠地追在慧姐身后，"早点儿找到门早点儿出去，我已经觉得有些无聊了。"

老宋和另一个叫诗铃的文静女孩也跟了过去，走廊上只剩下鹤山、峰哥和老赵。

"说实话，挺失望的。"老赵是个皮肤比绝大多数女生都要白的胖子，他身体素质很差，没走几步远，额头就会冒虚汗。

"行了，少说几句，我们也出发吧。"峰哥手一挥，迈开步子往前走，老赵紧跟在后面。走廊上很快只剩下鹤山一个人，他有苦说不出，现在只有他还保持着高度警戒，这么下去肯定会出事的！

他往前走了两步，忽然又停了下来。"背景音乐好像换了，怎么有种莫名的熟悉感。"也来不及细想，耳边又传来一种很清脆的声音，时有时无，好像是从他们来的那条路上传出的。

"有人追过来了？"鹤山不敢继续停留，赶紧追上了学长学姐们的脚步。

当《黑色星期五》响起的时候，"午夜逃杀"游戏才算是真正开始，光线变得更加昏暗，走廊上的杂物不时会自己滚落，远处阶梯上，锁链碰撞发出的声音正慢慢逼近。

"有发现了！"走在最前面的慧姐从屋子里拿出了一个布娃娃，"你们看，这屋子正中间放着个布娃娃。"

"学姐，千万别乱动鬼屋里的东西，我们上次就是碰了棺材才触发了机关。"鹤山传授自己的经验，但是发现没人搭理自己，只能默默地站在最外面，眼睁睁看着学姐学长们疯狂作死。

"这个娃娃肯定有问题，它摆在屋子中间会不会是一种象征？"猴子将布娃娃脑袋提起，娃娃的外形像是一个五六岁的小女孩，只是没有眼睛，身体被火烧黑了，"看不见应该代表黑暗，身体被火烧是因为下了地狱吗？"

"可能预示着谋杀吧？"峰哥按了按娃娃的身体，"里面填充物不是棉花，有点儿硬，打开看看。"

猴子拉开了布娃娃身后的拉链，娃娃身体里塞满了碎纸片，随便拿出一张，上面的字迹潦草稚嫩，能看得出书写者年龄并不大。

"写的什么啊？"

唯一看了纸条内容的猴子，脸色不是太自然，他将纸条放在几人眼前，上面只有五个字——你们都要死！

"每张纸条上好像都写着这句话。"

"多大的仇怨啊。"

"赶紧扔了吧，怪不吉利的。"一直很少说话的诗铃似乎对这个娃娃格外畏惧，她看了一眼就赶紧走到了人群外面。

"一个娃娃而已，你们不要大惊小怪了，或许就是鬼屋的装饰品。"猴子将纸条塞回娃娃身体，随手扔在了走廊上。"我们去下一个房间吧。"他说话带着明显的颤音，可见他并非像表现出来的那样淡定。

"稍等。"小慧扬起左手，她正抓着几张残缺不全的纸。"在发现布娃娃的房间里，我还找到了这个，你们看看，应该是从日记本上撕下来的。"

"让我瞅瞅。"老赵接过那几张纸，直接读了起来。"我发现屋里好像藏着一个人，不知道他藏在床下，还是柜子里，我告诉了爸爸妈妈和姐姐，他们似乎都在因为某件事情发愁，没有时间听完我的话。夜深了，爸爸检查了公寓楼里所有的门窗后才去睡觉，我不知道他们在害怕什么，但是我知道，我的屋子里好像真的藏着一个人……"

"什么玩意儿！"老赵读着读着自己都读不下去了，将那几张纸还给小慧。"这都是设计出来干扰我们的，认真你就输了。"

"细节处理得挺好，可惜吓不到我。"小慧将纸张放回原位，几人继续朝下一个房间移动，他们都没有注意到，原本被随手扔在地上的布娃娃，突然翻动了一下。

"赶紧找出口去吧，别磨叽了。"

连续翻找了四五个房间都没有收获，几人来到了走廊右侧。

"三层很大，还没有搜索完，但我觉得出口在三楼的概率非常小，如果我是鬼屋经营者，肯定不会把出口和入口弄在同一层。"峰哥十分理智地分析起来。

"要分组行动吗？"

"别啊！不在同一层，很容易被逐个击破的！"鹤山插了一句，但是众人都选择性将他忽视。

"已经进来有十分钟了，什么都没有发生，这鬼屋虽然氛围诡异，但要说吓人还差得远，我觉得分开行动比较好。"老赵擦了擦额头的汗，继续说道，"别忘了咱们来这里的目的，只有在规定时间内找到出口离开，才算是堂堂正正把丢的面子给挣回来！"

"有道理，那还按照原计划分组。"

就在几人快要商定好的时候，忍无可忍的鹤山终于站了出来。"你们听我说一句行不行！"他走到几人中间，指着走廊另一边，"从几分钟前开始，我就听到楼道里有锁链声，一直有东西跟在咱们身后！"

被鹤山这么一说，几人才反应过来，侧耳倾听，确实能听到愈发清晰的锁链声。

"鬼屋老板说这个场景叫'午夜逃杀'，既然是逃杀，肯定会有杀手出现。"老赵拍了拍鹤山的肩膀，"别入戏太深，追在后面的杀手肯定是鬼屋员工假扮的，明知道是人假装的，有什么好害怕的？你们说对不对？"几人都笑了起来，觉得是鹤山太敏感了。

"别慌，有学长给你撑腰，谁来了也不怕。"老赵说着掏出了自己的手机，"咱们不是说好要在鬼屋里录短视频，放到鬼屋老板社区主页嘲笑他吗？我觉得这地方就挺好。来，大家一起看镜头。"

他挑选好角度，将所有人录入其中，眼睛扫过屏幕，正要开口说话，一股无法形容的冰凉彻骨的感觉突然冲上了他的头顶！

老赵浑身肥肉颤抖，他手一抖直接把手机甩了出去！

"胖子！你疯了？"

"干什么呢？吓我一跳！"

老赵没有说话，他目光扫过所有人，牙关打战叫道："你们自己看，算上我在内，这怎么有八个人！"

"八个？！"

"开什么玩笑？"

老赵话一出口，所有人的心跳都开始加快，"午夜逃杀"场景里光线特别暗，几人相互看不清彼此，身体都好像冻住了一样。

"第八个人在哪儿？"

"别慌！"峰哥关键时刻取出手机，正要打开。走廊另一边原本似有似无的锁链声，突然变得急促了起来。

"有人！"

峰哥这边刚解开屏幕锁，走廊拐角处一个满身鲜血的怪物就出现了。时机刚刚好，怪物就像是提前预知到了他们的位置一样。

"那是什么东西！"

沾满鲜血的医生制服下，一条锁链拖在地上，这怪物低垂着头，手里提着一把滴答着红色液体的铁锤。

大家都紧张了起来，唯有峰哥还能勉强保持镇定，直接在鬼屋里打开了手电筒。灯光吸引了怪物的注意，黑发向两边滑落，她缓缓抬起了头。

一道白光隔着走廊，远远照到那怪物身上。

那一瞬间，所有人的汗毛都竖了起来，怪物长着一张无数男性面孔拼合成的脸，缝合的痕迹遍布五官！

也就在光线亮起的同一时间，怪物好像是受到了刺激，发疯一般，提着开了血槽的铁锤狂奔向几人！

锁链碰撞墙壁，沉重急促的脚步声回荡在狭窄的楼道里，那病态疯狂的身影越来越近，几个法医学院学生里，也不知道谁先往后退了一步，紧接着引发了连锁效应，谁都顾不上去找多出来的那个人了，他们争先恐后，四散而逃。有的就近躲入了旁边的房间，有的冲进楼梯藏入二楼，还有的则一口气跑进了一楼里。场景内昏暗无光，所有人都被身后的怪物给吓住了，那越来越近的锁链声和脚步声让他们慌了神。

趋利避害是生物的共性，在大脑察觉到危险到来的时候，他们本能地选择逃离。

小慧一开始站在靠近楼梯的位置，当怪物冲来的时候，她有些不知所措，这时候站在她旁边的男人突然朝楼下跑去。被恐惧冲昏了头脑的小慧没有多想就跟在那人身后，她当时只想着千万不要被怪物追上。

手机也不知扔到了哪里，法医学院学生们之前伪装的淡定和冷静被撕破，走廊中响起一声声尖叫，场面一片混乱。

小慧跟着前面的身影来到一楼，头顶三楼的尖叫声仍旧没有停止，铁索碰到了楼梯，怪物好像也跟着进入了楼道里！

不敢回头，小慧加快脚步，紧紧跟着自己前面的那道身影，生怕被甩开。诡异的背景音乐响在耳边，朋友们尖叫不断，不安和惊恐慢慢淹没了小慧，她终于感到了害怕，越是这样，她就越不敢一个人停留。

她拼了命追上前面那道身影，在昏暗恐怖的鬼屋里，那道身影成了她的一个依靠。

"两个人在一起，不管发生什么，还能有个照应。"小慧不敢想象她一个人被扔在鬼屋里的情景，为了避免这种情况发生，她咬着嘴唇再次加速，主动抓住前面那人的衣服。

身后锁链碰撞的声音渐渐逼近，小慧前面那人领着她来到一楼，随便找了一个房间躲入其中。

"死路？"小慧在门口停顿了一下，她身边的男人则毫不犹豫躲入房间唯一的衣柜当中。事已至此，小慧只剩下两个选择，独自逃命，或者和那人一起躲入柜子里。锁链在地上拖动的声音越来越清楚，她也藏进了衣柜里。

柜门合上，她像是进入了另一个世界，漆黑安静，唯一让她安心的是，自己身边还有一个同伴。

脸上的妆早已花了，小慧捂着嘴巴，顺着柜门的缝隙往外看。

铁索拖在地上，身穿染血外套的医生停在了门口，铁锤敲打门框，缝合成的脸伸入屋内。

小慧的心怦怦直跳，她咬住自己的手指，缩在柜角，在心中默默祈祷。不要过来，千万不要过来。

或许是上帝听到了她的声音，医生只是看了一下，很快便提着铁锤离开。

悬着的心终于放下，小慧松了口气，轻轻碰了碰身边那人的手臂。"怪物好像没有发现我们,等会儿我们去跟大家会合吧。"

狭窄的柜子里只有小慧一个人的声音,半天得不到回应,她发觉有点儿不对劲,扭头看去。

和自己一同躲在柜子里的男人,体形匀称,不胖不瘦。不是猴子和老赵,峰哥要比他高,鹤山比他低点儿。

小慧试探性地叫了一声:"老宋?"

仍旧没有回应,小慧的心咯噔一下,老赵说我们之中多了一个……

血液开始往头上涌,胸闷气短,有种呼吸不上来的感觉,小慧摸出口袋里的手机,借着屏幕淡淡的冷光,照向旁边。

黑暗密闭的柜子里,一张苍白如纸、完全陌生的脸正目不转睛地盯着她。

手机从指尖滑落,两三秒的绝对安静过后,衣柜里传出一声几乎要刺透耳膜的尖叫!

小慧拼命往后退,但柜子里只有那么大的地方,她猛地往后,后脑勺直接砸在了柜壁上!也不知道是疼的,还是吓的,这个打扮时尚前卫的性感学姐捂着头瘫坐在柜子里,晕了过去。

"早就给你们说,不要在我的冒险屋里玩手机。"陈歌推开柜门,捡起地上的手机塞进女孩兜里,拿出自己的电话联系徐婉,"小婉,暂时不要让他们来一楼。"

交代完后,他背着小慧进入卫生间,推开浴池,从员工通道将小慧送到了场景外面。

"人手确实有点儿不够用啊。"找了块毛巾垫在小慧头后,陈歌再次进入"午夜逃杀"场景之中。

"现在还剩下六个人。"

陈歌将通道口复原,拨通了徐婉的电话。"小婉,你现在在哪儿?"

"二楼左侧拐角第一个房间有人,等会儿我把他逼出来,你可以从右侧包过去,给他一个'惊喜'。"

"小婉,你学坏了。"

"跟老板比起来,我要学的还有很多呢。"

第 7 章 怨念布偶殷小小

猴子独自躲在二层楼梯上,时刻注意着周围的动静。

他站在墙角,能同时看到三楼和二楼的楼道口,不管怪物从哪个方向过来,他都能以最快的速度逃离。

场景里的灯光似乎更暗了,漆黑的楼道里,诡异的背景音乐让人心里发慌。

猴子狠狠地掐了自己一下,然后深深吸了口气,作为医学生他很清楚,轻微的疼痛和充足的氧气能让人快速冷静下来。

怪物出现的时间有问题,老赵刚发现我们之中混有第八个人,怪物就加速冲了过来,这应该不是个巧合。他脑中回想刚才发生的一切。老赵发现多出一个人后,所有人都慌了,这个时候如果峰哥能把手机拿出来,看清楚每个人的脸,那必定能找出第八个人,我们错过了第一次机会。怪物冲来后,如果大家都能站在原地,不被它吓到,众人就不会被打散,这是错过的第二次机会。

猴子轻轻地叹了口气。怪物冲来大家虽然都很害怕,但还不至于逃跑,都是因为第一个逃跑的人,他起了这个头,扰乱了我们的思维,第一个逃跑的人应该就是多出来的那个人。刚才听到了小慧的尖叫,她距离那人最近,是第二个逃跑的,这也能从侧面证明我的猜测没有错。

他脸上带着苦笑，猜对是一回事，怕不怕是另一回事，一个人躲在这么阴森恐怖的环境里，感觉后背都是凉的。怪物和多出的第八人相互配合，利用逃兵心理和从众心理让恐惧蔓延，将我们打散，然后再逐个击破。仅仅为了吓个人，真的有必要上升到策略的高度吗？

猴子很聪明，可是他胆子也很小，平时在学校里从来不敢一个人进出解剖实验室。"我要赶紧把这个消息告诉峰哥他们，然后跟他们会合。"

猴子怕引来怪物，取出手机，没敢开手电筒，他调高屏幕亮光照在身后，对准墙边，那里平躺着一个破破烂烂的人偶。猴子打了个冷战。"这布偶怎么跑到楼梯里来了？我不是把它扔在三楼过道上了吗？"

刚才跑动的时候，谁不小心把它踢到了楼下吗？思来想去，猴子也只想出这么一个解释，布娃娃身体里面塞着纸条，没有任何机械零件，肯定是无法远程遥控的，看着还挺吓人。

这布偶除了破旧一点儿外，并没有特别恐怖的地方，但是看得多了会出现一种奇怪的感觉，仿佛它是有生命的一样。猴子自己也觉得莫名其妙，他注视着地上的布偶，感觉那不是一个玩偶，而是一个可怜巴巴还带着几分委屈的小女孩。

"一定是错觉，我要离这东西远点儿，玩个鬼屋，都快给我整出心理问题了。"猴子拨通了峰哥的电话，三楼的走廊上响起了手机铃声，"他在三楼，还是说和老赵一样，不小心把手机弄掉了？"

冒险屋里响起了电话铃音，莫名变得更加恐怖起来。

猴子没挂电话，把手机放入口袋，悄悄来到三楼，他躲在楼道口向内看去，峰哥的手机就扔在走廊上。

猴子一个人站在三层楼梯口，看着空荡荡的走廊，还有两边被风吹动开开合合的房门，吓得双腿发软。"老赵和峰哥的手机都不在身上，只能试试其他人了。"

他疯狂滑动屏幕，翻找其他人的电话，可就在这个时候，他手机突然一震，响了起来，"糟！什么情况！"

"诗铃？她找我干什么？难道她现在也是一个人？"

在女生面前，猴子总是表现得无所畏惧，这也是大多数热血青年的通病。"诗铃，你和大家走散了吗？你现在在哪儿？我去找你。"

"我被锁在三楼一个房间里,具体门牌号没有看清楚,你们赶紧过来,这个屋子不太对劲!"诗铃是个很文静的女孩,此时她语气急促,一副快要哭出来的样子,也不知道她究竟遇到了什么。

"慢慢说,你怎么会被锁进屋里?走廊两边的单间应该都无法上锁才对啊?"猴子一边说一边在走廊上走,想要通过声音,确定诗铃的位置。

"我也不知道,躲进来关上门后,就再也打不开了!而且这个屋子正中央并排坐着两个布偶!"

"布偶?!"提到布偶,猴子的汗毛倒立了起来,他很清楚这鬼屋里的布偶有多邪门。

"你们快来!"诗铃的声音渐渐变得尖锐,似乎处于失控的边缘。

"马上!你先离那些玩偶远点儿,按照之前鹤山说的去做,别碰屋子里任何东西,我怀疑那玩偶……"猴子说到一半,忽然停住了,他怔怔地看着自己身前,在距离他脚尖半米远的地方平躺着一个布娃娃。

他几乎是强忍着砸手机的冲动,挪到了那布娃娃跟前。

"长头发,表情痛苦自责,和楼道里那个布偶看起来不一样,感觉要比那个成熟许多。"说完后,猴子自己都睁大了眼睛。见鬼了,我为什么能从一个布偶身上,分析出这么多东西?是我被吓出幻觉了,还是这布偶做得太逼真了?总感觉它们像活人一样,也拥有自己的情感。

"现在不是想这个的时候,只要眼前的布偶和楼梯里的布偶不一样就行,至少说明这些布偶不会自己移动,我当务之急是救出诗铃。"晃了晃脑袋,猴子给自己加油鼓气,"我纯粹是自己吓唬自己,如果是楼道里的布偶追了过来,它怎么可能出现在我的前面?应该跟在我身后才对,看来这只是鬼屋老板的小把戏,根本没有必要害怕。"

他说完后心虚的朝身后看了一眼说道:"我就说嘛,根本没必要……"

猴子的目光凝固在了身后一米处,剩下的半句话生生憋了回去,因为那里正静静地趴着一个布偶。

猴子小腿发抖,如果不是身体有些不听使唤,他可能会狠狠抽自己一个大嘴巴子,在鬼屋立 flag 这种事,他估计这辈子都不会再去做了。

和队友走散，孤立无援，一个人站在阴暗的走廊中间，面对随时可能出现的杀人狂，身后还跟着一个怎么都甩不掉的布偶。这种地狱级的鬼屋体验，让猴子快要喘不上气来了。它怎么会出现在这里？它是什么时候跟过来的？它为什么会动？大脑一瞬间涌现出无数问题，前二十年的人生经验被无情粉碎，猴子握着手机，身体在不断打战。

"猴子你过来了没！快！救我出去！我感觉屋子中央的布娃娃在看我！它们真的好像在看我！"电话那边是另一个歇斯底里快要被逼疯的声音，诗铃的处境同样不容乐观。

"大姐，我救你，谁救我？"生物的本能驱使着猴子向后退了一步，脚踝好像碰到了什么东西，他下意识低头看去，原本在自己身前的布偶此时靠在了他的鞋边。

黑色的头发充满质感，带有烧灼痕迹的脸微微向上抬起，明明连五官都看不清楚，却带给人一种奇特的感觉。

它在笑！

猴子也不知道自己心里为何会浮现出这样的想法，现在他也不想去思考为什么了，他感觉自己在这短短十分钟的时间里经历了太多东西。

他绷着脸，挪动脚步，想要离开。但可能是因为站得太久，太过紧张的原因，小腿肌肉鼓成了一个大疙瘩，一阵突如其来的疼痛钻入其中。

"该死！抽筋了！"

猴子一下倒在地上，现在他什么面子都不要了，抱着腿，直接在走廊上大喊了起来："有人没！我不玩了，我不玩了！"

陈歌和小婉此时正在一楼，他俩刚合力把吓蒙的老宋给送出了场景，从员工通道一回来就听见三楼撕心裂肺的惨叫。为了保障游客的安全，两人不敢停留，直接跑到了三楼。

一进入走廊，陈歌就看到在地上打滚的猴子，他示意小婉退后，自己打开手电筒走了过去问："你没事吧？"

"我不玩了，我再也不玩了，你让我走吧！"

猴子和进来之前比，像完全变了个人一样。

陈歌没有立刻答应，他蹲下身，按住猴子膝盖。"用力，伸直膝关节。"一边帮助猴子缓解疼痛，陈歌一边扫视四周，他心里也觉得奇怪："我和小婉都不在冒险屋里，这家伙怎么会被吓成这样？"

地上除了两个布偶外，再无异常，陈歌试探性地问了一句："兄弟，你刚才看见什么了？"

"我看见了什么，你心里没点儿数吗？"猴子眼睛都是红的，一副受了大委屈的样子，"这两个布娃娃追着我跑，是不是你在操控？你一定躲在监控后面偷着乐吧？"

"布娃娃追着你跑？"陈歌停顿了一下，没有告诉猴子实话，他实在是不想继续伤害对方的幼小心灵了，"我先送你出去。"

"等下，屋子里还锁着一个人，都快要被吓疯了，顺便把她也带出去吧。"猴子拿着手机和诗铃通话。

趁着他不注意，陈歌将地上的两个布偶捡了起来，放在掌心。

布偶看着不大，算不上精致，就像是小孩子在手工课上自己做的玩具一样。

"这两个小家伙能把成年人吓抽筋？"陈歌伸出手指点了点布偶的脸蛋，也不知道是不是错觉，他竟然从布偶身上感受到了一种嫌弃不爽但是又无法反抗，所以不得不接受的无奈感觉。

"有点儿意思……"

在诗铃的求救声中，陈歌和猴子终于找到了她所在的房间，从外面打开房门。

"别怕，我这就带你们出去。"

这位文静的女同学没有理会陈歌，她靠在墙角，嘴唇发白，吓得说话都有些结巴了。"布偶在看我，我躲到哪儿，它们就看着哪儿！"

"又是布偶？"陈歌看向屋子正中央，那里平躺着两个大一点儿的布偶。

"它们之前是坐着的！真的！"诗铃漂亮的大眼睛里满是惊恐。

"我知道，这都是……我们的项目。"陈歌安抚了一下女孩，走到玩偶旁边，两个玩偶，一个缝着胡子，另一个外面的衣服是围裙。"看这打扮，应该一个是父亲，一个是母亲。"他将自己手里的玩偶也放在地上，四个玩偶好像是一家四口。

"这跟平安公寓灭门案的受害者数量完全吻合，'午夜逃杀'场景模拟的就是平安公寓，难道这四个布偶代表的就是当初遇害的四人？"陈歌刚想到这里，他口袋里的黑色手机忽然震动了一下，取出一看，上面多出了一条信息。

幸运的怨念眷顾者！你已触发"午夜逃杀"场景唯一隐藏任务！亡者的执念尚未放下，完成它们的心愿，它们才能为你所用。

"唯一隐藏任务？黑色手机开启的新场景中还自带隐藏任务？"这对陈歌来说是一个重大发现，"平安公寓受害者的执念肯定和王琦有关，将王琦绳之以法，让他受到应有的惩罚，应该就算是完成他们的心愿了吧？"

陈歌扶起诗铃和猴子往楼下走，脑中却在思考隐藏任务的事情。

他们从员工通道出来以后，陈歌并没有立刻赶回"午夜逃杀"场景之中，而是一个人跑到了道具间，他将箱底那张王琦的寻人启事拿了出来。

"这玩意儿对于受害者来说应该有用。"抱着试一试的想法，陈歌回到三楼，进入诗铃曾待过的房间。

一进门，陈歌就看到了奇怪的一幕。

代表父母和姐姐的三个玩偶都平躺在原地，没有发生任何变化，但是个子最小的那个布偶却趴在了门口，似乎是准备跑出去。

陈歌拿起脚边的玩偶放在眼前，仔细观看，这玩偶就像是装死被发现了一样，不仅不吓人，在他看来竟然还有点儿可爱。"亡者的残念应该就寄托在它们身上。"

关上了房门，陈歌提着玩偶坐到了屋子正中央。"或许，我们可以谈谈。"

陈歌独自坐在漆黑的单间里，对着身前的四个玩偶自言自语，画面有些诡异，所幸这一幕没有被外人看到。

"我不知道你们为什么会出现在我的冒险屋里，也不清楚该怎么去称呼你们，但有一点我可以向你们保证，我没有恶意。"

房间里只有陈歌自己的声音在回荡，他看着身前的四个布偶，产生了一种非常矛盾的想法。

既希望它们能有所反应，赞同自己说的话，又害怕玩偶突然自己动起来，做出什么危险的事情。

几秒过后，陈歌觉得是自己想太多了，他决定换一种方式。"'午夜逃杀'场景模拟的是五年前的平安公寓，你们四个应该就是灭门案中的受害者……"

可能是提到了痛处，陈歌明显感觉到房间里温度下降了几分，房门锁头也不知道什么时候自动合上，周围的家具全都在轻轻摇晃。

"现在那个案子已经告破了！那个伤害你们，破坏了你们美好生活的疯子，正在接受法律的严惩！"陈歌略微有一点儿慌，他取出手机，点开网上那段新闻视频，"你们看，凶犯落网，而抓住他的人就是我！"

陈歌清楚四个布偶的执念和王琦有关，所以他想要通过视频来证明自己就是抓住凶手的人，但效果微弱。

屋内的气氛愈发紧张起来，空气凝重，陈歌干着急没有办法，双方无法沟通是最大的问题。

情况不对，但陈歌并不准备后退，这座冒险屋是他的全部，如果任由四个布偶在其中捣乱，未知因素太多，说不定哪天就会造成严重的事故。

"冷静！我是来帮你们的！"布偶根本听不进陈歌的话，他说得再多也没有用。

"看来只能试试这东西了。"陈歌将口袋里王琦的寻人启事取了出来，这张泛黄的薄纸上沾染着一些血迹，除此之外，再无其他特殊之处。

可说来奇怪，当陈歌拿出这张寻人启事之后，屋内的动静突然小了许多，气氛也不再凝重，就像是掐在脖子上的手，慢慢松开了一些。

"你们想要的是这个？"寻人启事发挥出的功效比陈歌想象中还要好，他将手中的纸片放在了四个布偶中间，布偶的身体在触碰到泛黄的纸张后，这张寻人启事好像被狂风吹动，开始拼命"挣扎"。

眼前的情况非常诡异，一张纸被四个布偶围住，屋内明明没有起风，但是它们却都在颤动。

陈歌密切注视着，几分钟后，寻人启事上隐隐约约浮现出了一张人脸的轮廓，好像和王琦长得有些相似。没等陈歌仔细看，那张脸就被撕碎，分别钻入了四个玩偶的身体里，接着屋内彻底恢复平静。

"这就没了？"

口袋里黑色手机震动，陈歌将其拿出，一条全新的信息出现在屏幕上。

"午夜逃杀"场景唯一隐藏任务完成！怨念好感度加一，获得平安公寓受害者残念的善意，它们将会每天为你清理所有垃圾，保持"午夜逃杀"场景原貌。

看着手机屏幕上的信息，陈歌站在原地久久没有说话——这就完成了唯一性隐藏任务？

他的脑子有点儿乱。试练任务完成度超过百分之九十，才会奖励隐藏道具，而隐藏道具是完成场景隐藏任务的关键！也就是说如果我想要彻底掌控冒险屋里新解锁的恐怖场景，必须要把对应的试练任务完成到百分之九十以上才行。

现在想想他在平安公寓的遭遇，如果他没有去追查真相，或许也能平安活过一晚，但是这样的话任务完成度就极低，根本不可能得到隐藏道具。

"阴险，这种规则分明就是在鼓励玩家去作死。"陈歌翻动黑色手机，想要查看更多信息，他首先点开了"我的团队"那一栏，让他失望的是团队成员仍显示为零。

"任务提示我获得了平安公寓受害者残念的善意，但是团队一栏却没有任何显示，这是因为它们还没有完全归顺，还是说受害者残念根本算不上怪物，所以没有资格被列入黑色手机当中？"

陈歌想不明白，他又点开了道具库，发现王琦的寻人启事还在，只是上面的怨念值已经清零。

怨念值到底是个什么东西？为什么受害者残念会将其撕碎蚕食？

未知世界的大门正在慢慢打开，陈歌也不管这些东西有没有用，将其牢牢记在心底。

他擦了擦额头的汗水，从地上站起心想："受害者残念无法沟通，但是却能帮助我维持场景原状，总的来说利大于弊。"

维护冒险屋场景道具是一件很烦琐的事情，受害者残念的出现为陈歌省下了大把的时间。

看着地上的四个布偶，陈歌心中的最后一丝恐惧也慢慢消散。"雇佣残念来我的冒险屋里打工，以后说不定真的能够实现。"

他走到门边，又不放心地回头看了一眼，代表父母和姐姐的玩偶都躺在原地，唯有那个最小的布偶单独趴在一边，鬼鬼祟祟，似乎是又准备偷偷溜出去。

看到这场景，陈歌莞尔，世界上并非所有鬼怪都是邪恶残暴的，就比如眼前这个最小的布偶，它就像是一个对什么都好奇的猫一样，又调皮，又胆小。

"小家伙，不要乱跑，小心被人踩到。"陈歌说完就走了出去，帮助平安公寓受害者完成心愿之后，他对黑色手机有了更深层的理解。"手机里的未解锁恐怖场景，应该不仅仅只是用来吓人的，每一个场景都有自己背后的故事，涉及因果纠缠，同时也算是为无家可归的它们提供了一个住处吧。"

关掉手电筒，陈歌走在漆黑的楼道里，跑出老远，确定没人能听到后，他嘴角不自觉他上扬，露出了狐狸一般的笑容。"不需要工资和补助，不会喊累，也不会闹情绪，在吓人方面又是天生的专家，这些家伙简直是最完美的员工啊！"

人逢喜事精神爽，陈歌觉得自己吓起人来也更有劲了。

"拖了这么久，该结束了，冒险屋里现在还剩下三个人，让我想想从谁开始动手呢？"

"外面怎么没动静了？"鹤山扭头瞅了老赵一眼，"要不我们出去看看？"

"敌不动，我不动。等惨叫响起的时候，我们再出去，朝相反的方向搜查，这样一定能避开吓人的东西。"老赵信誓旦旦地说道。

"我们这算不算卖队友？"

"卖个毛儿队友，我们这是利用队友的牺牲，为胜利争取时间。"老赵胖得好像一个皮球般，他站在鹤山背后，可惜鹤山的小身板连他身体的二分之一都遮不住。

"那我们还要躲多久？万一现在鬼屋里只剩下我们两个人了怎么办？"鹤山老实巴交的，看着躲在自己身后的学长，总觉得对方是在坑自己。

"二楼的所有房间我们已经搜查过了，三楼的房间之前搜了一大半，我怀疑出口就在一楼，换句话说我们现在距离出口已经很近了。"老赵拍了拍鹤山的肩膀，"打起精神，别在成功的门外放弃。"

"都什么时候了，你还有心情给我灌鸡汤？"鹤山一脸无奈，心里是有苦说不出，他来这只是为了给学长们带路，压根儿就没想进来。

"不要那么悲观。"老赵掰着手指开始计算，"我之前听过猴子和小慧的尖叫，他们两个可能已经被送出去了，再去掉之前混入我们当中的第八人，也就是说现在鬼屋里应该还有五个咱们学校的人，杀手追赶其他人的概率是五分之三，我们根本不用着急，等着就行。"

"好，我听你的。"蹲在房门口，鹤山趴在门缝处往外看，就是一眨眼的工夫，昏暗的走廊上好像多了什么东西。

他揉了揉眼睛，继续朝那个方向看去，地面上不知何时多了一个破旧的布偶。

"我眼花了？地上原本就有一个布偶吗？不可能啊，我藏在这里十几分钟了，一直盯着外面呢。"鹤山轻轻拍打自己的脸，又朝那里看去，布偶不仅存在，和房门之间的距离还变得更近了。

"它自己会动，还是我太紧张，已经开始出现幻觉了？"摇了摇头，鹤山再去看时，布偶却从门缝里消失了。

"奇怪，真是我看错了？"

……

在一楼员工通道处，陈歌换上了碎颅医生外衣，他让徐婉去外面照顾那几个医学生，自己亲自进入冒险屋抓人。

穿上染血的医生制服，将镌刻着人脸的锁链一根根缠在身上，手持碎颅铁锤，戴上仿造的人皮面具，无论从身高，还是气质来说，陈歌扮演的碎颅医生都要比小婉更具威慑力。

"这群臭小子是准备跟我打消耗战吗？"每迈出一步，锁链都会发出声音，听着虽然很有压迫感，但是却会暴露自己的位置，陈歌在场景里转悠了五分钟也没有看到人影。

"老板，监控里看不到人，他们应该都躲在房间里面，你只能一间间地查看了。"耳机里传来徐婉的声音，"我建议以后在冒险屋各个角落都装上监控，只在通道交接处装监控，盲区太多。"

"有钱了再说吧。"陈歌提着铁锤，推开了一间间房门，他在走到二楼拐角时，忽然看见某一扇门前趴着一个布娃娃。

"这小家伙怎么又跑出来了，还专门趴在屋子门口。"陈歌提着铁锤，稍一思索便明白了过来，"屋里恐怕有人，小家伙是在帮我。"

他装做什么都没有发现的样子，若无其事的从那扇门前走过。

大概走出了十几米远，陈歌将拖在地上的锁链拿到手中，贴着走廊一侧墙壁，轻手轻脚地靠近房门。

他卡着视线死角，半蹲下身体，顺着门缝向内看去。

……

屋子里,鹤山和老赵捂着嘴巴挤在门后。

"锁链声音消失,杀手应该走远了。"老赵吓得脸发白,还强装镇定,维持自己作为学长的面子,"其实我一点儿都不害怕,根据我的推理,杀手刚从一楼上来,短时间内肯定不会回去,这是我们的机会!"

他费了好大力气才从地上爬起。"咱们现在马上转移到一楼,就能完美避开杀手,将其玩弄在股掌之中。小山,你再去门口看看,如果确定杀手已经离开,咱们立刻动身。"

鹤山也觉得老赵说的有道理,他没有多想,直接趴在了门板上,隔着门缝向外看去。隐隐有热气喷在脸上,鹤山这一次和之前任何一次看到的都不一样,没有漆黑的走廊,也没有吓人的玩偶,只有一颗布满血丝的眼珠子,正贴在房门另一边向内张望!

"啊!"鹤山感觉自己的头皮都要炸开了,他摔倒在地,疯狂向后爬。

这场景把老赵也吓了个够呛。"你看到了什么?"

回应老赵的是门锁转动的声音,破旧的门板被推开,一道浑身浸满鲜血,充斥着邪恶和惊悚的身影出现在门口。

见此场景,老赵不断地后退,好像要把自己塞进墙壁里一样。

"离墙那么近不好,万一墙里有人怎么办?"陈歌一手伸进口袋,悄悄按下黑色手机里操控场景机关的选项。

老赵吓得身上肥肉乱颤,他还没明白陈歌所说那句话是什么意思,后背突然碰到了什么东西。

他下意识扭头看去,平整的墙皮向两边打开,墙体里面竟然嵌着一个面无表情的女人!

脑袋一片空白,老赵好像被抽干了全部力气,一屁股坐在地上,世界天旋地转,眼神再无聚焦。

"两位,冒险结束了,我送你们出去。"

陈歌这边刚说完,三楼突然传出玻璃碎裂的声音,紧接着就听到峰哥的惨叫。

"出事了?"陈歌赶紧联系小婉进来,他扔下鹤山和老赵,火急火燎朝楼上跑。

寻着声音,陈歌在三楼一个房间里,找到了抓着木椅好像正在和什么东西搏斗的峰哥。

他取下脸上的面具，等屋子里峰哥折腾累了，瘫在地板上后，才走了进去。

"怎么回事？"陈歌将椅子夺下，扔在一边，峰哥此时的状态很不稳定，眼神中的恐惧几乎都要溢出来了。

"你看见了什么奇怪的东西吗？"十几秒后，峰哥才缓过了神，他有气无力地指着卫生间，"镜子……"

简简单单两个字却好像拥有独特的魔力，陈歌脸色微变，将峰哥拖到床上，自己进入卫生间当中。

墙壁上的镜子已经被砸碎，镜子碎片散落的到处都是。

之前鹤山晕倒以后，陈歌用黑布遮挡了冒险屋里的所有镜子，后来风平浪静了一段时间。现在新场景开启，他一时失察，结果就出了这么一档子事。

对于任何娱乐设施来说，一旦被贴上存在安全隐患的标签，想要继续经营下去就会变得很难，这一点陈歌非常清楚。

他捡起地上的一块镜片，看着碎片里的自己。"必须要尽快解决掉这东西！"

棋分黑白，人有善恶，怪物也是同样的道理。

镜子里的那个东西对活人带有明显的恶意，这一点陈歌能感觉得出来，它具有极强的攻击性，怀揣着不可告人的目的。

鹤山晕倒，峰哥被吓得砸碎了镜子，这两起"意外事故"给陈歌敲响了警钟，让他产生了紧迫感。用黑布遮挡镜子不是长久之计，镜子里的东西已经成了冒险屋发展的一个阻碍。

镜子被砸碎，卫生间里没有留下任何可疑的东西，陈歌转了一圈后走了出来。他抓紧手里的铁锤，坐在峰哥旁边问："能告诉我刚才发生了什么吗？"

休息了几分钟，峰哥呼吸终于顺畅，但是他的脸色仍然苍白得吓人。"我也说不太清楚。"

"没事，想到什么就说什么。"陈歌注视着峰哥，与鹤山直接被吓晕不同，这一位的心理承受能力明显要强出许多，至少他敢于反抗。

峰哥试着从床上坐了起来，他脸色好了许多，可眼中的恐惧却没有减少半分。

"我当时被你们工作人员追赶，情急之下就藏进了这个房间，一开始也没事，但后来我隐隐约约地听见有人在叫我。"

"它喊你的名字了吗?"

"没有,不过我能感觉到它就是在叫我。"峰哥抓着头发,"那声音就在这房间里,我找了好久才确定了声音的源头。"

说到这,他眼中惧意变得更浓了。"声音是从卫生间的镜子里传出来的,我好像能听到,但是又听不清楚。我不知道它在说什么,只知道和我有关。"

"后来呢?"峰哥说的每一个字陈歌都牢记在心底,这宝贵的经历能帮助他更深层地了解镜子里的怪物。

"后来我就站到了镜子前面,想要弄清楚这究竟是什么原理。我试着把镜子拆下来,可是当我触碰到镜子后,那响在我耳边的声音一下子变大了,脑子开始有点儿不清醒,我看着镜子里的自己,越看越觉得不像是我。"峰哥说到关键的地方,心有余悸地扫了一眼卫生间,似乎那里藏着什么怪物,随时可能会跳出来一样,"我自己站在镜子前面,镜子里映照出的人竟然不是我,正常来说我肯定会感到害怕,想要远离,但是最让我害怕的事情发生了。"

"什么事情?"

峰哥十分认真地说道:"那个时候我没有感受到任何害怕和畏惧,一切都好像再正常不过,我的身体开始朝镜子倾斜,脸几乎都要贴到了镜子上,我可以清楚看到镜子里的那张脸也在向我靠近,明明是完全相同的长相,它却让我觉得十分陌生,我也说不出哪里不对,但总觉得镜子里那张脸不属于我……思维越来越混乱,大脑没有下达任何指令,我的手却直接按在了镜面上,我感觉自己想要钻进镜子里,不对,似乎是我被关进了镜子里,努力想要出来。"

在做噩梦级日常任务时,陈歌也有类似的遭遇,回看手机录像,他的身体当时就是在慢慢朝镜子倾斜。

"那你后来又是怎么摆脱的呢?"

"还是因为镜子。"峰哥给出了陈歌一个预料之外的答案,"我那个时候完全不知道自己在干什么,脸快要贴到镜面上的时候,突然通过镜子,看到我身后躺着一个布偶。"

"布偶?"

"对，和我在楼内其他房间见到的布偶一样，巴掌大小，还缝着胡子。"峰哥点了点头，两手比画了一下，"身后突然多出一个布偶，我心里开始害怕，越想越恐怖，我脑海中当时就一个想法——赶紧离开，但是身体却不听使唤，意志和身体开始搏斗，感觉就跟鬼压床一样。"

峰哥说得很平淡，但是陈歌却能听出其中的凶险。

"再往后我突然听见了二楼鹤山的叫喊，一下子清醒了过来，好像梦醒了似的。"他眼中的恐惧消散了不少，"我真是害怕到了极点，所以顺手就抄起椅子把镜片给砸了，当时绝对是出于本能反应。你这鬼屋太吓人了，我都忘了自己是在鬼屋里参观。"

说到这儿，峰哥好像突然想起了什么，他朝着陈歌摆了摆手。"我和你说这些都是真的，绝对没有故意夸大、推卸责任的意思，镜子我会原价赔偿的。"

"镜子不用你赔，你没有受伤对我来说就是最好的结果了。"陈歌站起身在屋子里踱步，"你看到的那个布偶现在在哪儿？"

峰哥有些迟疑地说："好像被我踢到了床底下，那也是你们的道具吧？不好意思。"

掀开床单，陈歌把身上印着脚印的布偶拿出，帮其打掉灰尘。"你应该谢谢这个布偶，刚才是它救了你。"

"布偶救了我？好吧……多谢，我现在能走了吗？"峰哥往后缩了缩，脸色越来越苍白，他觉得眼前这个鬼屋老板不是太正常，但是人在屋檐下不得不低头，所以很勉强地说了句谢谢。

"如果我告诉你，你刚才经历的一切都不是冒险屋道具和特效制造的场景，而是真实存在的，你会不会相信？"穿着染血的医生制服，怀中抱着破旧的布娃娃，陈歌歪头打量着眼前的大学生。

可怜峰哥接近一米九的身高，此时像个小姑娘一样抱着腿缩在床角，一脸的无助："那你觉得我是应该说相信呢，还是该说不相信？"

第8章 冒险屋升级

峰哥被吓坏了,他看着站在屋子中央的陈歌,脑中尽是些杀人灭口、毁尸灭迹的画面。

"别紧张,我就是开个玩笑。"陈歌心里略有一丝失望,他刚才之所以会问出那个问题,是因为他从峰哥身上发现了一个常人不具备的闪光点。

在布偶的提醒下,峰哥可以凭借自身意志和镜子里的怪物僵持,他的意志要比普通人坚定许多,就算面对未知的鬼怪也没有服软。这是陈歌欣赏他的地方,如果有可能的话,陈歌希望和他交个朋友,一起来处理一些灵异事件,比如说对付镜子里的怪物。

他是出于好意想要透露出一些真实信息,可惜峰哥并没有听出他话里的意思。

"外人是指不上了,还要靠我自己才行。"陈歌锁上了"午夜逃杀"场景的大门,当他搀扶着峰哥走到一楼的时候,黑色手机再一次震动起来。

陈歌被吓了一跳,还以为发生了什么不好的事情,赶紧掏出手机查看。

当月游览人数超过一百,好评率达到百分之六十以上,满足扩建条件!

注意:每次冒险屋扩建后,都会获得神秘奖励(扩建三次后,冒险屋将升级为战栗迷宫)!

"这么快就可以扩建了？"扩建是好事，不过陈歌暂时还没有扩建的想法，他的当务之急是除掉镜子里的东西。

走出冒险屋，阳光洒落在防护栏外面的阶梯上，江州医科大学法医学院的学生们集体瘫在门口。有的捂着头，有的抱着腿，有的花容失色眼角挂着泪痕，有的双目无神盯着天空，只是脸皮会时不时地抽动一下。

历史再次重演，而且比昨天更加震撼，意气风发地进去，半死不活地出来，短短四十分钟的时间，一群人的精神面貌就能发生如此巨大的改变，确实有些不可思议。周围的游客指指点点，不过陈歌并没觉得有什么不妥，不刺激，怎么能叫冒险屋呢？

他把峰哥扔在几人旁边，这下完美了，"一家人"整整齐齐躺在了一起。

"小陈！你过来一下。"围观的人太多，又把徐叔给招了过来，这个中年大叔看着陈歌，一副头疼的样子，"说说吧，这又是怎么回事？上次把人给吓晕就算了，这次一下撂倒七个，你是想让咱们乐园上头条吗？"

陈歌目光躲闪，干咳了几声。"他们来参观，我就是为他们提供最优质的服务而已，都是很普通的项目，而且我可以保证，我跟他们没有任何身体接触，这一点你可以调取监控查看，完全符合冒险屋工作守则。"

"少装糊涂，普通的项目，能把人头顶吓出个大包？"徐叔偷偷指了一下小慧的后脑勺，他害怕刺激到对方，动作幅度很小。

"那我也没办法，我在前面跑，她拽着我衣服在后面追；我都躲进柜子里了，她还跟着我进来；我老老实实站着动都没动，结果她非要用手电筒照我，晃得我眼疼；我还没说话呢，她就自己撞到柜子上了。我有什么办法，我也很无奈啊。"陈歌把实际情况换了种方式给徐叔说了一遍。

"这么说你还受委屈了？"

"一点点吧。"

"你别觉得无所谓，多注意点，这种情况千万不要再出现了。"徐叔语重心长地劝说道，"万一把人吓出个好歹来怎么办？再遇上个胡搅蛮缠的，你这鬼屋以后都不要想经营下去了。"

"我知道了，您老还有什么要说的吗？"陈歌嘴上没反驳，心里却嘀咕了一句，真要遇上个胡搅蛮缠的，就把自己身上那张情书送出去，看看谁先受不了谁。

徐叔盯着陈歌，知道他没有把自己的话听进心里，轻叹一口气，过了有几秒钟才继续开口："小陈，本来你的事轮不到我开口，但是你父母不在，这话必须要有人说。"

"嗯，我听着呢。"

"早上徐婉说你上电视了，为警方提供五年前灭门案重要线索的就是你。"徐叔并没有露出任何高兴的样子。

"是。"

"你大晚上跑到五年前的凶宅里干什么？你知不知道这样做很危险？那些人可是杀人犯啊！"徐叔没给陈歌开口的机会，"如果你是缺钱，为了赏金，大可不必，你欠乐园的租金和水电费，我可以先帮你垫上，你还年轻，千万不能走上邪路。"

"放心吧徐叔，我心里有谱。"

"有谱就行，我也不跟你啰嗦了。没事的话，我先走了，你抓紧时间把门口这几个人处理一下，瘫了一地像什么样子？"徐叔转身正要离开，却被陈歌拦住。

"怎么了？"

"叔，我还真有事要麻烦你。"陈歌有点儿不好意思，"能不能先借我五千，我准备把冒险屋里各个角落全部装上摄像头，等赏金一发下来就还你。"

鹤山和峰哥相继出现意外，陈歌也有点儿担心，冒险屋里盲区太多了，原本的监控根本不够。

"你还要往冒险屋里投钱？"徐叔停下了脚步，"小陈，钱我可以借你，但话要说清楚，现在咱们整个乐园的经营状况都不是太好，你往里投钱很可能会打水漂。"

他冲陈歌招了下手，两人站在人少的阴凉处。

"咱们乐园从修建到现在已经十一年了，主打的游乐项目早已过时，现在以科技虚拟感、参与式互动、时尚创意为特征的全新主题乐园正在兴起。简单地说，我们已经在淘汰的边缘了。不光是冒险屋，所有传统娱乐项目的游览人数都在下降。"

"这我知道。"陈歌是铁了心要把冒险屋经营起来，安装监控也只是第一步。

"你知道什么？"徐叔直接关了对讲机，"江州东郊的虚拟未来游乐园马上就要建成，那是全国都少见的第四代游乐园，即将成为城市地标，到时候我们拿什么和人家竞争？现在上到管理层，下到基层员工都在想着怎么给自己找条后路，就你还傻愣愣地往前冲。"

徐叔是真心为陈歌好，没有任何隐瞒，把所有事情都摆在了台面上。

"现在你还想要往冒险屋里投钱吗？"

"我觉得可以试一试，毕竟那个游乐园还没有修建好，我们仍有翻盘的机会。"陈歌的依仗是黑色手机，这一点他当然不会告诉别人。

"你这孩子平时看着挺聪明的，怎么一到关键时刻就犯浑啊？大势所趋懂不懂？我在这乐园里待了十年，论感情不比你少，可我们也要认清楚现实。"徐叔指了指乐园里停止运行的几处娱乐设施，"知道它们为什么停运吗？不是因为检修没通过，而是设备一开，就在烧钱，偶尔一两个人上去玩，根本回不了本。再给你说个更直观的情况，新世纪乐园刚开业的时候，门外水泄不通，停车位都不够用，需要去旁边的租户那里占位置。后来修建了地下停车场，这才得到缓解，但是从三年前开始，就算是节假日高峰期，乐园地面上的停车位都没有满过，游客逐年减少，今年又创下了新低。"

"徐叔，等一下，你刚才说从三年前开始就算是节假日高峰期，地面停车位也没满过？那地下车库岂不是就跟废弃了一样？"陈歌眼神一变，看得徐叔都有点儿不自在。

"是啊，想当初新世纪乐园刚开业的时候，到处都是车和人，每个项目都要排队一两个小时才能玩上，那是最辉煌的时候，可惜现在却已经被城市遗忘。"徐叔想起了过去，不禁感叹了一句，"不过也没什么好感伤的，至少我们曾经辉煌过，你说对吧？"

"徐叔，如果我想要把乐园的地下停车库租下来，大概要多少钱？"

"啥？"徐叔被陈歌的跳跃性思维弄蒙了，"你突然问这个干什么？"

"我想把地下车库利用起来，反正它也处于废弃的状态，按照乐园这个情况估计是用不上了。"此时，陈歌心里已经浮现出了一个计划，能够最大程度利用黑色手机附带的冒险屋扩建机会。

"你疯了？租那地方干吗？养蝙蝠吗？"徐叔都不知道该怎么跟陈歌交流了。

"我想要扩建冒险屋，以我现在的经济条件，地下车库是最合适的地方，租金不贵,环境对冒险屋来说也不会产生太大的影响。"反正乐园迟早要知道自己在干什么,所以这一点陈歌没有隐瞒。

"你小子是魔怔了吧?三层楼的鬼屋还不够你折腾?你知道地下车库面积有多大吗?就算租给你,等你建好,乐园也早就倒闭了。"徐叔摆了摆手,"别犯傻,赶紧回去工作吧。"

"徐叔,我是认真的。"

"那你觉得我像是在跟你开玩笑吗!"重新打开对讲机,徐叔朝人群走去,走出了几步远又转身对陈歌说了一句,"五千块钱,我明天早上给你,踏踏实实地干活,别成天整些稀奇古怪的想法。"

"哦,知道了。"陈歌跟在徐叔后面,看着一群围在冒险屋门口看热闹的游客,撇了撇嘴,"我倒是没感觉游客逐年减少,反正我的冒险屋之前也一直没什么人来。"

挤入人群当中,陈歌走到几个医学生身边说:"几位,差不多就可以了,不知道的还以为我把你们怎么了一样。"

"让我再缓缓,你这冒险屋有点儿狠。"

"看什么看,我不是害怕,只是在里面参观的时候不小心崴了脚,所以才站不起来而已。"

"咋办,我现在看谁都像是杀手……"

"也别嘴硬了,这冒险屋确实不一般。"猴子从台阶上爬了起来,他扬了扬手机上的五星好评,站在陈歌身前,"不过,一码归一码,你可不要以为这样就能让我们认怂。"

"怎么说?明天你们还要来?"

"如果不是明天我正好考试,你以为我明天不敢来吗?"猴子说起狠话来气势很足,只可惜他苍白的嘴唇和还在打战的小腿有些煞风景。

"你们来,我当然随时欢迎。"陈歌已经快把江州法医学院的学生当成吉祥物了。

"我是不会再来了,就算被打死,从鬼屋楼顶跳下去,都不会再来了。"鹤山一脸幽怨地看着陈歌,他真被那门缝里的眼睛给吓住了。

"不要诅咒自己,学弟。"小慧按着鹤山的肩膀站了起来,恶狠狠地瞪了陈歌一眼,"你是第一个让我哭花了妆的男人,我记住你这张脸了。"

看着小慧头后面鼓起的大包,陈歌都不忍心再刺激她了,只是笑了笑,没有说话。

几个法医学院学生相互搀扶着朝乐园大门走去,等他们走远后,峰哥又一个人跑了回来,他神色复杂,对陈歌说道:"刚才冷静下来后,我考虑了很久你的那个问题,还是没有办法相信,我觉得那可能和脑神经,以及人的一些应激反应有关。"

陈歌心里清楚他说的话是什么意思。"或许吧,对了,一直没问你全名是什么?"

"我叫贺峰,比他们年龄都大,再过几天就要去现场实习了。"

"好,那有机会再见。"

两人交换了手机号后,陈歌就回到了冒险屋里,他拉上防护栏,将设备检修暂停营业的牌子挂了出去。

"老板,外面还有很多游客等着呢?你怎么停业了?"

"出了点儿小问题,今天就到此为止,你去跟游客们说明一下情况。"陈歌脱掉碎颅医生外套,钻进工具间,裁了一些黑布拿着,进入"午夜逃杀"场景当中。他挨个将镜子盖住,但房间太多,到最后布料都有些不够用了,"这个场景太大,在监控装好之前,不能冒险让游客进来,万一游客在监控盲区出事,后果不堪设想。"

锁上"午夜逃杀"场景的大门,陈歌来到楼下,冒险屋外面的游客已经散去大半,只剩下一两个人还在等待。

"小婉,卸妆下班吧,今天就到这儿了。"

交代了徐婉几句,陈歌就钻进员工休息室当中,从昨天到现在他还没有好好休息过,一碰到床,睡意就涌了上来。

时间流逝,夜色笼罩了冒险屋。

到了半夜,安静的冒险屋里突然出现了一种奇怪的声音,好像有人在锯什么东西。

员工休息室内,陈歌慢慢睁开双眼,他看了一下手机——现在是半夜一点十分。他翻了个身,用枕头压住脑袋,但是那古怪的声音却不断钻入他的耳朵当中。

"我不是在做梦吧?什么东西一直在响?"

这冒险屋里的每一个道具都是陈歌亲手制作或者改造的,他心里很清楚,没有任何一个道具会发出这种类似于锯木头的声音。睡了六七个小时，脑袋还有点儿不清醒，陈歌使劲掐了自己大腿一下，穿上衣裤，从工具箱里取出一把铁锤拿在手中。他打开手电，推开了休息室的门。

深夜的冒险屋要比白天恐怖许多，陈歌靠在门口，没有急着出去。

不可能是小偷，谁会大半夜来冒险屋里偷东西；也不可能是老鼠，它们啃咬木头的声音又轻又细，没有这么清晰。排除了两个正常人都能想到的选项后，陈歌开始往非正常的方向思考。难道是镜子里的怪物跑出来了？

因为布料不够，三楼"午夜逃杀"场景里的镜子陈歌并没有全部遮住。

他盯着漆黑的走廊，后退几步，将父母遗留下来的那个布偶贴身放置，这才敢走出房门。

声音是从头顶传来的，陈歌沿着楼梯不断向上，最后停在了"午夜逃杀"场景门外。

果然是从这里面传出来的，只是不清楚是平安公寓受害者残魂发出的，还是镜子里的怪物发出的。停在门口，陈歌略有犹豫，坦白说连他自己都不愿意大晚上进入恐怖场景当中。

被屋子里的切割声折磨，陈歌握紧了锤柄。"我本身拥有怨念眷顾者的称号，又获得了平安公寓受害者的善意，就算是在'午夜逃杀'场景当中遇到了镜子里的脏东西，它应该也奈何不了我。"

他想到了镜中怪物弄晕鹤山时的场景，就因为徐婉突然出现，导致其功亏一篑，由此可见，这怪物其实也不是太强大。

"进去看看吧，反正我和镜中怪物已经是不死不休的局面，对它了解得越多，我就越有把握处理掉它。"陈歌非常冷静，他心里清楚，自己畏惧的其实并不是怪物本身，而是那种面对未知的感觉。

打开"午夜逃杀"场景的大门，一股淡淡的霉味飘散在场景当中，这里和平安公寓越来越像了。走廊两边的房门半开半合，陈歌举起手机，另一手抓着铁锤进入其中。

切割的声音慢慢变大，陈歌知道自己正在一步步接近真相。

他走遍整个三楼，最后停在一扇房门外面，他已经确定那诡异的声音就是这屋内传出的。房门没有关严，陈歌伸手抓住门锁，冰凉的感觉让他瞬间清醒了不少。

他腿部肌肉绷紧，猛地将房门推开。

"谁在里面！"陈歌举着铁锤冲入屋内，正巧看见一道魁梧的黑色身影半蹲在卫生间里，看轮廓与贺峰极为相似！

那黑影没想到有人会进来，丢掉手里的东西，转身一下子跳入镜中消失不见。

"站住！"陈歌大喊一声，挥动铁锤，但是却什么都没有砸到。

卫生间里空空荡荡，好像刚才发生的一切都是幻觉。

"那身影绝不是贺峰！可它为什么会和贺峰的身高体形完全一样？"站在镜子前面，陈歌看着镜中的自己，隐隐有种别扭的感觉，"这个怪物在模仿贺峰，它这么做的真正目的是什么？"

黑影的出现带来很多疑问，但也向陈歌透露出两个信息。

第一，镜中怪物能够离开镜子活动；第二，它能够变得和照过镜子的人模样相同。

"这家伙要比我想象中还要危险。"回响在冒险屋里的切割声终于停止，陈歌蹲下身体，看向刚才被黑影随手扔掉的那几件东西。

粗糙的水泥地面上，扔着四个歪歪斜斜的布偶，还有几块锋利的镜子碎片。陈歌将布偶捧在掌心查看，代表母亲、姐姐和妹妹的布偶只是表面沾满了灰尘和泥土，并无大碍。唯有象征父亲的那个布偶，脖子被割断了一半，身上还有多处划伤，受损严重。

"为什么只有父亲受伤？"陈歌很快想到原因，代表父亲的布偶曾帮助贺峰脱困，破坏了镜中怪物的计划，所以那怪物才会报复他。

"四个受害者的残念都拦不住镜子里的怪物，只能任由对方欺负，这实力相差有些悬殊啊。"陈歌对于那个世界的力量级别一无所知，他只能按照有限的信息推测。受害者残念除了吓人外，没有任何攻击手段。镜中怪物要比受害者残念高一个等级，但是它见人就跑，如此来看，那怪物本身战斗力很弱，主要攻击手段应该是精神层面的，比如说利用人们内心深处的破绽，让人恍惚产生幻觉，从而迷失自己。

结合鹤山与贺峰的遭遇，还有刚才发生的这一幕，陈歌得出了自己的推断。

镜中怪物十分难缠，但是正面对决的话，它的能力就无法发挥出来，所以只要想办法把它从镜子里引出，一切就好办了。

"我要好好计划一下，争取今晚就把它给解决掉，这样明天'午夜逃杀'场景就能投入使用。"陈歌目光平静，镜子里的怪物愈发放肆，不除掉它，陈歌寝食难安。

抱着四个布偶离开"午夜逃杀"场景，锁了门后，陈歌进入工具间。他一边取出针线缝合布偶身上的伤口，一边思考对策。

"那个怪物攻击性极强，它似乎对活人非常感兴趣，如果我想要把它从镜子里引出来，最简单的方法就是用活人做诱饵。"陈歌的手很巧，几分钟的时间就已经缝合了大半伤口。

"可问题的关键在于，我将它引出镜子后，要怎么杀死它？听说鬼怪都惧怕盐和大蒜，但真要是打起来，我往它身上扔这些东西，会不会太儿戏了一点？"陈歌认真思索后，决定还是登陆灵异论坛咨询一下。

输入论坛账号，刚一登陆陈歌就发现自己的账户名字升级成了紫色，一看后台才明白，他之前发布的那条三十分钟视频被大量转载、推荐，迄今为止有近千人在楼下回帖。

粗略扫了一遍，陈歌没有发现什么有用的东西，绝大多数人都是围观看个稀奇。

"死马当活马医吧，万一钓出来一个懂行的呢？"陈歌重新编辑了帖子，补充了一些关于镜中怪物的详细描述，然后利用紫色账号的特权发起求助。

"我在玩儿完视频中的游戏后，发现镜中的怪物缠上了我！求问如何除掉这些东西！"

帖子刚发出去没多久，下面就有人回复。

"楼主，你竟然还活着？"

"建议你用黑狗血泼它，或者养一只公鸡，雄鸡一唱天下白，脏东西都不敢靠近公鸡。"

"入戏太深，建议左转去神经科。"

"鬼怪是滞留人间的记忆，你斩鬼，有伤自己的阴德，苦海无涯，不如各退一步。"

"楼上是在跟鬼讲道理吗？"

"茅山七杀驱鬼令，正宗天师出品！淘宝号看我头像！下单成功还额外赠送五鬼运财法诀一份！"

"把黄豆、白米和朱砂混在一起，然后用盐水浸泡十五分钟，撒豆成兵，了解一下。"

"我曾经看过一个视频，讲一个男的被女鬼缠上了，他为了摆脱女鬼买了把枪。等晚上女鬼又来骚扰他的时候，这哥们儿直接对着自己来了一枪，后来他把女鬼拖进了卧室里……"

"楼主，不开玩笑，我告诉你一个真正有用的方法！找一把铁刀，最好是杀过生、淋过血的屠刀，鬼是一种特殊的磁场能量，这样的刀可以斩伤它！"

陈歌翻看了半天，也就那个用铁刀砍鬼的还比较靠谱，剩下的要不是在胡扯，要不就是难以实现。他也知道民间传说里黑狗血和公鸡能驱邪，可这大半夜的让他上哪儿去弄那些东西。退出论坛，陈歌把自己手机扔到一边，坐在椅子上发呆。

和未知怪物搏斗，事关自己的生命安危，他肯定不能把全部希望寄托于那些模棱两可的帖子上。绕了一圈，陈歌又将黑色手机取出，关键时候还是要依靠黑色手机，也只有黑色手机能够百分之百信任。

不过黑色手机奉行的是等价交换原则，想要索取，必须先付出。

经过这些天的尝试，陈歌也摸索出黑色手机里的一些隐藏规律，比如说任务奖励方面。

简单和一般两种难度的日常任务，奖励通常是辅助冒险屋经营的道具，只有噩梦级任务的奖励才会直接作用于自己身上，赋予一些特殊少见的能力。想要处理掉镜子中的东西，去完成简单和一般难度任务没有任何意义，唯有噩梦级任务的奖励才能产生作用。

可让陈歌矛盾的是，噩梦级别任务本来就十分危险，别镜子里的怪物没有除掉，又引来了新的东西。

"到底要怎么办？拼一把，还是再等等？"陈歌翻动黑色手机，零点已过，日常任务全部刷新。

简单难度：如果要给游客提供一个十分吓人的经历，那么首先要注意游览的节奏，演员和机关过早或过晚出现都会导致游客兴致丧失，所以建议你在冒险屋中安装声音探测器以及监控，时刻掌控游客的游览进度。

一般难度：你已经获得一次冒险屋扩建机会，请尽快找到合适的场地进行扩建！因受到场地限制，在扩建完成之前，你无法进行任何场景的试练任务！

噩梦难度：深夜的浴室总会发出奇怪的声音，想知道原因的话，就照我说的做吧。

注意！个别任务极度危险，请慎重选择！

陈歌看着三个日常任务，一般任务他暂时没有能力完成，直接忽略，留给他的选择只有简单任务和噩梦任务。

"如果明天早上徐叔把钱给我，一天时间差不多能把监控全部买回来，但估计安装不完。噩梦任务看介绍和浴室有关，有点儿诡异。"陈歌也在犹豫，简单任务不一定能完成，奖励还很差，而噩梦任务又太危险，不知道会遭遇什么东西。

他坐在工具间沉思，还没等做出决定，冒险屋里又响起了那种切割的声音，而且比之前还要刺耳。陈歌抬头看了一下天花板，声音依旧是从三楼传来的。

"四个布偶全部被我带了出来，它还能切割什么东西？"陈歌也让镜子里的脏东西弄得有些烦躁了，将缝补好的布偶塞进口袋，提着铁锤一口气冲到了三楼。

打开"午夜逃杀"场景的大门，他被眼前的一幕惊住了。

场景门口散落着一些镜子碎片，木门上残留着一道道白色划痕。

"这怪物在划门！它到底想要干什么？"陈歌背后冒出冷汗，他不敢想象在自己熟睡的时候，会有个手持镜子碎片的怪物在乱跑，他绝对不允许自己的冒险屋里存在这么危险的一个家伙！

一向脾气很好的陈歌，少有的冷下了脸，他锁住"午夜逃杀"场景大门，提着铁锤进入走廊，推开一扇扇房门，冲入其中，将三楼所有镜子都砸了个稀巴烂。玻璃碎裂的声音不绝于耳，破碎的镜片散落一地，一直走到三楼走廊末尾，陈歌才重新平静下来。

"第一次噩梦任务时，这怪物被布偶挡在镜子里，无法反抗；后来它攻击鹤山的时候，也只是能微弱影响对方；可袭击过贺峰后，这东西已经能够走出镜子了！它也在成长，而且成长的速度很快！"陈歌不愿再等下去了，他的冒险屋刚刚起步，不能毁在一个不知名的怪物身上。

提着铁锤走出"午夜逃杀"场景，锁上大门之后，陈歌抱着破釜沉舟的决心，打开黑色手机，希望这次的任务奖励可以给力一些。

确定接受噩梦难度日常任务？接受后有可能出现未知情况。

"确定。"

手机屏幕一闪，具体的任务信息浮现了出来。

幸运的怨念眷顾者，你的勇气让人惊讶，此次噩梦任务，既是考验，也是奖励！

下面这个游戏叫"深水"，可以跨越生死，让你见到亡故之人。

任务要求：半夜三点三十分独自一人进入浴室，把浴缸灌满水，在其周围点燃一根蜡烛，锁门关灯，而后躺入其中。

凌晨三点三十分到三点四十四分是夜色最浓重的时候，也是一天之中阴阳转换的交点，在三点四十四分屏住呼吸，沉入池底，心里默念你最想见之人的名字。

当时间走到黑夜和黎明的缝隙间时，你就能在生与死的边缘看到他。

成功见到思念之人，或者闭气六十秒后任务自动成功。

第 9 章 挑战憋气一分钟

看完了黑色手机上的任务信息,陈歌心情十分复杂。

跟第一个噩梦级任务相比,这个任务感觉要简单许多,在恐怖的环境中闭眼三十分钟,需要强大的心理素质,而闭气六十秒,绝大多数人都能做到。可正因为绝大多数人都能做到,他才感到不安,这毕竟是噩梦级别任务,一定隐藏着某种未知的风险。

与上个噩梦任务场地相同,都是在浴室里进行,不过这次要沉入浴池当中,还要闭气六十秒。他仔细思考了整个任务流程,算上准备时间,说白了也就几十分钟而已,这么短的时间内能发生什么恐怖的事情?

陈歌有些心动,不仅仅是因为这个任务看着比较简单,更因为任务介绍中的一句话——可以跨越生死,看到思念的亡故之人。

父母在郊外废弃医院失踪,留下了黑色手机和布偶,他在准备放弃冒险屋的时候,激活了黑色手机。在进行第一次噩梦级任务时,布偶成为阻止镜中怪物出来的关键性道具。布偶和黑色手机都是父母的遗物,这两样东西有没有可能是他们故意留下来的?值得深思。

如果一切真是他们布置好的,那这第二个噩梦级任务就值得玩味了。

"他们有没有可能想要通过这种方式见到我，然后透露出更多的讯息？"陈歌大胆猜测，其实不管噩梦级任务是不是自己父母布置好的，陈歌都会去做这个任务。

跨越生死，见到相见的人，这对陈歌来说，是一次确认自己的父母是否还存在于这个世界上的机会。

如果见不到，那说明他的父母仅仅只是失踪，仍然还活着。

要是见到了，那就证明了陈歌的第一个猜测，父母留下黑色手机确实有话要告诉他，或许这手机里隐藏着他们真正的遗言。

"看来我没别的选择了。"陈歌瞄了一眼表，现在是凌晨两点五十五分，距离任务开始还有三十五分钟，"在三楼砸镜子耽误了太长时间，这下不太好办了。"

任务要求是躺入放满水的浴缸当中，可整个冒险屋里唯一有浴缸的房间就在"午夜逃杀"场景里，在员工通道的尽头连接着一个只有浴缸的房间，之前吓唬鹤山他们时，陈歌都是从那里进出场景的。

"剩下三十五分钟的时间，现在出去找带有浴缸的酒店肯定来不及，只能正面跟镜子里的怪物刚一波了。"既然做出了选择，陈歌就不会再去犹豫，他把四个布偶都装在身上，从冒险屋里跑出，大半夜溜进乐园员工食堂，提了两把菜刀出来。"这菜刀虽然没有宰过猪羊，但之前见厨师用它杀过鸡和鱼，应该也算是杀过生了。"将菜刀放在鼻尖闻了闻，没有任何杀伐之气，只有一股浓浓的青椒味，熏得他想流泪。

回到冒险屋后，陈歌提着铁桶，浴室、卫生间两边跑，在距离任务开始还有十分钟的时候，终于把浴缸里灌满了水。

"准备工作完成，可以开始了。""午夜逃杀"场景的正门上了锁，陈歌是从员工通道进去的，他按照黑色手机上的任务要求，孤身一人站在浴室当中。

这房间的镜子早已被陈歌砸碎，此时一地的碎片，踩在上面发出嘎吱、嘎吱的声音。

"刚才运水弄出的动静挺大，镜子里的怪物应该已经知道我进来，不过无所谓，我只需要撑过闭气的那一分钟就安全了。"

这个任务在陈歌看来，虽然诡异，但并不是太危险。

他把浴室的房门反锁关灯，将父母遗留给自己的那个布偶放在门后，然后又把寄托着受害者残念的四个布偶放在浴缸四周。

"诸位，等会儿就靠你们了，无论如何都要给我争取一分钟的时间！"

和上一次一样，他打开自己手机的摄像头，放在一个合适的角度进行录像。不过由于屋内太暗，屏幕上几乎是一片漆黑，只能勉强看到一个人影。

在最后还剩下三分钟的时候，陈歌把口袋里的所有东西取出，放在洗漱台上。按照黑色手机的要求，在浴缸周围点了一根蜡烛。

摇曳的烛火成了屋内唯一的光源，映照着地上的镜子碎片，每块碎片里都浮现出了陈歌的身影。

他脱去上衣，走到浴缸旁边。

水面上涤荡着浅浅的波纹，浴缸明明很浅，但因为光线太暗，竟无法一眼看到底。伸手撩拨水面，一股寒意顺着指尖爬上陈歌身体，他不由得打了个冷战，这个任务真够诡异的。

最后确定了一下时间，陈歌提着两把菜刀坐入浴缸当中。随着他的动作，水一下子漫了出来，洒落一地，流淌在镜子碎片之上。

"好冷……"

陈歌感觉自己体内的热量在迅速流逝，连心跳都缓慢了许多。

水珠滴答滴答顺着浴缸边缘滴落，除此之外，屋内再无其他声音。

"一分钟，只要熬过这一分钟，就能获得奖励，并且可能见到爸妈！"

陈歌不断调整呼吸，等待凌晨三点四十四分的到来。

昏暗的浴室里，陈歌一个人坐在浴缸当中，他反复呼吸，将肺部残留的废气排出。他的机会只有一次，必须要慎重。

屋内静悄悄的，走廊上也没有任何异动，那个镜子里的怪物似乎没有过来。

时间分秒流逝，陈歌将专门找来的电子表放在一边，当屏幕上代表时间的数字变成四十三时，他的注意力高度集中起来，张开嘴巴，开始缓缓吸气。烛火跳动，陈歌的身体慢慢向下倾斜，他的目光自始至终都在电子表上，前所未有地专注。

四十三分五十九秒，陈歌毫不犹豫，仰头躺入浴缸当中。

凌晨三点四十四分！

冰冷的水好像从四面八方而来，将他淹没。

在深夜沉入水中，这种感觉很奇特。

绝对的黑暗，仿佛世界只剩下自己，在不断下沉；绝对的安静，耳边只能听到从自己身体里发出的声音，心脏在跳动。

冰冷的水刺激着每一根神经，陈歌躺在浴缸底部，摒弃一切杂念，默数着心跳。

六十秒，只需要坚持六十秒。

他从来没有过这样的体验，黑夜和水面似乎融为一体，那若有若无的烛火，就像是越来越远的灯塔，而自己仿佛正不断沉入深海当中。

一、二……

最初的十秒过后，时间好像变慢了许多。

耳边响起了水流的声音，四壁尽是黑暗，陈歌默念父母的名字，保持着最开始的动作，他双手握着菜刀刀柄，任由身体被水波带动。

肺中的氧气正在慢慢被消耗，陈歌感觉到了轻微的不适，好像有什么重物压在了身上。

十五、十六……

心脏每一次跳动，都会消耗肺中的氧气，随着心跳放缓，时间似乎也变得更慢了，每一秒都被拆分成了无数段。

不适的感觉渐渐变得强烈，好像有一双手慢慢压在了脖子上，正一点点掐紧。

躺在水中，陈歌睁开了双眼，隔着水面什么都看不到，他就像是被关入了另一个世界一样。

大概又过了三四秒，他的脸色愈发难看，不是一般意义上的苍白。

我坚持了多久？应该快好了吧？

水流划过耳郭，一片死寂中突然出现了奇怪的声音。

好像是从门外的走廊上传来的，陈歌也不知道他为何能听的这么清楚，或许是对方故意弄出了声响，想分散他的注意力。

脚步声！有人在走廊上来回踱步？

他放缓的心跳又开始加快，身体不自觉地紧张了起来。"可能是镜中的怪物来找我了，希望玩偶们能够守住，最多再有三十秒我就能完成任务！"

思维运转得越来越慢，耳朵开始出现嗡嗡的杂音，陈歌的状况不是很好，走廊上的脚步声让他高度紧张，他是硬扛着没有分心，继续默念父母名字，同时计算着心跳。

二十八、二十九……

水灌入双耳，声音有些失真，那个脚步声渐渐变得急促，对方似乎也在想办法进来。

又过了几秒钟，陈歌感觉自己胸口如同被一块巨石压住，脖颈上的血管慢慢凸显出来，手脚冰冷，身体出现了一种无力感。

大脑的反应越来越慢，陈歌现在全凭自身意志在坚持。

"嘭！嘭！嘭！"

没有任何预兆，有什么东西撞在了门上。

陈歌的心一下子提了起来，屋外那东西忍不住了！

可能是因为门后摆着一个布偶的原因，对方连砸三下发现无法打开房门后，就停止了这无意义的举动，屋子里重新安静下来。

仍旧是和之前差不多的情况，但正常来说他完全可以闭气一分钟，可是走廊上的脚步声，刚才的撞门声，都让他心跳加快，而人在紧张的状态下耗氧量会大幅提升。陈歌感觉自己已经要到极限了，肺中的最后一丝氧气也被榨干，每一秒对他来说都是一种煎熬。

三十九、四十……

默数到四十的时候，陈歌大脑产生一阵眩晕感，他的身体条件已经不允许他继续默数下去了。无法分神，那种窒息感愈发强烈，陈歌的意识开始模糊，很多东西都想不起来，只是本能的回想着关于自己父母的记忆。

血管外显，凸起在苍白的皮肤上，脖子上一根根大筋在动，握着菜刀的手指也渐渐松开。

他感觉自己正在死亡的边缘，同时他也理解了任务当中的那句话。

当时间走到黑夜和黎明的缝隙间时，就能在生与死的边缘看到想见的人。

这句话的意思分明就是，在白天和黑夜转换的那一刻，处于濒死的人就能提前看到另一个世界的景象！

陈歌双眼一眨不眨地望着水面，他目光涣散，水面离他仿佛越来越远，什么想见的人都没有看到，眼前只有一片黑暗，幽深到令人绝望的黑暗。肺好像被挤扁，那是种无法形容的憋闷感觉。

不行，再这么下去，可能真的会被淹死在浴缸里！

凌晨三点的第四十四分钟已经过去了大半，陈歌想见的父母仍旧没有出现，他已经不再抱有幻想，或者说他从心底觉得庆幸，父母没有出现，至少代表他们还活着。

冰冷的手臂撑住浴缸底部，他用仅有的一丝理智做出决定，该放弃了。

双手用力，陈歌正要从水里钻出，突然感觉不对！

有什么东西按住了他的头，在阻止他离开。

涣散的瞳孔骤缩成一点，陈歌望向自己头顶，那里明明什么都没有！

布偶封锁了房门和浴缸四周，镜子里的怪物应该进不来才对，是谁在作怪？

长时间缺氧，他的身体和意志都已经到了极限，就像是一根被拉到了顶的弹簧，随时可能崩断。脖颈上一条条血管绷起，陈歌脸色难看得吓人，生死攸关，他拼尽最后一丝力气，握住手里的菜刀朝头顶挥舞。

菜刀挥起，水花四溅，陈歌恍惚间似乎是砍到了什么东西，耳边只听见"啪"一声脆响，他头顶的那股力量瞬间消失。

再无阻碍，陈歌一下子从浴缸里坐起，大口大口吞吸着空气！

死里逃生，冰冷的水从陈歌头顶滑落，他惊魂未定，胸口起伏，嘴唇发紫，双手仍旧紧紧抓着菜刀。

过了有一两分钟，他才平静下来，脑中昏沉的感觉散去不少。

伸手擦了一把脸上的水珠，他摇摇晃晃从浴缸里站起。

在烛火的映照下，屋子里似乎没有发生变化。

"我刚才挥刀应该砍中了什么东西，还听到了一声脆响。"陈歌顺着劈砍的角度看去，浴缸边角残留着一道印记。

"砍在了浴缸上？不应该啊，当时我分明感觉到有人按住了我的头，那一刀应该砍到了他身上才对。"陈歌迫切地想要知道真相，他走出浴缸，将还在录像的手机拿到手中。

停止录制，将视频从头开始播放。

陈歌靠在墙边，双眼紧盯着屏幕，在三点四十四分时，他躺入浴缸，水花向外溅落，水面和浴缸平齐。这么看着确实有点儿怪异。亲身去做的时候还没有觉得多吓人，但是通过视频里作为旁观者看的时候，就有种毛骨悚然的感觉。陈歌对比着时间，他躺入浴缸前二十秒，浴室内一切正常，只是偶尔能听见水珠滴落的声音。

又过了十秒钟，陈歌眉头皱起，他发现视频里的内容和他在浴缸里感受到的不太一样！按照他默数的时间，这个时候，走廊上应该响起了脚步声，可是录像里却依旧风平浪静，什么奇怪的声音都没有。

又过了五六秒，陈歌印象当中的撞门声也没有在录像中出现，屏幕上只有漆黑幽暗的水面和摇曳跳动的烛火。

"难道走廊上的脚步声和撞门声都是我自己的幻觉？"

足足过去了五十秒，屏幕里原本平静的水面上开始浮现出大量的气泡，浴缸里的陈歌已经快要坚持不住了，而就在此时，一件让陈歌头皮发麻的事情出现了。

浴池旁边一块巴掌大的镜子碎片，表面慢慢变暗，一道黑影从中钻出，它趴在浴缸旁边，场面极其诡异。看身体轮廓，它与贺峰很像。

水面上的气泡越来越多，接下来到了最关键的时刻。

录像当中，陈歌的身体和意志都到达了极限，他实在坚持不下去，双手撑住池底，准备起身放弃。可就在他的头即将浮出水面的时候，站在浴缸旁边的黑影突然伸出双手，按住了他的脑袋！

无法呼吸，水流涌入口鼻，陈歌拼命挣扎，他胡乱挥舞手中的菜刀，黑影身形飘摆，菜刀似乎能对它造成一定的影响，但是效果微乎其微。生死攸关之际，原本放在浴缸四周的布偶，就像是被风吹动，其中最小的那个人偶，用身体压住了那块巴掌大的镜子碎片。镜面被遮住，黑影一下变得模糊了许多，紧接着，陈歌无意中一刀劈中了它的脑袋，这怪物顿时消散。

挥舞着的刀锋，最后砍在了浴缸边缘，留下了一道浅浅的印记，陈歌也在那力量消失的瞬间，从水里钻了出来。

录像到此结束，了解了事情的前因后果，陈歌心里除掉镜中怪物的想法愈发强烈起来。

"留不得它！"

陈歌把视频小心保存，捡起了趴在镜子上的布偶，小家伙后背被镜子边缘划破，身体也湿透了。

同样都是另一个世界的存在，但是它们相互之间的性格却有很大不同，有的本质纯善，有的却心中充斥恶意。陈歌擦干身上的水，穿上衣服，把几个布偶全部塞在口袋里，这才安下心来。

砸碎了镜子也没有用，它还是能在镜子碎片里出现，这怪物到底要怎么对付？神出鬼没，看又看不着，找又找不到，和这样的东西对决，先天就处于劣势。陈歌将地上那块巴掌大的镜子碎片拿在手中，他本是无心之举，但却意外看到镜面上水珠滚动，留下了一个浅浅的阿拉伯数字——"3"。

"是镜中怪物留下的？这是在向我示威？三是代表鹤山、贺峰和我三个人，还是说它要在三天之内干掉我？"陈歌不明白这个数字的意思，但他可以肯定这个数字不会有什么好含义，"还真以为我怕你不成？总有一天我会把你从镜子里揪出来，在中午太阳光最强烈的时候，将你活活晒死！"

陈歌说着自己能想到的最恶毒的诅咒，刚才他命悬一线，真的是太惊险了。

缓了口气，陈歌捡起黑色手机，本来他已经不抱什么希望了，可滑动屏幕看到手机上的信息提示时，他双眼瞬间变得明亮起来。

幸运的怨念眷顾者，你在水中闭气六十二秒，恭喜你完成噩梦难度日常任务！获得任务奖励——阴瞳。

阴瞳：视之不详，通之地阴，以阳身看阴神（视力得到大幅提高，其他功能未知）。

累计完成两次噩梦难度日常任务，在完成第三次噩梦难度任务后，将随机解锁一个恐怖场景的试练任务！

连续三次任务完成度到达百分之九十五以上，将解锁全新功能——怨念好感度！

一连串的信息全部看完后，陈歌心里有种说不出的滋味，噩梦级别日常任务要求在水中闭气六十秒，他因为紧张，只坚持到五十多秒就准备放弃，本来这次任务是无法完成的。可镜中怪物对他下手，逼他多坚持了几秒，这才险之又险地完成任务。

失之东隅，收之桑榆，虽然曾命悬一线，但总体来看，结果还好。

陈歌翻动黑色手机，这一次的噩梦级任务在他看来十分关键。如果此次任务失败，不仅无法获得任务奖励，新场景的解锁也会推迟，最重要的是手机里的那个全新功能将无法解锁。

带着好奇，他找到了新出现的怨念好感度那一栏，将其点开。

手机页面出现变化，屏幕上浮现出了五个完全陌生的名字。

已拥有怨念好感度如下：

殷国恒（残念）：陌生（你们还算不上朋友，他帮你只是出于本能）

杜若水（残念）：陌生

殷木楠（残念）：陌生

殷小小（怨念）：略有好感（你引起了她的注意，在她看来，你要比陌生人亲近一点）

张雅（红衣）：情有独钟（你对她来说与众不同，她喜欢你，不过，喜欢的是死后的你）

怨念好感度已解锁，让其听到蕴含游客负面情绪的尖叫，赠送携带怨念值的物品，或者完成怨念好感任务都可以增加好感度。

当好感度达到一定数值，她会选择性听从你的吩咐。

注意：只有力量强大的怨念才会附带好感度任务，完成好感度任务能大幅提高好感，并可以让它帮你完成一件不违背自身意愿的事情！

手机游戏里新解锁的这个功能，让陈歌对自己身边的各位"朋友"有了更深入的了解。

他把个子最小的布偶从口袋里提出，这个布偶和其他几个布偶表面上没什么区别，但是手机游戏里却给出了她不一样的评定，其他三个都是残念，只有她是怨念。

"就你这个样子，也是怨念？"陈歌伸手戳了戳小小的脸蛋，被提在半空中的小小好像有点儿生气，她给陈歌的感觉就像是一只还没断奶的小猫，张牙舞爪地喊着，我可是超凶的！

"算是个意外收获吧。"如果说殷小小是怨念中温和善良的异类，那张雅恐怕就是另一个极端了，他还是第一次看到手机游戏会专门给出红衣怨念这样的评定。

"红衣怨念和一般的怨念有什么不同？"陈歌试着点了一下张雅的名字，屏幕闪动，出现了一个血红色的界面。

是否接受张雅的好感度任务！注意！本任务存在一定危险性！

血红色的专属界面，看的陈歌直冒冷汗。"不是说只有力量强大的怨念才会附带好感任务吗？难道我在某方面的运气真有那么好，随便一抽，就抽到了一个极品？"

其实陈歌脑海里的潜台词是这样的极品不要也罢，只是他害怕被不知藏在什么地方的张雅听到，所以没敢说出来。

"情有独钟，喜欢死后的我，这姐姐心理有问题啊！"

退出手机页面后，镜中怪物带给陈歌的恐惧已经完全消散，跟被自己抽奖抽出来的那位比起来，镜中怪物就显得很一般了。不过这并不代表陈歌就放过它了，相反，陈歌已经把它当成不惜一切代价都要除掉的目标。只有解决了镜中怪物，冒险屋才能安全营业。

怨念好感度解锁，给了陈歌更多的选择，在他看来，黑色手机里的这项功能，应该是为后面让怨念进入冒险屋打工做准备。随着游戏内容完善，陈歌对这款游戏的兴趣也越来越浓厚了。翻看过新解锁功能后，陈歌又开始检查自己的第二个收获——"阴瞳"。

噩梦级任务的奖励能改变自身，陈歌试着朝远处看了看，除了在黑夜里看东西稍微清楚了一点外，这个"阴瞳"似乎并没有其他的作用。

"或许这个奖励和'殓容'一样，需要特定的环境才能触发。"一地镜子碎片，他随便拿起一块放在眼前，从外形上看双眼也没有发生任何变化，和普通人一模一样。

"字面上来讲，'阴瞳'应该能让我看到常人看不见的东西，可是……"陈歌把小小提在眼前，什么奇怪的东西都没有看到，"是我没有掌握方法，还是说有特殊的使用技巧？"摸索了一会儿，仍旧没有收获，陈歌便不再去管它了。

活动了一下麻木的身体，陈歌将自己手机拿到身前，他就坐在浴室里开始编辑视频。

"我遭了这么大的罪,不把它分享给更多人,未免有些太对不起自己了。"

他先将原版的视频上传到了灵异论坛上,现在是凌晨四点,陈歌本以为不会有多少人看,结果他把新的视频刚一发出,下面就有人开始评论。

"您好,请问这是一个引魂的游戏吗?深夜躺在浴缸里,就会有脏东西出现在浴缸周围?"

陈歌瞄了一眼评论,第一条竟然是论坛管理员发来的,他思索片刻,在视频下面配上了游戏过程的文字说明,并将视频名字改成——《为何有人会在自家浴缸中溺水身亡?》

两三分钟后,评论渐渐多了起来,陈歌的这个账号在论坛上已经颇有名气,甚至有的人已经睡着了,结果被好友叫醒,专门起来观看这段视频。

"凌晨三点半一个人躺进灌满水的浴缸里,别说其他的了,就是开着灯我都不敢去做。"

"这个视频比楼主上一次发的还要邪乎!"

"我就想知道蹲在浴缸旁边的影子是谁!靠!吓着我了!"

"你在水下有没有听到什么奇怪的声音?或者看到过奇怪的东西?大佬,跪求回复啊!"

"卫生间是屋子里阴气最重的地方,浴缸又是卫生间凹进去的点,在风水上讲叫'洼',阴气本来就聚集在其中,楼主竟然敢躺在里面玩这种游戏,也难怪会撞上脏东西。"

"在一天阴阳转换的交点,让自己处于生与死的边缘,这想法估计只有疯子能想得出来,也只有疯子会去照做了。"

评论里面确实有几条说得挺有道理,陈歌大致扫了一遍,和上一次,仍旧没有回复,提他退出论坛,开始剪辑视频。

他将自己躺入浴缸到最后挣脱出来的片段截取了出来,一共六十三秒。

短视频通常是时间越短越劲爆,效果就越好。

但这回陈歌反其道而行之,他发布了一条六十三秒的视频,起名为——《挑战憋气一分钟》。

视频发布,关注陈歌 ID 的所有人都会收到通知,有人视频没看完就开始留言。

"挑战憋气？今天没有恐怖视频吗？"

"故弄玄虚，人家挑战干一瓶白酒的不比你这个刺激？"

"憋气一分钟，我也来试试。"

"都散了吧，主播已经江郎才……Oh my god！趴在浴缸旁边看我的是个什么玩意儿！滚出我的手机啊！"

短视频发布一分钟后，陈歌的评论区再次炸锅！

"五十六秒趴在浴缸上的黑影是特效吧？！它好像是从浴缸下面钻出来的！"

"水里挥菜刀的是主播本人吗？乖乖！这表情太真实了！"

"那黑影要是再咬咬牙坚持一下，我们是不是就见不到主播了？"

"有毒吧！我还想试试自己能闭气多长时间，闭一半你给我跳出来个这东西！"

"新人快跑！这视频里全是鬼！别回头！快跑！"

"我竟然盯着手机屏幕看了一分钟没眨眼，现在有点儿睡不着了……"

"看你上个视频我不敢照镜子了，看了你这个视频我不敢一个人洗澡了！无良主播，吃本仙女一记腹背抱腰式背摔！"

早上四点多钟评论区还能如此火热，陈歌感到很欣慰，他觉得自己拥有了一群铁杆粉丝，一切付出都是值得的。在关掉短视频页面前，陈歌还不忘在评论区给自己的冒险屋打个广告，观众都非常热情，纷纷留言，说准备带点家乡的土特产去冒险屋看他。

"买门票来冒险屋参观，还要送我家乡的土特产，现在的游客真捧场。"陈歌退出页面，心情也好了许多，他伸了个懒腰，抱着五个布偶从"午夜逃杀"场景离开。

陈歌在工具间找到木板，把和"午夜逃杀"主题相连的员工通道封上，处理掉镜中怪物之前，这个场景他暂时不准备开放了。一位游客二十元，'午夜逃杀'可以同时容纳七位游客参观，按照十五分钟一场来算，一个小时能盈利五百六十元，一天八小时那就是四千多。想到这儿陈歌有点心疼，不过嘛，"安全第一，以后还能解锁更多的场景，钱是赚不完的。

第 10 章 有人要杀我!

黑夜度过,黎明到来,冒险屋外的天空已经蒙蒙亮了。

将"午夜逃杀"场景封锁后,陈歌回到员工休息室,他把几个布偶放在床边,自己则换了一身干净的衣服,外出跑步。平安公寓试练任务在时刻警醒着陈歌,那晚如果不是他跑得够快,现在估计已经被埋在土里了。

早上八点四十分,徐婉来冒险屋上班,看到了大汗淋漓跑步归来的陈歌,还有点儿吃惊,在她印象中,自己老板可不是一个喜欢锻炼的人。新的一天到来,冒险屋外面的防护栏朝两边拉开,两人各司其职,已经做好了开门营业的准备。

九点钟游客们陆陆续续进入乐园,冒险屋门口还冷冷清清,此时是乐园里人最少的时候。

"老板,你昨晚在冒险屋里干什么了?怎么到处都是水?"

"打扫卫生。"陈歌随口敷衍了一句,紧接着又嘱托道,"你在里面扮鬼的时候注意一下,不要距离镜子太近。"

"为什么啊?"

陈歌正想给徐婉解释,突然看到乐园管理员徐叔跑了过来。

"徐叔,有事吗?"陈歌取下耳机,他发现徐叔脸色不太对劲。

"你小子是越来越奇怪了。"徐叔上下打量陈歌,"刚才食堂的人过来说菜刀被偷了,我还寻思这小偷是穷疯了连菜刀都偷,一打开监控可好,你大半夜不睡觉去拿人家食堂的菜刀干吗?提着两把菜刀到处跑很威风吗?"

被徐叔这么一说,陈歌才想起来,从食堂拿的菜刀还扔在浴缸里。

"我不是刚协助警方破了案嘛,还有一个凶犯没有被抓住,我拿菜刀是为了防身,明天我会给食堂买新菜刀的。"他也不知道砍过鬼的菜刀,再切菜会不会对人身体有害,也不敢把那两把菜刀还给徐叔。

"我是越来越看不懂你了,你小子是不是背着我在干什么坏事?"

"拿两把菜刀能干出什么坏事?您就放心吧。"

徐叔半信半疑,刚刚开园,他还有很多事要忙,所以也没有深究,走到陈歌身前,从口袋里取出一个包得严严实实的塑料袋。"这五千你先拿着用,有困难一定要跟我说。"

"叔,多谢了,我这周末应该就能把钱还你。"

"不用,你少给我惹事就行了。"

等到徐叔离开,陈歌才将钱塞入衣服里兜,他靠在防护栏上,思考着该怎么用这笔钱。五千刚够安装监控,现在冒险屋内部空间已经满了,扩建过后才能添加新的恐怖场景,租赁地下停车场是个不错的想法,只是不知道乐园会收取多少租金。

一大堆问题等着陈歌去解决,他也觉得头疼。"我最大的问题就是缺钱啊!赏金也不知道什么时候下来,我要不要去催催?"

他无意识地看着远方,在扫过某个地方时,突然瞳孔缩小,看到了一个奇怪的游客。

那人戴着鸭舌帽,穿着长袖,双手插在衣服口袋里,晃悠在几个娱乐设施中间,似乎是在纠结该玩哪一个。

"这人有点儿眼熟。"因为"阴瞳"的存在,陈歌视力要比绝大多数人都要好,那人估计还不知道自己已经被发现,"要不要拦下他?"

在陈歌犹豫的时候,正好有游客要进冒险屋参观,他也开始忙了起来,渐渐的就把这事忘在了脑后。

到了中午,陈歌和徐婉准备去吃饭时,他又一次在冒险屋附近看到了那个形迹可疑的游客。

"这个人一早上都没有靠近冒险屋，专门等我和徐婉去吃饭，冒险屋没人的时候才过来，他想要干什么？"陈歌让徐婉先去吃饭，他独自回返，那个游客发现有人来，直接转身离开了乐园，走得很干脆。

"我是不是在什么地方见过他？"陈歌眼皮轻轻跳动，他饭也不吃了，直接跑进乐园综合管理处，在征得工作人员同意后，调看监控。

此人刻意避开了一些明显的监控探头，他从早上入园到离开，左手都一直插在兜里，就算是中间吸烟的时候，也是叼着烟用右手打火。

更诡异的是，他购买乐园门票后，在乐园里只玩了摩天轮这一个项目，而且是连续玩了三次。

"不对劲，这个人很不对劲！"

盯着监控中的那个男人，陈歌把此人所有反常的举动联系在一起，手指慢慢握紧，他一句话也没说，站在综合管理处里，拿出手机直接拨通了西城派出所李队的电话。

"三宝叔，我要报警！"

"第一，报警电话是110，你给我打没用；第二，叫我李主任。"电话响了两下就被接通，话筒那边传来李队沙哑的声音。

"我找到了从平安公寓逃走的最后一个人！他来过新世纪乐园了！"

"你确定？"一听到这，李队声音都发生了变化。

"一定是他，你们千万不要开警车过来，避免打草惊蛇，引起他警觉。"

"十五分钟内到！"

电话挂断，陈歌拿着手机，双眼依旧注视着监控屏幕。旁边的工作人员察觉出了问题，赶紧叫来了徐叔。

"怎么回事？"没过一会儿，徐叔拿着水瓶走了进来，"饭也不让好好吃，小陈，你不回你的冒险屋跑这干什么？"他也走到监控旁边，看陈歌手里拿着手机，便试探性地问了一句，"你刚在给谁打电话？"

"警察。"陈歌没有回头，目光在各个监控屏幕之间移动，"估计十五分钟内他们就到了。"

"警察？！这么大的事你怎么不跟我商量一下！"徐叔音调猛地升高，"乐园里有完善的应对自然灾害、恶性事件的方案……"

"徐叔。"陈歌转身打断了徐叔的话，眼神平静，瞳孔中透着一丝说不出的瘆人感觉，"有人要杀我！"

他此言一出，综合控制室内瞬间安静了下来，所有员工都看向陈歌。

"陈歌，你是一直在冒险屋里待着，精神受什么刺激了吧？"徐叔连小陈也不叫了，"大白天的瞎说什么！"

"我协助警方破获了五年前的平安公寓灭门案，但是还有一个嫌犯仍在潜逃。"

陈歌说到这里，徐叔已经明白了过来。"你说那人混进了乐园里，准备报复你？"

"我本以为他会远逃其他省市，可谁知道他居然胆大到这种地步。"陈歌指着监控屏幕里的那个男人，"这个游客举止古怪，身穿长袖、戴着鸭舌帽，将自己的脸遮得严严实实，天气不算冷，但他的双手却全都伸在口袋里，就算抽烟、喝水时，也只用过右手，他的左手从来没有伸出过口袋。"

"这能说明些什么？或许只是人家的个人癖好。"徐叔放下水瓶，关上了综合管理室的房门。

"潜逃在外的嫌犯叫张鹏，身高体形和监控里的男人相近，最关键的是张鹏左手手背上文有一朵牡丹。"

"牡丹？"

"牡丹花开，富贵自来，那人是个失去了一切的亡命赌徒。"

"你的意思是他害怕暴露文身，所以左手一直放在兜里？"徐叔也紧张了起来，"有没有可能这只是个残疾人？"

"我还有其他的证据。"陈歌调换监控画面，"他进入乐园以后只玩了摩天轮这一个项目，而且是重复玩了三遍，你知道这说明了什么吗？"

"这能说明什么？"徐叔有点儿跟不上陈歌的节奏了。

"摩天轮是整个乐园视野的最高点，他在俯视乐园，为自己规划逃跑路线。"陈歌把监控放慢，"我和徐婉离开冒险屋去食堂的时候，发现他鬼鬼祟祟靠近冒险屋。一个早上的时间他都在冒险屋附近徘徊，但是却没有过来，一直等到看守离开的时候才靠近，这根本不是一个正常游客会做的事情。"

"没错。"徐叔点了点头,感觉陈歌说得很在理。

"那他为什么要在没人的时候靠近冒险屋?"

陈歌边手指敲击桌面边说:"换位思考,如果我想要用最安全的方法杀死一个鬼屋老板,我一定会提前躲入冒险屋当中,在冒险屋停止营业进行道具维护的时候,出其不意,给他致命一击。冒险屋里环境复杂容易躲藏,杀人后也方便藏尸,只要处理好血迹,等尸体被发现,估计也是第二天了。"

徐叔被陈歌说得后背凉飕飕的,他脑海里已经浮现出了一个大概的场景,"这还真挺吓人的。"

"不是挺吓人,而是这件事可能就会发生!"陈歌收回目光,握紧的拳头慢慢松开,"幸好他太急躁了,也幸好我最近遭遇了很多事情,神经一直保持高度紧张,所以才发现了他。"

"那他现在在什么地方?用不用我去疏散游客?"徐叔也意识到了事情的严重性。

"他在被我发现以后就离开乐园了,我当时还没有看监控,不能确定自己的猜测,所以就没有拦他。"

"你做得很好,要是那嫌犯在乐园里发疯,恐怕会造成很大的混乱。"徐叔喝了口水,对旁边的工作人员说道,"等会儿警察会过来,大家都配合一下。"

十几分钟后,综合管理室的房门被推开,三个身穿便衣的男人进入屋内,为首提着笔记本的正是李三宝。"陈歌呢?让我看看你们这里的监控视频。"

在工作人员的帮助下,李队将监控里的男人和公安数据库里的照片进行比对,最终确定两者就是同一个人!

"你小子又立功了。"李队捶了陈歌肩膀一下,拿出手机联系市分局,汇报此地情况,双方沟通后决定兵分两路,一部分人暗中追查,另外一部分人在新世纪乐园周围布控。

"张鹏此人非常危险,你被他盯上一定要小心,他重新回来的概率很大,我建议你暂时不要待在冒险屋里。"

李队说完后,整个综合管理处的员工都有些不安,反倒是身为当事人的陈歌十分平静。"我不在,小婉一个人无法维持冒险屋正常营业,一旦冒险屋关门,张鹏肯定会发现异常，他那么狡猾估计不会上钩。"

"那你的意思是，你准备自己在冒险屋里充当诱饵？"李队眉头微皱，觉得有些冒险了。

"放心吧，只要他敢进我的冒险屋，我就能让他有来无回。"

"不行。"李队摇了摇头，想都没想直接拒绝，"抓捕逃犯是我们警察的事情，怎么能让你去冒险？"

"我留在冒险屋只是为了营造出一种假象，让张鹏误以为自己还没有暴露，这样他就会按照原定计划来找我，出现在乐园附近的概率非常大，也方便你们抓捕。"陈歌是经过深思熟虑才开口的，"这次如果没有抓住他，恐怕以后我要一直提心吊胆的生活，毕竟他随时都有可能回来。"

"具体的抓捕方案要和市分局刑侦队商议过后才能确定，平安公寓灭门案是他们负责的，我们西城派出所只是从旁协助，你的提议我会转达他们的。"李队收起电脑，拨通了某个电话，和另外两个便衣一起走出了综合控制室。

"小陈，要不你就听警察的，先出去避避。"徐叔有些担心，等李队他们走了以后才敢过来。

"逃避解决不了任何问题，你就别劝我了。"陈歌看完监控后，又回到了冒险屋里。

"老板，今天是青椒炒肉盖饭。"徐婉趴在防护栏旁边，看见陈歌从综合管理室出来，指了指座位上的饭盒，"我趁大妈不注意，给你多添了一勺肉。"

"谢啦。"接过盒饭，陈歌看着小婉，最终没有透露任何和张鹏有关的事情，跟平时一样，大口吃完饭，开始了下午的营业。

徐婉在"冥婚"场景中扮鬼，陈歌在外面卖票，他低垂着头，双眼不断在周围扫动。

"张鹏的出现对我来说既是一件坏事，也是一件好事，就看要怎么利用他了。"完成了黑色手机的几个任务之后，陈歌感觉自己的思维逻辑都得到了锻炼，人也变得愈发冷静沉稳。

冒险屋里现在锁着一个来自镜中的怪物，这家伙能够自由穿行镜子和现实，可以说只要有镜子存在，它就立于不败之地。陈歌漫不经心地卖着票，大脑却在飞速运转。鹤山、贺峰连续被攻击，两人的遭遇都差不多，按照贺峰口述，那怪物应该是准备进入他们的身体，替换掉他们的意志，或者是寄居在他们身上。现在暂不清楚怪物这么做的目的是什么，但是有一点值得思考，如果怪物进入了一个人的身体，它是不是短时间内就无法出来？

这个问题陈歌在跟贺峰交谈时就发现了，但是他没有办法证明，因为不可能用游客做试验。他其实都已经放弃了这个想法，可就在今天早上，张鹏出现了。

在监控里看到张鹏的第一眼，陈歌就敲定了心中的计划，他准备把张鹏当作试验品，放入冒险屋，然后想办法让镜中怪物侵占其身体。如此一来，不仅解决了张鹏，顺便还能把镜中怪物给送走，一举两得，这也是他一直坚持要留在冒险屋充当诱饵的原因。

"就这么办吧，虽然危险，但只要成功就能同时解决掉两个隐患。"

下午五点多，陈歌把徐婉叫了出来，让她提前下班，自己则开始在冒险屋里准备各种东西，他要把张鹏安排得明明白白。

五点半李队又打来了电话，告诉陈歌，他们已经在乐园周边布控，只要张鹏出现，定要他插翅难逃。

吃过晚饭，陈歌就抱着被子和碎颅医生套装来到了冒险屋控制室，他锁好房门，坐在监控前面。"监控数量确实太少了，冒险屋里盲区很多，我不能掉以轻心。"如果没有意外，他打算在这里待一晚上了。

太阳沉入了地平线，与白天不同，夜晚的新世纪乐园，一片死寂。

夜色渐浓，陈歌抱着被子在监控室内蹲守，他一直等到午夜十二点，该来的没有来，不该来的却来了，和昨天夜里一样，切割东西的诡异声音从"午夜逃杀"场景里传出。

一到半夜三更就开始闹腾，这怪物是在向我示威吗？陈歌把被子扔在一边，走到了门口，想了想并没有出去找镜中怪物的麻烦。暂且容它再蹦跶一会儿吧。

戴上耳机，陈歌把父母留给他的布偶塞进怀里，然后继续看向监控。

大约半夜一点多钟，在陈歌都快要放弃的时候，监控视屏里卫生间的房门突然动了一下。

"有人？"

他一下子来了精神，紧盯着屏幕。

没过多久，卫生间房门打开了一条缝，一个手持二十厘米剔骨刀的高瘦男人钻了出来。

"这个卫生间就是我第一次完成噩梦任务的地方，窗户和外面相连，他应该是提前踩好了点，在窗户锁上动了手脚。"陈歌淡定地看着监控视频，监控室的房门上了锁，本身位置还很偏，不熟悉冒险屋布局的人，想直接找到这里几乎不可能。

屏幕中张鹏轻手轻脚，一手提着刀，一手拿着手机，小心翼翼在冒险屋长廊里走动，他丝毫不知道自己已经被发现，还在全神贯注躲避着道路上的杂物和一些不知用途的道具。

足足耗费了十五分钟，张鹏才找到了员工休息室，他站在门口犹豫不决，胸口剧烈起伏，拿着刀的手轻轻颤抖，试着推了几次门，每次都在指尖碰到门板的时候收回，可以看出他内心很纠结。

就站在监控下面，张鹏磨蹭了几十秒，才终于下定决心。他举起尖刀，抓着门把手，深吸一口气，猛然将门推开，好像看见了猎物的豹子一样冲进员工休息室！

一分多钟后，张鹏又提着刀走了出来，刀锋上沾染着一丝鲜血，他刚才似乎是一不小心划破了自己的手臂。把尖刀换到了另一只手上，张鹏脸上的表情变得更加凶狠，他朝楼上看了一眼，然后沿着走廊，加快了脚步。

从监控视频里能清楚看到，张鹏是朝着监控室的方向走来，陈歌给李队发了一条信息，然后提着碎颅医生那四十多厘米长的铁锤，站在监控室门后。

他准备给张鹏来个恐怖片里最经典的桥段——开门杀，谁知道张鹏只是从监控室门口路过，然后提着刀进入了员工通道。

"这家伙准备干什么？"一时间陈歌也没看懂对方的意图，他赶紧来到电脑旁边，监控画面显示，张鹏用刀撬开了员工通道尽头的木板，然后义无反顾地走了进去。

"他跑进'午夜逃杀'场景里干什么？"陈歌取下耳机，眼睛瞬间瞪得老大，"'午夜逃杀'场景里一直有切割东西的声音传出，他该不会以为是我在里面锯东西吧？"

陈歌脸色古怪，他想起了监控中张鹏倔强的眼神和凶狠的表情。"这哥们儿真是'神'一样的对手啊！"

"午夜逃杀"场景里切割东西的声音，并没有因为张鹏进入就停止，估计镜中怪物也没有想到，会有人这么耿直地冲进去。

"不能再继续等了，我要亲眼看着镜中怪物进入张鹏的身体，这样才能安心。"

扫了一眼监控，确定了张鹏的位置后，陈歌把碎颅医生外套里的铁链取出扔在地上，披着这件染血的外衣，戴上了人皮面具。

他试着挥动了两下铁锤，一种暴虐、邪恶的感觉从他身上散发出来。

"怎么感觉自己才是最大的反派？"

拿好钥匙和手机，将布娃娃塞进怀里，陈歌抓着那把造型极度血腥的碎颅锤走出监控室……

"午夜逃杀"场景当中，张鹏感觉自己手里的刀越来越重，他为了这一天准备了很久，可谁知道人算不如天算，刚进来意外就发生了。

已经是半夜一点多钟，正常人这时候就算没睡觉也肯定是在卧室里。他刚才看见员工休息室的门牌后还激动半天，费了好大劲才平复下心情。他不断暗示自己，激起心中的仇恨，终于下定决心壮着胆子破门而入。冲进休息室，对着床一通乱砍，用力过猛，甚至伤到了自己。

刀锋染血，可等他看清楚床上根本没有人，床单上唯一的血迹还是自己留下的时候，心里除了怨恨，就只剩下憋屈，他杀意更盛，理智已经被怒火焚烧殆尽。

"毁了平安公寓，把娟儿害入监狱，多管闲事的家伙，我一定要弄死你！"张鹏越想越气，他听着楼内的切割声，就好像苍蝇在耳边飞舞，心情愈发烦躁。他握紧了刀，不断靠近那声音的源头，为了防止被发现，他一路都小心翼翼。

"已经很近了，就在这一层！"张鹏从楼道里探出头，他没有任何照明工具，身体紧贴着墙壁，进入三楼走廊。

"这鬼屋里阴气森森，道路复杂和迷宫一样，等我干掉了他，随便找个地方把尸体一藏，估计外人要十天半个月才能发现。"他嘴角上扬，觉得自己现在的笑容肯定很残酷。

"声音就在前面！这家伙大晚上不睡觉，跑到鬼屋里干什么？连夜修理道具吗？"张鹏弯下腰，放松身体，他用长袖包住伤口，提着刀慢慢靠近。

在三楼走廊的尽头，也就是"午夜逃杀"场景的正门处，张鹏看到了一个模糊的黑影。那身影站在正门中央，手里拿着什么东西，在大门上划来划去。

"奇怪，他为什么也不开灯？"走到跟前了，张鹏才意识到有些问题，但他并没有深思原因，大脑被报复产生的快感充斥。空气前所未有的凝重起来，他慢慢把刀举过肩膀，身体好像一张拉满的弓一样，刀尖对准了前方的黑影。

"去死吧！"

全速突袭，张鹏面目扭曲，将手里的尖刀狠狠刺入黑影当中！

他脸上已经浮现出了兴奋的笑容，可仅仅只过了零点几秒，这笑容就荡然无存。

尖刀直接穿过了黑影的身体，刺空了！巨大的惯性导致张鹏一头栽在门上，差点儿把腰都给闪了。

"我靠？！"

这个结果，张鹏无论如何都不能接受。他从地上爬起，对着空气疯狂挥刀。"人呢？人呢！"用尽力气宣泄完心中怒火后，一股从未有过的恐慌情绪在张鹏心里滋生出来。

"我刚才明明看到这里有一个黑影背对我站立！不可能看错啊！"张鹏此时也不害怕暴露自己了，取出手机照亮四周，木门上纵横交错全是细密的刻痕，地上扔着几块边缘锋利的镜子碎片，"这些都是那黑影留下的，我可以百分百确定刚才这里站着一个人！"

明明站着一个人，为何眨眼的工夫就不见了？

张鹏莫名地打了个寒战，他心头的怒火已经被浇灭，有些不知所措地看着死寂的楼道。

"人永远不可能突然消失，除非——那不是个人。"喉结滚动，手机的亮光无法带给他丝毫安全感，反而让他更加心慌，好像所有光线照不到的地方都隐藏着怪物一样。

"鬼屋老板不是人！这鬼屋里真的有鬼！"张鹏额头满是冷汗，握刀的手也被汗水浸湿，什么报仇行凶全都被他抛到了脑后，他急匆匆往回跑，现在只想着赶紧离开这鬼地方。

他拿着手机，越跑越快，完全没有留意，楼道口安全门张开的角度和之前有所不同。

"报仇的事以后再说，这地方不可久留。"捂着胳膊，张鹏刚进入楼道口，门后面一道黑影就砸向了他。

"咔嚓！"骨头碎裂的声音清晰可闻，张鹏瞅着自己软绵绵失去知觉的右手，大脑就好像死机了一样。

"不好意思，砸歪了。"陈歌提着铁锤从门后面走出，残忍惊悚的人皮面具随着他开口说话，扭曲出各种恐怖的表情，"我本来是准备砸碎你肩胛骨的。"

平静的语调，好像在述说一件微不足道的小事，张鹏看着门后的陈歌，有一种快要窒息的感觉！

你这么凶干吗！我才是杀人凶手啊！

张鹏其实很想试着反抗一下，但是他眼神一扫过陈歌手里开了血槽，四十多厘米长的铁锤，握着尖刀的手就不听使唤。铁锤上开血槽，锤柄还跟脊椎骨一个样！这是生怕别人不知道自己是个杀人狂魔吗！

没给对方更多的时间，陈歌又抡起铁锤砸向张鹏的大腿，他需要一个丧失反抗能力的人，来充当镜中怪物的容器。

"嘭！"

楼梯扶手被生生砸弯，张鹏险之又险地躲了过去，他一手流着血，一手被砸骨折，此时哪里还敢反抗，连刀子都扔了，疯狂朝楼下跑去。

"胆子这么小，谁给你的勇气，一个人来我冒险屋参观？"

抓着碎颅锤，陈歌紧随其后，双方一追一逃，到了冒险屋一楼。张鹏狂奔出员工通道，他像个没头苍蝇般乱撞，冒险屋里地形复杂，加上又没有开灯，跑出几米远后，他很悲催地发现，自己找不到来时的路了。

"怎么不跑了？你别害怕，我不会伤害你的，只是想用你来做个小小的试验。"双手握着铁锤，陈歌好像幽灵般紧跟在张鹏身后，把他往死路驱赶。

"不会伤害我？你见面还没三秒钟，一锤就给我砸骨折了！这叫不会伤害我！"张鹏刀子也扔了，左臂流着血，右臂完全失去知觉，好像面条般挂在肩膀上，某一瞬间，他心里竟然觉得十分委屈，甚至萌发了主动报警，投案自首的冲动。

"别挣扎了，我劝你还是乖乖听话，按照我说的去做，要不然你下半辈子可能就会在轮椅上度过了。"陈歌慢慢靠近，心里没有任何同情，张鹏是来杀他的，如果不是他提前发现，此时他已经遇害了。

"大哥，你这像是受害者应该说的话吗？我真是倒了八辈子血霉了！"张鹏的尖刀早就不知道扔在了什么地方，他手无寸铁，看见路就往里钻。

"跑得倒挺快。"陈歌继续追赶，走出几步后，耳边忽然又响起了那种诡异的切割声，一道黑影从员工通道里蹿出！

镜中怪物估计也是直到现在才弄清楚状况，明白自己的机会来了。

张鹏慌不择路，在冒险屋一楼狂奔，他路过一个转角时隐约看见旁边有人在冲他招手，可能是陈歌带给他的压力实在太大，他没怎么犹豫，就朝那人所在的地方跑去。

陈歌跟在后面也看到了这一幕，他心中泛起寒意，那道黑影身高体形与贺峰一致，正是镜中怪物！

"天堂有路你不走，地狱无门却偏要闯，那可是个货真价实的怪物啊！"没等陈歌开口，张鹏已经和黑影跑到了走廊尽头，他在黑影的指引下藏进了卫生间里。

"一楼卫生间的镜子完好无损，镜中怪物把他引到那里，显然是要动手了！"真到了关键时候，陈歌也紧张起来，他冲到卫生间，晃动门锁，发现房门被锁死。

事情的发展渐渐偏离了他的计划，黑影突然出现，在他还没有控制住张鹏的时候，就将张鹏带走了。

"啊！"只过了几秒钟，卫生间里就传出一声凄厉的惨叫，有东西被推倒、砸碎，张鹏似乎是遇到了什么极为恐怖的事情。

"里面发生了什么？"陈歌扬起铁锤砸在门锁上，锁头被砸掉，但是房门依旧无法打开，门后面被人用存放杂物的柜子顶住。看不到卫生间里面的场景，陈歌有点急躁，他用铁锤不断砸向木门。

"砰！砰！砰！"

巨大的响动在冒险屋外面都能听到，陈歌用尽全力，中空的木门被砸穿，后面的杂物柜也开始晃动，露出了半掌宽的间隙。

顺着空隙向内看去，蒙住卫生间镜子的黑布掉落在地，张鹏双眼迷茫地盯着镜面，令人恐怖的是，在他和镜子中间还站着一个高大的黑影！

那身影正在慢慢发生变化，最终体形变得和张鹏一样，它向后退了一步，让自己的一半身体融入镜子当中，接着最奇怪的事情发生了。

目光呆滞的张鹏主动朝镜子走去，他的脸紧紧贴在了镜面上，此时他的身体和黑影一半的身体融合在了一起。大约三四秒过后，张鹏无意识微张的嘴唇向两边翘起，露出了一个诡异的微笑！

他慢慢转身，隔着房门和杂物柜看向陈歌，伸手沾着胳膊上的鲜血，在镜面上写下了什么，又过了一两秒钟，张鹏的眼神才恢复正常，他打了个寒战，二话不说翻过卫生间的窗户就朝冒险屋外面跑去。

"镜中怪物已经跑到了张鹏身体里？这家伙为什么会对我有那么大的仇怨？难道是因为我屡次坏它好事？"镜中怪物先后袭击过鹤山和贺峰，但都因为外界干扰而失败，或许那怪物就是因为这点才记恨上了冒险屋的主人陈歌。

卫生间房门被卡死，短时间内砸不开，陈歌急忙绕到正门，可他还没走出去，就听到外面传来了李队的声音。

"陈歌！坚持住！我们马上就到！"随着砰一声巨响，冒险屋防护栏被撬开，几名警察鱼贯而入。一看到这阵势，陈歌立刻把手里的铁锤扔到角落，取下面具和外套。

走廊上响起了脚步声，李队第一个冲了进来，他看到陈歌呆立在走廊中，赶紧跑了过来，"小陈，你有没有受伤？"

陈歌顺势往后退了一步，"虚弱"地靠在墙壁上，手轻轻拍了拍胸口。"我受到了一些惊吓，不过没有大碍。你们不用管我，快去追张鹏！他顺着冒险屋卫生间窗户逃走了！"

"剩下的交给我们吧，今夜你辛苦了。"

"不辛苦，只要能抓住嫌犯，我这点儿小小的牺牲又算得了什么？"

"以后你还是不要这么冲动了，今夜多危险啊！"李队眼中满是欣赏，他安排其他人去追捕张鹏，自己陪着陈歌待在冒险屋里，开始检查现场。

他先进入员工休息室，看到床单上的鲜血后，立刻紧张了起来，"小陈，你受伤了？让我看看！"

"那血不是我的……"陈歌也不知道该怎么解释,"当时屋里很黑,犯罪嫌疑人好像把自己给割伤了。"

李队点了下头,他举起手电,看着床单和被子上狰狞的刀痕,目光凝重地说:"一个不擅长用刀的人,只有在极度癫狂的状态下,才有可能把自己割伤。"他指了指上面的刀痕,"一共十七刀!已经可以被判处杀人未遂了,这就是证据!"

盯着床单上的刀痕,陈歌也产生了一丝后怕。

李队戴上了手套,示意陈歌先出去。"这个屋子里的所有东西,你都别乱动,过会儿有人要过来拍照取证。"

"好的,我一定配合。"陈歌退出房间,他悄悄返回,先把锤子藏了起来,然后停在了卫生间门口,想到:"刚才张鹏好像在镜子上写了什么。"

调整角度,陈歌费了好大劲才看清楚卫生间镜子上的血迹,那是一个阿拉伯数字——"2"。

数字本身并不可怕,但是用鲜血书写出来,就让人觉得很不舒服了。

"这个数字是什么意思?昨天晚上镜中怪物离开后,我在残留的镜片上看到了一个数字'3',今天又变成了'2',两者之间是不是存在某种关系?它为什么会逐渐减少?"陈歌有点儿摸不着头脑,"难道这个数字代表日期?是在倒计时?"

看着那还未完全干涸的血迹,陈歌靠着房门,陷入沉思。

"镜中怪物已经离开,它寄居到了张鹏的身上,完全没有必要再特意留下这个数字,除非它还准备跑回来报复我。"陈歌有些想不明白,他对另一个世界的东西了解太少,揣测不出对方的意图。

"假如这个数字每天都会减少,那如果等它清零会发生什么事情?"陈歌心里出现了一种不好的预感,他在卫生间门口走来走去,"数字会不会和我的生命挂钩?数字清零那晚,就会有恐怖的东西找上我?"

停下脚步,陈歌觉得是自己过于紧张了。"等明天夜里再看看,假如冒险屋里又出现了这个数字,到时候我再采取行动。"

叹了口气,他只想好好经营冒险屋,把地下停车场给租赁下来,解锁更多的场景,让冒险屋不断壮大,但是天不遂人愿,总有意外发生,打乱他的计划。

回到员工休息室,冒险屋外面又来了几辆警车,市分局刑侦队到来后询问了陈歌一些问题，简单地拍了几张照片，便又投入紧张的追捕当中。

李队倒是一直陪着陈歌，只可惜等到天蒙蒙亮的时候，也没有传来张鹏落网的消息。

不过李队向陈歌再三保证，以张鹏现在的状态，不可能跑出太远，二十四小时之内肯定能将其抓获。

陈歌忧心的其实不是这个，他一直在思索镜中怪物留下的数字。李队还以为他受了惊吓，也没有往其他方面想，安慰了几句，天亮后就和其他队员一起离开了。

陈歌一个人孤零零坐在冒险屋里，他打开窗，任由清晨的冷风吹入衣领。

"我是鬼屋老板，说起来也算是鬼怪的头头，可怎么感觉自己混得好惨。"晨光照入屋内，放在床单上的布偶似乎是被风吹动，掉到了床下。

陈歌把这个小家伙捡起，戳了戳它的肚子。"唯一一个听话的怨念，除了卖萌什么都不会，真打起来，我估计还要保护你。"

手里的布偶似乎很不满意陈歌对它的评价，想要挣脱，但是又做不到。

"连续两次噩梦级任务的奖励都是辅助性质的，对冒险屋发展有用，但是对我自身帮助不大。"陈歌现在不确定数字清零后会发生什么，他是一个非常谨慎的人，绝不会把自己置身于险境当中。

拿出黑色手机，陈歌翻了半天，发现唯一能充当底牌的，就是那个看起来很厉害的红衣——张雅。

在平安公寓后山的木屋里，张雅曾帮助过陈歌一次，提示他王琦就在身后，也算是救了他一命。可是后来做噩梦级任务时，镜中怪物用手按住陈歌脑袋，都快要把他溺死的时候，也没见张雅出现。由此可见，那一位行事全凭自己喜好。

"完成好感度任务，就可以命令她去做一件不违背自身意愿的事情，那我就能请她出手帮我应对有可能出现的危险。"陈歌点击张雅的名字，看着血红色的专属页面，饶是他从小就开始锻炼胆量，这一刻也有些犯怵，"这姐姐喜欢的是死后的我，好感度升得太快，万一她迫不及待了，反过来干掉我怎么办？"

怨念的爱，不是谁都能承受得住，陈歌退出专属页面，感觉空气都变得清新了许多。"好感度任务算是我的最后一张底牌，如果今晚那个数字依旧出现，并且再次发生变化，那我就动用这张底牌，去完成好感度任务。"

做出决定后,陈歌心里也有了底,慢慢地睡着了。

八点多钟,徐婉来上班后,陈歌把冒险屋交给她来打理,自己拿着钱去挑选监控器。

他这么急着去购买,一方面是因为现在冒险屋里盲区太多,很不安全;另一方面则是因为黑色手机更新出来的日常任务当中,有一个正好是要求他安装监控器和声音探测器。

早上采买完成,中午陈歌就领着安装工人回到了冒险屋,在他的亲自陪同下,几个工人战战兢兢地把监控器安装在冒险屋各个角落,形成了一套死角很少的监控网。至于声控装置,因为他资金实在有限,所以只是购买最廉价的那种,安装在了"冥婚"场景当中。

晚上七点多钟,最后一次调试成功后,陈歌收到了黑色手机任务完成的提示。

张弛有度,才能带给游客最佳的体验,恭喜你完成简单难度日常任务,获得奖励——背景曲目《嫁衣》!"

注意:《嫁衣》和"冥婚"场景完美契合!"冥婚"场景尖叫指数上升为一星!

看到手机提示,陈歌愣了一下,"冥婚"场景原来的尖叫指数只是半星,现在因为一首曲子就上升到了一星,由此可见这首曲子估计要比《黑色星期五》还要瘆人。

本着对游客负责的态度,陈歌试听了一下,感觉和《黑色星期五》是两种风格,一个慢热,好像面对深渊被一点点拖入其中;另一个更加诡异刺激,喜曲变丧曲,从第一个音调响起就让人头皮发麻。

"果然和'冥婚'场景很搭配,不过常听这样的曲子,容易对心理造成创伤,如果不是有人来砸场子,还是尽量少用为妙。"陈歌把《嫁衣》存入自己的手机里,一个人来到冒险屋三楼开始打扫卫生。

他没有多余的钱去请工人,口袋里塞着几个布娃娃,拿着工具,将冒险屋里的镜子碎片全部清理了出去。

忙完这些已经是深夜,陈歌抱着手机,在卫生间和员工休息室之间徘徊。

他一遍遍地看着镜子,一直等到快午夜十二点。

第 11 章 第一次约会

双眼红肿，陈歌抱着布偶站立在镜子前面。

"还有一分钟就是午夜十二点了。"

卫生间里没有开灯，陈歌双眼盯着镜中的自己。

他生怕错过什么东西，眼睛一眨不眨，手掌压住洗漱台，脸距离镜子很近。

全神贯注，所有注意力都集中在了镜子上，大概距离午夜十二点还有几秒时，陈歌口袋里的手机忽然震动起来，吓了他一跳，

"电话？谁会这时候打给我？"他将手机拿出，来电显示上写着李队的名字。出了什么意外吗？

陈歌接通电话，放在耳边，"三宝叔，你找我有事？"

"张鹏仍未落网，我们进一步缩小了排查范围，可以确定他就藏在江州西郊！你要小心！这个犯罪嫌疑人极为狡猾、危险，他的行为方式和正常人不同，我们不排除他回去找你的可能！"电话那边，李队的声音严肃急促。

"昨天晚上新世纪乐园外面不是有层层布控吗？他双臂受伤，应该跑不了多远啊？"在陈歌看来，张鹏落网只是时间问题。

"情况有变，暂时不好跟你详细说明，我就透露一点，昨晚有一名警员在成功

拦截到犯罪嫌疑人后,似乎遇到了什么东西,现在陷入深度昏迷,正在医院抢救。"

"什么?!"陈歌面色一变,正要说话,他不经意间又看到了墙壁上的镜子。

平滑的镜面上,不知何时,浮现出了个血红色的阿拉伯数字——"1"。

"不过你不用担心,搜查范围在不断缩小,邪不压正,他必定会受到法律的制裁!"

李队还在不断说着什么,但陈歌已经无心去听,他把手机放在一边,怔怔地看着镜面。

"什么时候出现的?镜中怪物已经离开,数字怎么可能还会出现在镜子上?!"陈歌回想昨夜的情景,镜中怪物一半身体在镜中,一半身体在镜外,然后张鹏主动贴到镜子上与它融合。

"这数字究竟代表什么意思?昨天是'2',今天又变成了'1',明天午夜十二点过后会不会清零?"渐渐变少的数字,让陈歌目光凝重。张鹏被镜中怪物上身后,数字第一次发生了变化,刚才李队说有一个警员陷入昏迷,第二个受害者出现后,数字再次减少。这个数字会不会和受害者有关?镜中怪物需要三个活人?

不管这个数字代表着时间,还是人命,陈歌都不准备再等下去了,他心里产生了强烈的危机感。

"镜中的怪物在不断成长,明天晚上可能就是我最后的机会了。"陈歌拿出抹布,将镜面上的数字擦去,他已经顾不得那么多了。简单地应付了李队几句,他就挂断电话,拿着黑色手机进入工具间。

"午夜零点已过,新的日常任务也该刷新了,现在能对我产生帮助的任务有两个,一是红衣的好感度任务,二是今天的噩梦级别日常任务。"

打开黑色手机,陈歌点开了日常任务那一栏。

简单难度:一段惊悚的经历不应给体验者造成创伤性的心理阴影,你应该明白过犹不及的道理,请完善冒险屋的安全制度,清查冒险屋当中的安全隐患。

一般难度:你已经获得一次冒险屋扩建机会,请尽快找到合适的场地进行扩建!因受到场地限制,在扩建完成之前,你无法进行任何场景的试练任务!

噩梦难度:你的房间里一直住着另外一个人,你难道不想知道他是谁吗?

注意!个别任务极度危险,请慎重选择!

陈歌看完三个任务，目光在第三个噩梦级任务上徘徊。"房间里住着另外一个人？听着就觉得不舒服。"

噩梦级任务的危险性陈歌是深有了解，他纠结了半天也没有选择接受，而是又翻动手机，打开了红衣的专属页面。

是否接受张雅的好感度任务！注意！本任务存在一定危险性！

手机贴心地给出了陈歌警告提醒，他揉着太阳穴，有点儿拿不定主意。

"这两个任务都十分危险，但是噩梦难度日常任务的奖励是随机的，极有可能会再给我一个辅助性的能力；而好感度任务，张雅是红衣，看样子很厉害，在手机里拥有专属页面，像是比镜中怪物高几个级别，如果能让她出手，我破局的希望很大。"

分析了半天，陈歌一咬牙，点开了张雅的好感度任务。

确定接受张雅的好感度任务？

"确定！"

血红色的界面开始翻腾，如同一朵朵正在凋零的玫瑰花，手机屏幕上很快出现了新的字迹。

安徒生童话第一卷第三收藏集——《红舞鞋》：有一双非常漂亮、吸引人的红色舞鞋，女孩子把它穿在脚上，跳起舞来都会感到更加轻盈，富有活力。可是姑娘们都只是想想而已，没有谁敢真的把它穿在脚上去跳舞。因为这是一双具有魔力的鞋，一旦穿上跳起舞来就会永无休止地跳下去，直到耗尽舞者的全部精力为止……

请在接受任务一小时之内，抵达西城私立学校，天亮之前找到张雅的红色舞鞋。

注意：第一次约会，千万不要迟到，否则她会不开心的。

看完手机上的任务提示，陈歌表情古怪，西城私立学校早在几年前就已经废弃，具体原因不详，据说是出了什么恐怖的事情，才不得不关停。

"第一次和女孩子约会，就是在午夜十二点以后的废弃学校里，我的恋爱故事是不是哪里出了问题？"

任务要求一小时内到达西城私立学校，陈歌算了一下时间，还算充足。"西城私立学校旧址就在西郊，对我来说不算远，关键是午夜十二点多过去……算了，我还是先去洗个澡吧,不管怎么说,这都是我的第一次约会。"

快速冲了凉,陈歌换了一身干净的衣服重新站在镜子前。"还剩下五十分钟,怎么突然开始有点儿紧张了。"

深吸了几口气,陈歌用凉水拍打着脸,许久之后才平静下来。

"该出发了。"

陈歌又把上次用过的背包拿了出来,将张雅的情书、充电宝、工具锤放入其中,他吸取了上一次的教训,直接把水果刀塞进裤子口袋,又把父母留给他的布娃娃放入衣服里兜,虽然看起来鼓鼓囊囊不太美观,但至少这样能让他安心。

收拾好后,陈歌锁上鬼屋大门,急匆匆地跑出了乐园。

现在是凌晨十二点十五,路上车辆很少,又等了十分钟,他才在十字路口拦下了一辆出租车。

"去西城私立学校附近,我赶时间,麻烦你快点儿。"

"成,上车吧!"司机是个很爽快的大叔,车里还放着几年前流行的音乐。

车子启动,陈歌坐在后排,抓紧时间上网搜查和此次任务有关的信息。

好感度任务一打开,首先浮现出来的是安徒生童话《红舞鞋》,他在网上找到了这故事的原版,大致看了一遍,觉得这童话有点儿瘆人。

故事主要讲一个女孩得到了一双漂亮的红舞鞋,她经常穿着舞鞋去教堂,可能是因为亵渎了神灵,她的舞鞋再也无法取下,只能一直不断地跳舞,她害怕、无助、精疲力竭,最后央求樵夫把自己的腿砍下,再往后整个童话最高能的地方出现了,那双被砍下来的腿,穿着红舞鞋一蹦一跳地跑远了……

"这是童话吗?"陈歌不敢在脑海里想象那个画面,他今晚的任务就是找到张雅的红舞鞋。

"在我抽中被诅咒的情书时,黑色手机里有关于张雅的描述,她穿着染血的校服和一双红舞鞋,临死的时候还是这个打扮,难道红舞鞋的童话是真的,一旦穿上就不能取下来?"

陈歌的心有点儿慌,这次任务不同以往,他要面对的是一个拥有专属页面的红衣,那是怨念最深重、最凶残的怨灵才有的待遇。

"看来红舞鞋就是今晚的关键。"陈歌反复看了几遍那个童话,其主旨就是告诫人们不要爱慕虚荣，时刻保持谦卑和敬畏。黑色手机在任务开始的时候，将这个童话故事搬出来，到底有什么深意？

他暂时想不明白，干脆退出页面，又开始搜索和西城私立学校有关的东西。

这所学校只开办了两年半就被关停，已经荒废了好长时间。至于关停原因，网上有各种传言，有的说是因为收费不合理，还有的说是因为证件不全。

陈歌耐心把所有信息看完，张雅这个名字从头到尾都没有出现过，仿佛张雅跟这所学校毫无关系一样。

有问题！真相绝对不是网上那些猜测，可能有更深层的原因。陈歌望着窗外不断倒退的路灯，眼睛眯起。究竟什么样的遭遇，才能让一个女人化为红衣？她那么大的怨气因何而来？这和红舞鞋又有什么关系？

陈歌正独自沉思，车内的音乐声突然变大，他错愕地朝主驾驶位看时，司机大叔也借着反光镜在打量着他。

"有什么烦心事吗？年纪轻轻咋愁眉苦脸的。"大叔属于话痨，刚上车就想跟陈歌聊几句，但陈歌因为要搜寻信息，所以没怎么搭理他。

"最近一下子遇到了很多从未接触过的东西，所以有点儿忙不过来。"陈歌礼貌地笑了笑，把手机收了起来。

"心急吃不了热豆腐，一切肯定会好起来的，烦了躁了，听一下歌，摇摇就完事儿了。"司机大叔随着音乐节拍抖着腿，心态很好，硬是把熬夜开出租搞出了午夜兜风的感觉，"对了，你大晚上跑西城私立学校干什么？那地方荒得很，周围好像也没什么住宅区。"

陈歌张了张嘴，最后还是说了出来："去约会。"

"约会？这时间点跑出去约会？"大叔回头看了陈歌一眼。

"真的，我也不知道该怎么跟你说，女方脾气不太好，性格也有点儿古怪……"陈歌尽力想说的正常一点，对于一个从来没有约会过的男人来说，被美女邀请约会应该还是一件挺有面子的事情。

"那这好事啊！有啥可发愁的，怕人家相不中你？不过也是，哪有穿成你这样去约会的？我给你讲，男的更要学会打扮，你看你这个背包，跟你气质完全不符合。"

司机大叔说话跟开了机关枪一样，搞的陈歌颇为无奈。人家约会都是开开心心、满怀期待，但他这约会就比较微妙了，与其说是约会，不如说是在半胁迫的情况下，为了活命而进行的自救。

"男的约会一定不能小气，要绅士，别上来就要微信，多听听人家女孩的意见，在她们眼中世界上最无可救药的病就是直男癌，第一印象很重要……"听着司机大叔的谆谆教导，陈歌很想把他出租车里的音乐换成《嫁衣》，让大家都冷静一下。

一路风驰电掣，两边的车辆和建筑是越来越少，道路变窄，路灯也渐渐消失。车窗外的景象愈发荒凉，人烟稀少，道路两边开始出现成片的树林。

"还要往前吗？那边除了一个学校，周围啥也没有，你是不是认错路了？"司机大叔看了看导航，终于换了个话题。

"没有，就在学校附近找地方停就行，多少钱？"

"十九，你手机支付吧，我刚接夜班的车，没零钱。"

"行。"

陈歌去掏手机，一不小心把口袋里的水果刀也给带了出来，折叠的刀子落在坐垫上，看的司机大叔心头一跳。车内的音乐声慢慢变小，司机大叔装模作样地抬了抬手，在拿起旁边的水瓶时，手指偷偷碰了一下手机上的某个按键。这些小动作陈歌都看在眼里，他脸上带着苦笑，对方估计是把他当成劫车的坏人了。

"付款成功。"陈歌扬起手机，又瞥了一眼主驾驶位，"叔，你这是在录音，准备报警吗？"

正在喝水的司机大叔差点儿被呛住，他剧烈地咳嗽了几声，连连摆手。

"其实我也能理解你，不过……"陈歌看着窗外那个诡异的学校轮廓，"我确实是来约会的。"

司机大叔脸色发白，干笑了一声："那祝你成功。"

"会的，手机可以关了吗？"陈歌露出自以为和善的笑容，"这只是个误会而已。"

"那必须的。"司机很豪爽地答应下来，随手点了几下手机，继续往前开了两三米，车载对讲机突然亮起了红灯，他手指轻轻一碰，还没说话，里面就传出一个粗犷的声音。

"老刘，你也在西城私立学校啊？我就好奇怎么大晚上还有人往那地方跑，我这也拉了一个，咱俩离挺近的。对了，你在群里发的啥东西啊？我被棒夹了？"

"没事没事，好好开你的车。"大叔擦着额头的汗，挂了对讲机。

"应该是我被绑架了吧？大叔，人与人之间最基本的信任呢？"陈歌挑了挑眉，他也怕等会儿把警察给招来，"就在这儿停吧。"

"好！"司机二话不说停了车，他的小腿还在发抖。

陈歌检查了一下身上的东西，背着包下了车，他在关上车门的时候，抬头一看，发现出租车顶部显示屏上有一行字在滚动——我被劫持，请报警！

"你这花样还挺多。"

目送出租车飞也似的离开，十几秒后，周围近百米陷入死寂当中。

天空不见星月，好像快要下雨了，云层压得很低，一点光都没有。陈歌打开了手机，看了下时间，距离约定的最后期限还有八分钟。

"刚才在车里的时候，对讲机里有司机说，他也拉了一个人来西城私立学校，凌晨一点多还往这个方向跑，会不会跟我有关？"他留了个心眼，如果不是有时间限制，他估计会埋伏在道路两边，先看看是谁跟在自己的身后。

"剩下八分钟，我还是先进入学校比较好，熟悉地形，也算是占据了先机。"西城私立学校附近是一片荒地，看不见任何灯光，只有一条越来越窄的公路横穿树林和灌木丛。

打开手机手电筒，陈歌沿着公路向前走了近百米，终于来到了这栋废弃学校的正门。锁链和围栏锈在了一起，大门紧闭，隔着铁栅栏往里看，一片漆黑。

"要怎么进去？"陈歌在门外徘徊片刻，先把背包扔进校内，然后助跑跳起，抓住围墙上沿，翻过了围墙。

校园不算大，一眼就能看到边，黑暗中伫立着几栋漆黑的建筑虚影，犹如几个孤独的守夜人。学校的招牌已经被拆除，也不知道这学校真名是什么，大家都称呼其为西城私立学院。灌木丛生，看不清楚道路，不时有东西刮蹭小腿，感觉又痒又疼。

"我在规定时间内到达，接下来的任务是进入其中找到张雅的红舞鞋。"陈歌把背包里的工具锤拿了出来，握着冰凉的锤柄，他觉得踏实许多。

用手机照明，陈歌朝校内走去，没迈出几步远，他突然觉得不对，停下脚步，又往后退了几步。"是我的错觉吗？为什么感觉往学校里面走的时候，肩膀好像被推动，往后退的时候，背后则被一股力量堵住，有种莫名的阻力？"扭头看了看双肩，那里什么都没有，他又用灯光照了一下后背，也没有想象中的东西。

"难道她已经来了？就在我身边？只是我看不见她？"陈歌打了个寒战，很想一锤子挥到身后试试，但转念一想，万一真是张雅在他身后，这一锤砸过去，惹怒了对方怎么办？

他只是一个弱小无助的鬼屋老板，在这荒郊野外，惹怒红衣的后果不堪设想。

"算了，先进去再说。"陈歌背起包，举着手机，提着工具锤进入校园当中。

夜色越来越浓，刮起了风，其中还夹杂着细如牛毛的雨丝。

"舞鞋最有可能出现的地方是舞蹈室的女子更衣室和张雅曾经居住过的寝室，这两个地方要重点排查。"陈歌朝着最近的一栋楼走去，校园里的树木长得歪歪斜斜，地上荒草丛生，周围还立有很多雕塑，多是人像，在黑夜中看着显得有些惊悚。

"女生公寓？"四层的公寓楼，不算高，只不过可能是因为荒废了太久的原因，看着阴森森的。公寓的玻璃门被人用铁链锁死，他贴在门上向内看去，黑漆漆的走廊，两边房门全都关的严严实实，最诡异的是，在走廊正中间还放着一把背对寝室门的椅子。

一把椅子放在走廊中间？有什么特殊含义？陈歌往后退了一小步。学校大门和宿舍玻璃门全都上了锁，走廊上也没有任何垃圾，封校时一切都清理得很干净，可为什么会偏偏在走廊中间留下一把椅子？这是要逼死强迫症吗？

如果椅子是校方留下的，他们这么做的原因是什么？如果不是他们留下的，那在房门被锁死后，是谁在里面把椅子搬到了走廊正中间？陈歌把手机对准宿舍玻璃门，椅子在距离出口五米远的地方，头顶正对着一个被砸碎的廊灯。

廊灯被砸碎，电线还伸在外面，椅子、电线，这场景怎么跟上吊一样？老实说在看到如此诡异的场景后，陈歌心里也在打鼓，只能安慰自己应该是想多了。

他左右看了看，夜风吹动树叶，午夜以后的校园变得越来越奇怪。

"不能自己吓唬自己，红衣张雅是这学校最恐怖的存在，我拥有她的情书，谁敢难为我？"事到如今，陈歌也只能这么安慰自己，"这只是个好感度任务，说白了就是一场特殊的约会，没必要紧张，更没有必要害怕。"

他自言自语给自己鼓劲，完后抓着工具锤又走到了玻璃门旁边，正准备敲碎玻璃进入一探究竟时，眼睛突然捕捉到了一个细节。原本应该正对着廊灯的椅子，此时和廊灯相错了一米，它好像往前移动了。

"我去！"

陈歌还是第一次经历这样的事情。"是我眼花了吗？"

双眼死死盯着走廊中间的椅子，陈歌侧身站立，握紧了工具锤。他等了十几秒，走廊里的椅子还是一动不动。

"难道是因为我在看着？"陈歌往前走了几步，打开手机录像功能，将其放在玻璃门外面的锁链上。做完这些，他就退到了公寓楼外面的荒地中，静静等候。

午夜的校园，安静得让人不适应，连虫鸣和鸟叫都听不到。

大概三分钟后，陈歌靠近公寓楼，他已经做好迎接最恐怖结果的准备。可是等他重新站在寝室楼门口时却看见，椅子依旧停留在原位，和屋顶的廊灯相差一米。

"没动？怎么回事？"陈歌站在玻璃门旁边，把架在上面的手机拿了下来，他观看了一遍视频，没有发现任何异常，椅子就老老实实地待在走廊中央。

"难道它只有看到人才会移动？"脑中刚浮现这个想法，陈歌就觉得有些不妙，他扭头看向女生公寓走廊，那椅子不知何时又往前移动了两米，此时距离玻璃门已经很近了！

"又往前了？这东西到底是什么意思？我一过来就靠近，这是想要对我表达些什么吗？"说不害怕那是骗人的，只是陈歌对恐惧的承受能力比一般人强得多，在这种环境下他仍能保持清醒的头脑。

"这所学校问题有点大，在没了解情况前，暂时不要招惹这些东西。"陈歌其实很想一锤子砸碎玻璃，然后把那个椅子拖出来拆了，但是考虑到公寓楼内死角太多，他很担心进去后遇到其他什么东西，别没把椅子拖出来，自己反而被拖了进去。

"今晚的关键任务是找到红舞鞋，这些奇奇怪怪的东西，只要不影响我，我也没必要去跟它们硬拼。"陈歌拿着手机退了出来，"等我调查完其他地方，如果没有找到舞鞋就再回来。反正我只要在天亮之前找到它就算任务成功，时间还很充裕。"

陈歌在心里记下女生宿舍大门的位置，然后原路返回，他关了手机，手持铁锤蹲在学校正门附近。

"算算时间，跟在我后面的那辆出租车应该到了才对，可为什么外面的马路上仍旧一片漆黑？"在绝对黑暗的环境下，车灯会非常显眼，可是陈歌等了很久，也没有看到学校外面有灯光接近。不会是出了什么意外吧？

他心里一直记挂着这件事，在他看来世界上不可能出现那么巧合的事情，这个跟在自己身后也要来西城私立学校的家伙，一定有所图谋。

"对方有可能猜到我会埋伏在路边，所以提前下车，然后慢慢步行过来，如果真是这样，那可就棘手了。"他宁愿自己猜错，宁愿是自己在跟空气斗智斗勇，也不愿惹上一个难缠的对手。

"看来要加快速度了，我现在的优势就是张雅，这老姐总不能看着我在她的地盘上被欺负吧。"

陈歌的双眼已经适应了黑暗，或许因为"阴瞳"的原因，他在黑夜中看东西也不是那么模糊。光线会暴露自己，现在谁在明处谁就是猎物。他没有开手机，直接提着工具锤朝另外一栋建筑走去。

西城私立学院最高的建筑是教学楼，一共五层，教学楼后面是一个长满荒草的操场，在操场另一端，还有一栋孤零零的建筑，墙皮为浅红色。因为操场的阻隔，这栋建筑显得很另类。

"教学楼是上课的地方，舞鞋应该不会在那里，男生公寓就更不可能了，先去那栋红色外皮的楼看一看。"

陈歌贴着操场跑道，绕了一圈来到那栋建筑门前。

一共四层和女生公寓一样高，不过占地面积只有公寓楼的三分之二。刚一靠近，陈歌就发现这栋建筑不一般，大门口正中间放着一块木板，上面用红色油漆非常醒目地刷了四个字——禁止入内！

"这栋建筑是干什么用的？"人都有好奇心，校方越是严禁进入，陈歌就越是好奇，"几年前这栋建筑里肯定发生过一些事情，说不定我要找的红舞鞋就在里面。"

陈歌避开木板来到门前，门板上面特意加了两道锁。

"正门打不开，用锤子砸的话动静太大，万一跟在我后面那家伙被吸引过来就不好办了。"陈歌没有碰木门，走到了建筑另一侧，这里有扇窗户破损严重，上面的玻璃都碎了一大块。

"就从这进去吧。"陈歌把手伸进窗内，打开了安全锁，保险起见，他在外面等了几分钟，确定没人后才跳了进去。

重新关上窗户，布置的跟之前一样，陈歌不敢放松，他小心翼翼打量周围的环境。这是一个画室，墙壁上张贴着学生的作品，柜子上摆放着石膏模型。

"看着还挺吓人，不过跟我的冒险屋比就差远了。"陈歌从两排石膏模型中间穿过，走到了画室后门。他顺着门上的玻璃窗向外张望，走廊上贴着艺术特长生活动中心几个字。

"看来没有找错地方。"陈歌轻轻把画室的门推开，可能是许久没有使用过的原因，木门转动发出刺耳的嘎吱声，听得人心惊肉跳。

"冷静，找到鞋子赶紧走。"因为进入了相对密闭的建筑里，光线不会传出太远，所以他又打开了手机。微弱的亮光无法带给人心安，但在这种环境下，开着手电更加吓人。

陈歌挨个看了一楼的房间，全部都是画室，有的屋里堆着还没来得及撤走的画架和一些学生作品。

"艺术特长生活动中心一共有四层，我要找到的舞蹈教室应该在其他楼层。"

陈歌拿着手机和工具锤沿着楼梯往上走，当他来到二楼时，心跳突然开始加快，手臂上鸡皮疙瘩都冒了出来。

在二楼走廊的正中间，也摆着一张木椅！

"怎么又遇到这东西了？"陈歌握住工具锤，全身肌肉慢慢绷紧。

椅子摆在走廊中间，想要进入二楼，不可避免会从它旁边经过。之前在女生公寓门口的遭遇，陈歌还历历在目，这椅子似乎会主动靠近活人。他藏在楼梯拐角，有些犹豫。

"这椅子带有靠背，和活动中心教室里的椅子完全不同，应该是从其他地方特意搬过来的，可他们为什么要把这椅子扔在活动中心里？"看款式，活动中心二楼的椅子和女生公寓楼内的椅子一样，应该是学校给每个学生配发的公寓椅。

陈歌用手机照了一下对面房间的门牌，上面写着声乐一类的字眼。"舞蹈室不在二楼，要不我直接上三楼去？可万一三楼走廊中间也有一把椅子怎么办？到时候我被它追赶到楼梯拐角，下楼时再被二楼的椅子堵住……"

脑海中闪过那些瘆人的画面，陈歌想了一下，没有避让，握紧工具锤进入二楼走廊。

黑漆漆的走廊，一眼看不到尽头，两边的房门全部紧闭，门上的窗户落满了灰尘，模模糊糊，也看不清教室里究竟隐藏着什么。

陈歌走得很慢，他没有因为椅子近在眼前就忽视了其他东西。事实上，陈歌觉得两边那些闲置的教室更吓人一点。

"这地方也不知道多久没有人进来了，地板砖上落满灰尘，脚印无法处理掉，如果跟在我身后那人也进入活动中心，他肯定会发现我。"身处如此诡异的环境中，陈歌也不忘警惕可能出现的张鹏。"我要加快速度，速战速决！"

手机灯光随着陈歌手臂晃动而晃动，他距离那把椅子越来越近。

"似乎也没什么好怕的，一把椅子还能弄死我不成？"陈歌绕着椅子转了一圈，这给他的感觉就是一把很普通的椅子。

"要不要把它拆开看一看？"陈歌心里是这么想的，手上也是这么做的，他举起工具锤把椅子放倒，忽然看见椅子下面写有东西。

"钱玉娇？像是一个女孩的名字。"

这个名字的出现更加肯定了陈歌之前的猜测，椅子确实不是活动中心的原有物，而是属于某一个人。

学校在举行大型活动时，会让学生们自己带上椅子参加，为了防止弄混，很多人都会在椅子下面写上自己的名字。

"女生公寓里的椅子下面是不是也有一个名字？"陈歌把这个名字记在心里，他想了想没有把椅子砸碎，而是将其放入旁边的教室当中，"待得越久，越觉得不舒服，我还是赶紧去三楼吧。"

他原路返回，顺着楼梯来到三楼。

空荡荡的走廊上什么也没有，陈歌推开了几间教室的门，里面的桌椅堆在房屋后面，部分墙壁刷了新漆，能明显看出两种不同的颜色。

学校都要封停了，这时候为什么还要刷新漆？装修给谁看？在平安公寓的遭遇让陈歌脑海里瞬间浮现出了一个想法，新刷的墙漆应该是为了掩盖某种东西。

他用工具锤刮蹭墙皮，让他觉得奇怪的是，新漆后面的墙体很正常，并没有想象中的血迹和女人头发一类的东西。

"不会这么简单。"他逛了好几间教室，发现并不是每一间教室里都有刷新漆的地方，少有的几片刷新漆的地方，也都很靠近楼内的排水管道。

"在学校封停之前，这栋建筑的排水系统应该重新安装过。"陈歌仰头看了看，"活动中心一楼和二楼的教室都能看出使用过的痕迹，唯有三楼的教室似乎在封校以前就已经停止使用了。"

桌椅堆砌在一起，讲台上连一根粉笔都没有，有的教室门甚至还上了锁。

"闹鬼？凶杀？存在安全隐患？"被封禁的原因有很多，陈歌也不能确定，他退出教室，又朝着四楼走去。踩在楼梯上，陈歌不时回头，那个椅子并没有追过来。

他走到三楼和四楼中间的时候，发现楼梯上立着一个木板，上面书写着"禁止入内"几个字，木板周围还用绳子拉了几条线。都走到这里了，陈歌怎么可能因为一个破木板就返回，他把木板放到一边，直接从绳子下面钻了过去。来到四楼，陈歌一眼就看到，正对楼梯的房门上挂着一块掉了漆的门牌。

"舞蹈室！"在活动中心摸索了这么久，他终于找到了红舞鞋最有可能出现的地方。

四楼的布局和其他楼层不太一样，几个教室中间被打通，合并成了一间。

撕下门上封条，撬开门锁，陈歌推开了尘封了好几年的舞蹈室大门。

时间似乎把这里遗忘，一切都还保持着几年前的样子。光滑的木地板上落满了灰尘，屋内散发着一股说不上来的奇怪味道，这里似乎喷洒过大量的除臭剂，但是因为空气不流通，又密封了这么多年，除臭剂本身的味道已经变成了另一种臭味。

陈歌贴着墙壁进入其中，这间舞蹈室非常专业，木地板上为方便学生练习舞蹈打了地胶，墙壁上贴有吸音棉，还安装了隔音板，看来这是为避免音响声音过大，影响到楼下其他教室。

"这么大的舞蹈室，我还是第一次见。"陈歌扬起手机，照向远处。

墙壁上装有壁挂式把杆，可以自由调节高度，底下是一排低矮的座椅，供学生休息。在舞蹈室的另外一端，并排摆放了六面落地镜，镜子无缝拼合，每面镜子宽约一米，高度大概在两米左右。

"我都差点忘了舞蹈室里也有镜子。"看着那铺满墙壁的落地镜，陈歌吸了口凉气，在镜中正中间的位置，摆着三把带有靠背的椅子。

"同时出现了三把？"陈歌咬了咬牙，主动朝那三把椅子走去，他的一举一动都在镜子里显现出来。

凌晨的舞蹈室里，看着镜中的自己，陈歌越靠近心里就越没底。他强忍着砸碎镜子的冲动，将三把椅子放倒，与之前见到的那把椅子一样，每把椅子下面都写有一个女孩的名字。

"算上女生公寓里的那把椅子，我一共见了五把椅子，如果每把椅子都代表一个女孩的话，那在这五个女孩身上到底发生过什么事情？"

第 12 章 红舞鞋

掌握的线索太少,陈歌无法还原出事情的真相。

他将三把椅子放回原位,扭头看了眼四周,因为镜子的存在,显得舞蹈室格外的空荡。

"收拾得这么干净,估计打扫过不止一遍。"地上看不到任何垃圾,这对陈歌来说不是一个好消息。"现场被清理过,但愿那双特别的红舞鞋没有被扔掉。"

陈歌从镜子旁边离开,走到了舞蹈室角落,墙壁上张贴着各种荣誉证书,还有一个类似于成绩榜的东西。看了两眼,陈歌忽然发现了一个问题,这个榜单的第一名被人用碳素笔给抹掉了。

"没有第一名的榜单?"陈歌在榜单里看到了钱玉娇等几个女孩的名字,但却唯独没有找到张雅。他移开目光,墙壁上还贴着一些荣誉获奖的照片,其中一张引起了陈歌注意。

那应该是一张六人合影的照片,其中五人簇拥在一起,脸上露出灿烂阳光的笑容,至于第六个人则站在边角,和其余五人相隔了一段距离,她的影像被人用剪刀裁下,如果不是照片下端露出了小半只雪白的舞鞋,恐怕陈歌也会以为这张照片原本就是五人合照。

"全都是个人照和小团体照片,为什么没有整个班级的合照?"陈歌取出手机对着荣誉墙拍了张照片,然后摸着墙壁继续向前,很快发现了一个没有任何标示的房间。

带着好奇,他推门进入。

屋子里摆着办公桌、衣柜,还有一张单人床。"看样子像是辅导老师的办公室,不过为什么还要放张床?难道还有老师要值夜班?"陈歌翻箱倒柜,抱着一丝希望寻找起红舞鞋,可惜衣柜是空的,抽屉里只塞着一大堆荣誉证书的复印件。

"看来西城私立学院的舞蹈特长生还挺厉害,获得过这么多的奖。"陈歌随意地翻了几张,其中有一张上印着钱玉娇她们几个的名字。"天鹅湖市级芭蕾舞团体赛冠军,获得省级赛资格。"这张荣誉证书复印件没有张贴在外面的荣誉墙上,更奇怪的是,获奖的应该是六个名字,但是最后一个名字却被涂抹掉了。

"和成绩榜单一样。"

陈歌又在屋内转悠了片刻,再无收获之后就走出了房间。

一拉开房门,陈歌的心就猛地一跳,那三把椅子偏离了原来的位置,跟着他过来了。

"又开始了!"

陈歌强迫自己不去看那些椅子,他快步向前,如果三分钟内再无收获,他就决定离开活动中心。

用手机照明,一直走到舞蹈室最深处,陈歌才在边角处看到了女子更衣室的牌子。

"女子更衣室、女生寝室的卫生间据说都是学校里阴气较重的地方,我要小心一点。"他轻轻推开女子更衣室的门,两排铁柜靠墙放置,中间是一长溜木椅。

"原来女子更衣室是这个样子。"

陈歌还是第一次进入这地方,他把门关了一半,随手打开了一个柜子。

铁柜上层放着一套女式校服,她们这种私立学院的校服和公立学校不同,设计得更加精美好看。陈歌翻找了一下校服的口袋,并没有什么收获,他又看向铁柜下层,那里摆着一双白色的舞鞋。

"颜色不对,不是我要找的。"合上柜门,陈歌发现在锁头上面有一个小卡片,上面写有女孩的名字，"这就方便了。"

他举着手机贴着衣柜查看，可是找了一圈都没有找到张雅的名字，只是在更衣室角落里发现了一个孤零零的，什么标志都没有的柜子。

"这个衣柜好像被所有柜子孤立，独自扔在角落里。"陈歌打开了柜门，衣柜上层扔着一套脏兮兮的芭蕾舞裙，下层什么都没有。

"没有名字，被排挤在所有人之外，这个柜子会是谁的？"陈歌心中已经有了一个答案，他将裙子拿出，发现在裙子下面还压着五盒早已变质的糖果礼袋。

"这是什么意思，礼物？"陈歌把芭蕾舞裙放在木椅上，拿着糖果盒看了起来，盒子外面套着手工制作的包装袋，每一个小袋子上都认认真真写着一个女孩的名字。名字各不相同，但笔迹完全一致，可以看出这几个名字都是同一个人书写的。

"糖果盒应该是她特意准备的礼物。"当陈歌拿起最后一盒糖果时，他看到了放在柜子最下面的一张照片。这张照片是外面荣誉墙上那张照片的完整版，背面写着祝贺414宿舍获得省级赛资格，正面一共有六个女孩。其中五个簇拥着挤在照片最右边，笑容灿烂，看起来很开心，在相隔她们一掌宽的地方，站着第六个女孩。

这女孩身材高挑完美，大概在一米七左右，她就像是一只真正的白天鹅，优雅、纯净、柔和、美丽，纵使尽力想要融入别人的圈子，但她自身的气质却和那些人格格不入。

"这个该不会就是张雅吧？"

陈歌实在无法把怨念深重、邪恶残暴的红衣和照片中的女孩联系在一起，他低声自语，不经意间念出了张雅的名字。

这只是陈歌的无心之举，可就在他念出张雅两个字后，整个舞蹈室内都出现了某种变化，那个名字仿佛是这里不能提及的禁忌。女子更衣室里好几个衣柜里都发出"嘎吱嘎吱"的声音，好像不堪重负，随时会被挤爆一样。更让他想不到的是，同一时间，女子更衣室门口响起了密集的"嘭"、"嘭"声，好像有什么东西冲了过来。

"谁？！"将照片塞入衣服口袋，陈歌提着工具锤朝房门走去，他把关了一半的木门推开，外面三个椅子并排将他堵在了女子更衣室里。

"真以为我不敢拆了你们？"陈歌的后背已经被冷汗浸湿，但他表情依旧没有发生太大的变化，手握工具锤主动朝椅子走去。女子更衣室没有其他出口，如果不冲出去，局势会朝着更加不利的方向发展。

陈歌把视线向外面扫去，他在计划逃脱的路线，可是当他的眼睛看到舞蹈室的镜子时，抬起的脚步却怎么也放不下去了。

镜子里映照着女子更衣室门口的景象，唯一不同的是，镜中的三个椅子上还坐着三个女学生。

歪歪斜斜的身体，布满污迹的校服，苍白的脸，还有好像在诉说着什么的嘴巴。这三个女孩面带惊恐和哀求，她们的身体似乎和椅子长在了一起。

视线在镜子和女子更衣室门口间徘徊，陈歌心里一阵恶寒，就在不久前，他还将椅子放倒，近距离观看过。

"这就是我的第一次亲密接触？"

他打了个冷战，朝着房门走去，脚步越来越快。随着他不断靠近，堵在门口的三把椅子隐约向前移动，女子更衣室内的所有柜门也都发出轻微的声响。

"镜子只能照到更衣室门口，说不定在女子更衣室里还藏有更恐怖的东西，我必须赶紧离开！"

衣柜的铁门自己发出声响，好像有什么东西将要从里面钻出来一样。

手持工具锤，陈歌跑到门口，一脚将中间的椅子踹倒，他正要冲出去，肩膀却好像被什么东西拽住。他扭头看向镜子，镜面里，自己的肩膀上正搭着两条纤细苍白的手臂。

二话不说，陈歌转身就是一锤！

"嘭！"工具锤砸在椅子靠背上，将椅子砸出了一道裂缝。

耳边隐隐有女人的尖叫响起，他从镜子里能看见，那个椅子上坐着的女学生，眼神怨毒地盯着他的后背，胳膊死死抓住他的肩膀，似乎是准备把他按到自己的椅子上。

"她这么做的企图是什么？难道只要坐在了她的椅子上，就会接替她成为新的被困在椅子中的灵魂？"

后背传来的力量越来越大，一双双苍白的手拉扯着他，想要把他推入女子更衣室当中。更糟糕的是，外面的走廊上也响了奇怪的呼呼声，几秒过后，又有一把椅子出现在舞蹈室门口。

"总感觉运气都用在了奇怪的地方，以前我可从没觉得自己这么有女人缘！"陈歌已经撑不住了，他不再逃跑，主动转身，一手按着椅背，另一手抡起工具锤对着椅子狂砸！

他刚才留意到，自己随手在椅子上砸裂一条缝后，椅子上的女学生神情巨变，直接撕下了伪装，由哀求化为怨毒。通过女学生的表情变化，陈歌判断出，椅子应该就是她们本体的寄存物，这就跟小小一家人都寄居在布偶里是同一个道理。

毁掉寄存物，就算不能将其消灭，至少也能将她重创。

周围有一股力量想要强迫他坐在椅子上，如果是个从来没有经历过类似事件的菜鸟，恐怕早已被吓得瘫软在地，任由摆布。

可惜她们遇到了陈歌，这个鬼屋老板几天前还在凶宅里和杀人凶手一起过夜。他不是不害怕，只是在一次次的意外遭遇中，对于恐惧的承受能力不断提高，就算遭到了惊吓，手上的动作也依旧稳健。

"嘭！"

陈歌砸烂了公寓椅的靠背，抓起椅子腿抡向其他的椅子，镜面里显示的画面有些奇葩，但是现在陈歌已经顾不上这些了。

他只用了十几秒的时间就报废了一把椅子，当他准备去破坏第二把椅子时，脖颈突然被什么东西勒住了。

抬头看向镜子，一只只苍白的手掐住了他的脖颈，对方似乎是恼羞成怒，放弃了将他按在椅子上的想法，而是准备直接杀了他。

情况有变，陈歌不仅没有放慢手中的动作，还变得更加凶狠，抓起椅子对着墙壁砸去，每当椅子破碎一分，他脖颈上的力量就减少一点。

直到三把椅子全部散架，他脖颈上的压迫感才消失不见。

"这些东西留着也是祸害，一会儿我就给你们全都烧了，让你们彻底解脱。"陈歌靠在舞蹈室的镜子上，低喘着气，他脖子表面有明显的掐痕。

"刚才打斗闹出的动静很大，跟在我后面那家伙肯定会过来，我要赶紧离开，反正红舞鞋也不在这里。"陈歌不想在舞蹈室停留，这地方实在古怪，女子更衣室里柜门开合的事情越来越大，那根本不可能是风在吹动，除此之外还有更多诡异的声音在发生，比如说颜色渐渐加深的地面和墙壁，还有走廊上越来越密集的"嘭"、"嘭"声。

他准备离开，可是刚迈出脚步，小腿就被什么东西抓住。

陈歌扭头看向镜子，那三个女学生满含恶意地拦住了他的路，手指抓住他的腿，恨不得把指头刺入他的身体里。

看到这情景，陈歌也急了，他拿起工具锤砸向木椅碎片，可这回不管他怎么砸，地上的女学生都没有松手。

走廊上的异响已经逼近，地面上怨毒的人脸露出报复的快感，舞蹈室内好像蒙上了一层厚厚的布，手机光线莫名地开始扭曲，一股刺鼻的恶臭不知从什么地方飘散了出来。

"这学校里还隐藏着其他更恐怖的怪物？"

陈歌被自己的想法吓了一跳，他敢在深夜来这所废校，最主要的原因是他觉得张雅是这所学校里最恐怖的存在，他是来帮助张雅的，张雅没有害他的理由。

"情况有变。"

走廊外面似乎有什么东西走到了门口，空气中的臭味更加浓重了。

地面上三个女学生面目狰狞，陈歌背靠镜子，手掌伸进口袋，他手指刚碰到布偶，门外的奇怪声音突然用比来时快几倍的速度远去，恶臭也慢慢消散。

"怎么回事？为什么我觉得门外那家伙好像受到了惊吓？"所有杂音在这一刻全部消失，整个舞蹈室内只剩下陈歌自己的心跳声。

光线比刚才扭曲得更加厉害，温度似乎也降低了不少。

"发生了什么？"

小腿上也没有了束缚感，陈歌低头看去，三个女学生全都尽可能地往远处躲，惊慌失措地望着他身后。

"在我后面？"

陈歌僵硬地转动身体，他面朝五六米长的镜子，镜中映照的却不是他，而是一个低垂着头，身穿血红色校服的女人。

此时陈歌和镜子就只有半根手指的距离，他看得十分清楚。

精美的校服上滴答着鲜血，紧贴在身上，头发遮住了脸，露在外面的皮肤白的有些吓人。

"张雅？"手机屏幕散发出的冷光歪曲变形，陈歌觉得手脚冰凉，他用尽全身力气，才完整地念出了对方的名字。

女孩似乎听到了陈歌的声音，低垂的头慢慢抬起，黑发向两边滑落，挑不出任何瑕疵的五官慢慢露出来。

可就在她头抬到一半的时候，镜面上好像起了雾，她向前走了一步，直接从镜中消失。

"人呢？"

陈歌紧盯着镜子，接下来更诡异的事情发生了。

在手机亮光的照射下，他的影子慢慢站立了起来，停在了他的身后。

陈歌从镜子里能够看到，黑影身高一米七左右，伴随着滴答、滴答，好似血液滑落的声音，那道身影渐渐有了色彩。

染血的校服贴在身上，一眼看去，尽是猩红。

陈歌站在原地，一动都不敢动，后背的寒意已经顺着脊椎骨涌上了大脑，而就在这时候，那道血红色身影又后退了半步，直接靠在了他的背上！

背靠着背，陈歌的身体好像被冻结，他拼命吸气都无法缓解那种快要窒息的感觉。

"红衣竟然靠在了我的背上？"背靠背在某些特定场景中是一件很恐怖的事情，因为很多时候，根本无法确定背后的那个人是谁。

"啪！"

手指间似乎多了什么冰凉的东西，他没敢去看，僵硬的手指慢慢松开，手机掉落在地。

亮光闪动了几下，莫名熄灭。

被黑暗包裹，背后的寒意还在扩散，陈歌根本不敢想象自己正在经历什么。

凌晨两点，独自跑进漆黑空旷的废校舞蹈室里，面对六米长的镜子，和一个红衣背靠背站立，这或许也算是一种浪漫吧。

脑海中飘过各种各样的念头，他的手掌好像被什么东西握住，越来越凉，身后女孩的黑发在飘动，红衣和陈歌的头发交织在了一起。

"她准备干什么？我来这的任务是去找红舞鞋，找不到舞鞋好感度任务就不算成功。"身体僵硬，陈歌只能被动地看着面前的镜子，他一开始还没有在意，但过了几秒钟，他忽然发现镜子里有模糊的人影出现。

他睁大了眼睛，瞳孔颜色变暗，镜中的人影渐渐清楚起来。

"这不是刚才那几个被困在椅子里的女学生吗？"

镜子里面，五个女孩身穿干净整洁的校服进入舞蹈室，她们的穿着和刚才完全不同，镜子记录下来的这一幕似乎是发生在很久以前的事情。

五个女孩有说有笑朝着镜子走来，她们五个进入更衣室后，张雅才出现。

身材高挑的张雅，把同样的校服穿出了完全不一样的感觉。她背着包，手里还提着一个礼袋，这礼袋陈歌在更衣室见过，里面装有五盒糖果。张雅的心情似乎也不错，快步跑进更衣室，过了几分钟后，六个女孩换上了芭蕾舞裙，从屋内走出。

情况并没有发生什么改变，五个女孩抱团在前，张雅一个人跟在后面。

六人开始训练，片刻后舞蹈室的房门再次打开，一个女老师走了进来，她手里拿着那张天鹅湖市级团体赛冠军的奖状，对着六个女孩说了几句话，可能是在鼓励她们。

没有其他学生来上课，这一天应该不是正常上课的时间，她们六个估计是因为马上要进行省级比赛，所以才在假期来学校练习。

女老师指点了她们半个小时就离开。确定老师走后，五个女孩停止了练习，坐在地板上玩手机聊天，唯有领头的张雅还在重复刚才的训练。

这时候五个女孩中的某一个指着张雅说了些什么，几个女孩都笑了起来，唯有张雅面露难堪。不过她也没有在意，停下动作休息了一会儿后，转身进入更衣室，将那一袋子糖果拿了出来。

张雅准备将糖果送给几个女孩，可是只有一个女孩准备伸手去接，最后还被旁边一个和张雅身高差不多的女孩拦下，那个女孩指着张雅说了很多话，跑进更衣室把一个书包拿了出来，从里面翻找出了几封别人写给张雅的情书。这应该算不上争吵，只是高个女孩单方面在说话，她的情绪似乎有点激动。

张雅的糖果最终还是没有送出去,她只好把礼品袋放回原处。没过多久,舞蹈室的房门忽然被打开了。

几个女孩都吓了一跳,以为是老师过来,赶紧站起来装模作样地练习。

门外面走来一个模糊的男性身影,一米八左右,略有驼背,很胖。男人对着几个女孩说了些什么,他的身份让陈歌有点猜不透,几个女孩里只有两个认识他。

很快女孩们继续开始练习,男人走进了办公室,没过多久,他突然伸手示意让张雅过去。张雅应该不认识这个男人,她犹豫着走到办公室门口并没有进去。

镜子里照不到办公室内的场景,大概过了六七秒,镜中的画面变得更加阴暗,张雅从办公室内跑出,那个男人捂着手,叫骂着跟在后面。

舞蹈室内五个女孩都看到了这一幕,却都站在原地,没有一个人愿意站出来帮张雅说哪怕一句话。很快张雅被逼到了角落,她距离房门很远,大声的呼喊,却无人回应,剩余的五个女孩站在原地,谁都没有动。

男人嘴里叫骂着,他距离张雅越来越近,这时候张雅的手摸到了身后的窗沿,她只剩下一条路了……

看着镜中的画面,陈歌忽然想到了抽到情书时,黑色手机上的文字——双眼外凸、面目苍白,自高楼坠落的那一刻起,她便成了校园中的禁忌。红色的舞鞋,染血的校服,包括那个名字都成了不能提及的话题。

男人看着空荡荡的窗户口,没有下去救援,他一连后退好几步,停在了那五个完全被吓傻的女孩旁边。

舞蹈室里安静极了,阴暗的镜面当中,男人最先恢复理智,他站在五个女孩身前,凶狠地威胁她们。

有一个女孩被吓哭了,男人将她拽起,指着她的脸说了些什么,那个女孩听到后拼命摇头。这时候个子和张雅差不多高的女孩站了起来,她主动走到男人身边,开始帮助男人劝说其他女孩。她和男人之前应该认识,关系很不简单,甚至这个男人能恰好在老师离开后出现,都可能是她提前计划好的。

在高个女孩的劝说和男人的威逼下,几个女孩终于低头,他们商量了几分钟后,男人首先离场。五个女孩也随后进入更衣室换了衣服,全都离开了……

镜子恢复正常,但舞蹈室内的气氛却越来越压抑,陈歌能感受到来自背后的

寒意，他就像是背着一具冷冻了许久的尸体。

"没有了？"镜子只记录下了舞蹈室内曾经发生过的情景，后来的事情陈歌并不清楚，他只是隐隐觉得这件事不会那么简单。

从四楼跳下去，只要不是头先着地，就还有一线生机，张雅当时极有可能还没有死。

"红衣怨念深重，那个胖子会不会是害怕事情败露，将还剩下一口气的张雅杀害了？活动中心的排水系统全部更换了新的，有没有可能是因为胖子曾利用排水系统来处理尸体？"这个念头一闪而过，很快被陈歌排除，张雅在学校里失踪，警方肯定会彻查，再说处理尸体这种事并不是随便一个人就能做到的，很多时候做得越多破绽也就越多。

他很好奇接下来发生了什么，可是镜子上的画面已经结束，这面镜子只记录了发生在舞蹈室内的场景。

"或许我应该给李队打个电话，人命关天，西城私立学校又在西城派出所辖区之内，他那里一定有相关记录。"

陈歌的想法很不错，可是当他准备去捡手机的时候，身体刚一动，身后就传来一声刺耳的尖叫。

张雅贴在他的后背上，红衣滴答着鲜血，一根根头发好像蜿蜒的毒蛇一般爬上了他的肩膀，缠绕在他的脖颈、胸口，将两人捆绑在一起。

"我没有打算离开，只是想要帮你！"

陈歌赶紧开口，他已经喘不上气了，但是黑发仍在向内勒紧，似乎是要把他勒碎，将他身体的每一份都塞进自己身体里一样。也许在张雅看来，只有这么做，两个人才能永远在一起，这才是最真挚的爱情。

陈歌是刚出狼窝，又入虎穴，他现在终于明白为什么张雅的情书是一种诅咒了，这老姐根本就不喜欢活人，越是被她喜爱，越会被她弄死。

背靠着背，手脚冰冷用不上一丝力气，陈歌就是想要反抗也做不到，他只能不停劝说："我会帮你报警，让警察还你一个公道，把伤害你的凶手绳之以法！"

说到这陈歌有点心虚，张雅的情况很特殊，她跟平安公寓那一家四口不同，伤害过她的人，已经被她装进了椅子里！

当初优雅善良的女孩，已经彻底黑化成了丧心病狂的红衣，陈歌都想象不出那五个曾经伤害过她的女孩，在被装进椅子里之前，遭遇过多么恐怖的事情。

他都快放弃劝说了，没想到当他提出要把凶手绳之以法时，身上的黑发竟然不再向内勒紧。

"怎么回事？难道还有凶手没有受到应有的惩罚？"他急忙开口，再三强调要帮助张雅抓住所有伤害过她的人。

黑发慢慢松动，张雅似乎也在权衡，这时候陈歌只能等待。

黑暗的舞蹈室内重归寂静，十几秒后一件谁都没有想到的事情发生了。

在这生死抉择的时刻，舞蹈室后门忽然被推开，一个高瘦男人探头朝里面张望了一眼。

他在看到陈歌的时候，脸上不禁露出残忍兴奋的笑容，文着牡丹的手从背后摸出一把水果刀。

陈歌在看到了这人后，脸上也露出笑容，那迫不及待的神情仿佛在说——你可算是来了！

"没想到我会出现在这里吧，你留下太多痕迹了，校园外墙上的爬山虎被你拽掉，活动中心唯一的窗口上残留着新鲜的泥土和草籽，进入这栋建筑后，地上又到处都是你的鞋印，你太大意了，今天新仇旧恨我要一起和你算！"站在门口的高瘦男人正是张鹏，他双眼布满血丝，精神异常亢奋，完好的那条手臂握着刀具。

可让陈歌万万没想到的是，张鹏说完那一大堆话后，刚踏入舞蹈室，他脸上的表情就迅速发生变化，好像换了张脸一样。

前一秒还是满目狰狞，后一秒就惊慌倒退，双眼中充满了怨恨和恐惧。

是镜中怪物接管了他的身体？陈歌还没反应过来，张鹏就用比进来时更快的速度，朝楼下冲去。他仿佛看见了什么恐怖的东西，四肢扭曲，就像是一个提线木偶般歪歪斜斜地跑走了。

身上黑发松开，原本靠在陈歌背后的女孩消失不见，只见一道浅红色影子在镜中一闪而过，似乎是追了出去。

后背冰冷的感觉慢慢消散，陈歌活动着僵硬麻木的身体，捡起手机和背包朝大楼另一侧的楼梯跑去，他的速度绝不比张鹏慢。

"这个好感度任务还是先放一放比较好，真要是把张雅给攻略了，那以后的生活可就太刺激了。"陈歌冲出活动中心，他一边回头看向阴森森的校园，一边用手机拨打了李队的电话。

只响了一声，电话就被接通，话筒那边传来李队的声音。"小陈？张鹏又去找你了？"

"西城私立学院！张鹏在这里！另外我还有一件很重要的事情要告诉你。"陈歌语气急促，他已经远离了活动中心，朝着学校大门跑去。

"傅军、大勇你俩立刻通知刑侦队。"李队没有挂电话，发布完命令后，又对着陈歌说道，"你还有其他重要的事情？"

"是的，就在西城私立学院，我发现了另外一起命案！"

"你又发现一起命案？"手机那边李队的语气有点奇怪，他很自然的用上了一个"又"字。

"四年前西城私立学院有一个叫张雅的女孩坠楼，她的死另有隐情！"陈歌斩钉截铁，说得十分肯定。

"你等等，我去调看一下案宗，如果死者家属要求做过尸检，我们这应该有留档。"李队没挂电话，打开灯跑进档案室里，他翻找了五分钟后似乎有了发现。"西城私立学校，我说怎么听着耳熟，小陈，你现在赶紧从那所学校里出来！"

"我正在往外走，怎么了？"

"那所学校很诡异，一句两句说不清楚，我只能先给你一个数字，仅仅在两个星期内，那所学校就有六人自杀，而且死法都异常古怪。"手机里传来纸张翻动的声音，李队将档案大致看了一遍。

"对！这个数字跟我想的基本吻合。"陈歌已经看到了校门，很快就能出去了。

"吻合什么？你那边现在是什么情况？"

"别管什么情况，你先看看第一个自杀的女孩是不是叫张雅？"陈歌急于确定心中的猜测。

李队看了看桌上的文件，再三确定后才回复陈歌。"没错，是叫张雅，不过她的确是坠楼自杀，法医没有在她身上找到其他类型的伤口。发现尸体的那天，派出所出警到现场查看过，女孩是从四楼舞蹈室跳下来的，窗沿完好无损，周围墙壁上的隔音棉也没有任何损伤和清理过的痕迹。可以确定，张雅是在没有外力推动的情况下，自己跳楼的。"

"没有外力？李队，你有没有想过是有人在逼迫她？如果她不跳楼就会受到侵犯呢？"陈歌将自己在镜中看到的场景说了出来。

"我们也考虑过这种情况，档案里有张雅几个室友的笔录，五个女孩都表示不知情，张雅是在她们下课离开后跳的楼，当时整个舞蹈室里就只有张雅一个人。她们说张雅的精神状态一直不是很稳定，孤僻不合群，性格存在缺陷。为了验证她们的话，当时出警的民警还随机询问了同班的其他女孩，所有人都是这么说的。"

"张雅绝不是她们说的那样，这群人串通好了做伪证！"陈歌没想到同班级的其他女孩也会如此去诋毁张雅，她明明没有做错什么。

"张雅究竟是一个怎样的女孩，你我说了不算，证人说的才算。"李队不明白陈歌在抽什么疯，"你别在那所学校里继续逗留，立刻出来，我们的人马上过去接你。"

"她们在撒谎！你看一下张雅的具体死亡时间，应该是在五个女孩放学以前！她们在死亡时间上撒了谎，那五个女孩都是帮凶！"陈歌的声音慢慢变大。

"这一点你还真的说错了，张雅的死亡时间是下午六点到八点，而那几个女孩是在下午五点三十分，像往常一样离开的学校。"李队并不知道陈歌在西城私立学校里经历了什么，他只是站在一个局外人的角度去评判。

"不可能！"

"没什么不可能的，法医通过尸斑、尸僵、角膜浑浊等几个方面做了详细的鉴定，张雅死于六点到八点之间，死因是因为脊柱断裂，她身上头骨受损，跟骨、胯骨出现骨裂，伤势全都是跳楼造成的。"

李队的话让陈歌一时无法反驳，他停下了脚步，想了想说："或许存在这样一种情况，张雅是在五个女孩离开前跳的楼，但是她从四楼坠落后没有立刻死亡，还保留了一丝生机。可是她身上多处骨折，脊柱断裂，无法移动，只能趴在血泊里等死，就这样挣扎痛苦了很久，才在六点到八点之间真正意义上死亡。"

"你的假设存在一定的可能性，但是你忽略了一点，如果女孩跳楼后倒在血泊里挣扎，在场的另外五个女孩会一点反应都没有吗？就算五个女孩因为种种原因没有去施救，那学校里的其他人也应该会发现她。"

"当时是假期,只有她们六个为了省级舞蹈赛才特意来学校里训练,教导她们的老师已经提前离开,而且就算学校里还有门卫之类的,有没有可能被别有目的的人故意阻拦?"陈歌提出了不同的意见。

"我不和你争辩这些,现在讨论张雅是不是自杀也没有任何意义。你认为是那五个女孩逼死了张雅,还涉嫌做伪证,间接杀人,可是就在随后的两个星期里,这五个女孩也相继死亡。你所认为的凶手已经不在人世了,这案子还怎么查?"李队现在更担心的是陈歌的安全。

"李队,我从没有说过这五个女孩是凶手,她们只是帮凶!真正逼死张雅的凶手是一个身高一米八左右,略有些驼背的胖子!"

"说得挺详细,那你告诉我你是怎么推断出真凶的?四年前西城私立学校监控都没有安装完,在场目击证人全部死亡,你现在给我说另有真凶,你让我怎么相信你?"李队为了平安公寓的案子已经加了几天的班,半夜两点多还在所里待命,他的声音中夹杂着一丝深深的疲倦。

陈歌听出李队话里的质疑,急忙说:"我们可以去排查四年前和西城私立学院有关的人物,一定能找到这个人!他那天就在凶案现场!"

"陈歌,办案不是儿戏,你知道排查四年前一个和学校有关的人难度有多大吗?就算你能说服我,上面也不可能给你立案,你需要的是证据,不是怀疑和推测。"

"我说的都是事实。"

"经得起推敲的才是事实。"李队已经开始整理档案,准备将其重新放回柜子当中。"能告诉我,你为何如此执着这个四年前已经被定性的案子吗?据我了解,你也不是那种正义感爆棚的热血青年。"

为什么会如此执着?

陈歌被李队问得一愣,他脑海中闪过平安公寓木屋里张雅的帮助,还有刚才在舞蹈教室当中,张雅靠在他背后,散发出的冰冷和孤独。

"其实也没有为什么,在这种情况下,能帮她说话,和她站在一起的就只剩下我了。"陈歌对着手机说道。

"我还是不明白你的意思。"电话那边李队过了半天才开口,"不过严格公正是警察的基本宗旨，既然你提出了质疑，那等平安公寓的案子结了，我会亲自去帮你排查。"

"多谢三宝叔！"陈歌一下松了口气，"抓住真凶，也算是给张雅一个交代，至于这鬼地方，我是再也不想来了。"

他挂断电话，回头想要最后看一眼西城私立学院。一转身，却发现红衣张雅就站在他的身后！他们相距了两三米的距离，张雅校服上流动着鲜血，她歪头打量着陈歌，她这次没有靠近，表情也有些奇怪。陈歌很庆幸自己刚才没有在背后说张雅的坏话，他略有尴尬地笑了一下说："我只是觉得舞蹈室里太闷，所以想出来透个气。"

红色血液自衣领流下，一遍又一遍浸湿身体，张雅盯着陈歌看了很久，然后抬起苍白纤细的手臂，朝着校园办公楼的方向指了一下。

"你想让我去那里？"不等陈歌继续发问，张雅就消失不见了。陈歌现在距离学校大门就剩下几米远了，他有些纠结，前去查看的话，很可能又会遇到危险，就此离开的话，又有点不甘心。

"张雅对我的态度好像缓和了一点，她的提示应该跟四年前的案子有关，不过这学校里类似于张雅的恐怖存在，好像不止一个，我还是等警察来再进去比较保险。"

翻出校园，陈歌抓着工具锤守在门外，他不确定张鹏是否还活着，所以时刻保持高度警戒，随时准备冲出去补刀。

十五分钟后，刺眼的车灯穿透黑夜，两辆警车从公路尽头驶来。陈歌从路边钻出，挥舞手中的手机叫道："我在这儿！"

警车停在了西城私立学校门口，李队和另外一个完全陌生的警察走了出来。

"李叔，你们这动作挺快啊。"按照陈歌估算的时间，警察至少还要半个小时才能到。

"我们之前接到了出租车司机报案，说疑似碰见劫匪，原本就准备来西城私立学院的。"李队顶着黑眼圈，他已经连续高强度工作好几天了。

"辛苦，辛苦，快进来吧，张鹏应该还在学校里！"陈歌指着废弃的学校大门，那模样就跟欢迎别人来自己家做客一样。

"大勇。"李队朝后面招了下手，一个体形壮硕，身高一米九的警察从后备厢里取出液压钳弄开了学校大门。"进入校园后按照守则条例执行,嫌犯非常狡猾,两两一组不要分开。"李队嘱咐着众人。

他回头看了陈歌一眼问:"你最后一次见到嫌犯是在什么地方?"

"嫌犯的位置我现在也不清楚,不过我有另外一件事要向你汇报。"陈歌走到李队身边,望向张雅所指的办公楼,"李队,我带你去个地方。"

"大勇跟我来,其他人按计划行事。"李队叫上那个身高一米九的警察,两人跟在陈歌后面,一起进入了办公楼。

这栋楼只有三层,装修档次却要比外面其他建筑好很多。

"你带我们来这里干什么?嫌犯曾在这里出现过?"李队举着手电筒,眼神锐利,身上的疲惫已经散去,一进入案发现场,他就像变了个人一样。

张鹏应该没有进入办公楼。陈歌走在前面这样想着,回想着张雅手指的具体位置,他说:"我带你去的地方和四年前女孩自杀有关。"

"我不是说了,等张鹏落网后,再去帮你调查吗?一码归一码,当务之急是抓住张鹏。"

"到了,就是这间屋子。"陈歌没有回答李队的话,他之所以会等到警察来再进办公楼,只是想要把风险降到最低。

门上写着体育器材室,撕掉封条,踹开房门后,陈歌和李队进入其中。

屋内胡乱堆着各种球类,墙边的柜子上摆着羽毛球拍、乒乓球拍等体育用具。

"你带我们进来就是为了看这些?"李队用手电扫过屋子的每一个角落,"它们能证明什么?"

"体育用品管理……"陈歌走到屋子中间,他翻箱倒柜,最后停在柜子后面的一张单人床旁边。

舞蹈室内也有一张这样的单人床,比正常的床板要窄得多,应该是特制的。

"有人会在体育管理室值班?"陈歌带着疑惑将床板掀开,惊人的一幕出现了。

在破旧发霉的床板下面,藏着十几只尺寸各不相同的芭蕾舞鞋,其中还有一双被鲜血染成了黑红色!

"这么多?"看着床板下面似乎是被人特意收藏起来的舞鞋,陈歌说不上来是愤怒,还是震惊,西城私立学院的案子有可能比他想象的还要令人发指。

"受害者不止一人。"陈歌大声对李队说道,"跳楼女孩的舞鞋为什么会出现在这里?你们的报告中没有提及女孩的鞋子吗?"

"没有关于鞋子的记录。"李队紧皱着眉,"在密闭房间的床底下,舞鞋上还落满了灰尘,看来这些鞋子已经放在这里很久了。所有鞋子都摆放得整整齐齐,像是有人专门在收集,这个人应该有特殊的癖好。"

"李叔,你可是人民警察,要为受害者做主啊。"陈歌把床板扔在一边,"逼死女孩的凶手,能够自由进出舞蹈室和体育器材管理室,他的身份很可能是管理员之类。"

"如果真如你所说,排查范围确实小了很多。"李队被那双黑红色的舞鞋吸引,他也有些动容,"你放心,这案子我一定会追查到底,不管凶手是谁,定会将他绳之以法!"

在李队说出这句话后,陈歌的黑色手机震动了一下,他将其取出扫了一眼。

手机屏幕上出现了新的信息:

天亮之前成功找到张雅的红色舞鞋,张雅好感度任务完成,任务完成度为百分之五十。

非你莫属!张雅对你的好感已经提升!你可以在张雅的专属页面,写下想要她去完成的一件事(注意:不能违背张雅的意愿)。

陈歌翻看手机,悄悄退到房屋门口。今夜的经历虽然波折,但结果还是好的。

他点开了张雅的专属页面,看着瞬间变为血红色的屏幕。"我提的要求,只要不违背张雅的意愿就可以。"思考片刻,陈歌在屏幕下方写了一句话。"我希望张雅永远听从我的话。"

很抱歉,你违背了张雅的意愿,请更换一个请求。

"我希望张雅能够保护我不受到伤害。"

很抱歉,你违背了张雅的意愿,请更换一个请求。

"我希望张雅不要伤害我,不要产生杀我的念头!这总该可以了吧?"

很抱歉,你严重违背了张雅的意愿,请更换一个请求。

"嗯……"

第13章 为她建一座乐园

连续尝试了三次都没有成功，陈歌干脆放弃，决定回到冒险屋后再去研究。

让他没有想到的是，退出张雅的专属页面后，黑色手机上又出现了一条未读信息。

"好感度任务不是已经完成了吗？"陈歌没有多想，将第二条信息点开。

幸运的怨念眷顾者！恭喜你完成稀有级红衣好感度任务，本任务为四星级恐怖场景——"通灵鬼校"支线任务之一！

注意：当好感度任务完成度达到百分之百后，将触发四星级恐怖场景"通灵鬼校"试练任务（任务有效时间为三个月），完成所有试练任务后，即可成功解锁该场景！

通灵鬼校——尖叫指数四星！

支线任务一：红色舞鞋（在午夜后的校园，血天鹅张开了羽翼，她是满含仇怨的噩梦，也是身穿红衣的舞者）任务场地西城私立学院。

支线任务二：站着上吊的人（我从来不和别人开玩笑，生前是，死后也是）任务场地西城私立学院。

支线任务三：恶臭（他将所有垃圾拾回寝室，只为掩盖一个不能说的秘密）

任务场地西城私立学院。

支线任务四：送不走的笔仙（笔仙笔仙，能告诉我下一个去死的是谁吗）任务场地暮阳中学。

支线任务五：厕所的第五个隔间（每到午夜，总有人能看到一个红影在厕所里出现，为了抓住她，我藏在了厕所的第五个隔间里）任务场地暮阳中学。

支线任务六：深井（妹妹和弟弟放学后没有回家，他们去了哪里）任务场地暮阳中学。

支线任务七：封闭的教室（走廊尽头是一间贴着封条的教室，从来没有人进去过，可一到晚上，屋子里却人头攒动）任务场地暮阳中学。

支线任务八：永生（在地下尸库的未开放区域，有一群永生的人）任务场地江州医科大学法医学院。

最后一个任务：未解锁。

看完黑色手机上的信息，陈歌被惊住了："四星恐怖场景？！一星恐怖场景就能把法医院学生给吓崩溃了，尖叫指数四星的场景该有多恐怖？"

每个人都有对恐怖承受的阈值，一旦超过太多，很有可能会出事。

他又看了一遍"通灵鬼校"的各个支线任务，光是看这些任务描述，他的鸡皮疙瘩就冒了出来。更关键的是这些任务仅仅只是支线任务而已，最后一个压轴的任务还处于未解锁的状态，应该是需要完成前八个支线任务，才可以去做第九个任务。

"四星恐怖场景对我来说，难度还有点大，或许以后我会去挑战吧。"陈歌关掉信息，看了一下黑色手机里的信息栏，在可解锁恐怖场景那一栏，除了"绝命灵车"和"第三病栋"外又多出了一个"通灵鬼校"，和前两个恐怖场景不同，这个场景的名字是血红色的。

把所有的校园灵异事件放入同一个恐怖场景当中，这个"通灵鬼校"就算解锁成功，也不能对所有人开放。陈歌翻看黑色手机对恐怖场景的评级，他心里也渐渐产生了一个想法，一星恐怖场景谁都可以进，但是想要进入三星或者三星以上的恐怖场景，必须要完美通关一星和二星恐怖场景才行，这从某种意义上来说，也算是对游客的一种保护。

"如此一来可玩性大大提高，就算是玩过一遍的游客，也可能会为了星级更高的恐怖场景，继续挑战，直到完美通关。每一次来都有不同的体验，我的冒险屋也会被更多的人熟知。"想到这里，陈歌脑海中莫名地浮现出鹤山的身影，他是唯一一个连续挑战过冒险屋两个场景的游客。"这小子算是我的吉祥物了，等下次新场景解锁，我要不要把他骗过来开下光？"

他心里有了很多构想，比如说分级过后，还可以发放特别的奖励和证明，以此来鼓励游客突破自我，挑战更恐怖的场景。

"有种幕后 BOSS 的感觉。"陈歌不禁一笑，以后恐怕会有专业的团队来他的冒险屋冒险通关，只为能了解更加极致的惊悚。

"你傻笑什么？一副不怀好意的样子。"李队从屋子里走出，他已经完成了基本勘查，"一队和二队跟我交流过了，暂时没有发现张鹏的踪迹，这学校里气氛不太对，环境又复杂，我们先撤出去，等刑侦队来了再做打算。"

"好的。"陈歌也早有退意，他来这里的目的已经全都达到了。

所有人退出西城私立学院，封锁外围，等待支援。

一直等到天蒙蒙亮时，刑侦队才赶来，奔波劳累，大家都不容易。李队和对方简单地打了个招呼后，开着警车先带陈歌离开。

"又是一晚上没睡。"坐在警车上，陈歌才彻底放松下来，伸了个懒腰，躺在后座上。

"你这坐上警车怎么跟回家了一样？"李队不满地嘀咕了一句，"对了，我有几个问题一直想问你却没来得及。"

"那就别问了。"陈歌已经猜到李队准备问什么，他用背包盖住头，开始装睡。

"你为什么会半夜出现在西城私立学院？还有你是怎么知道女孩跳楼的具体时间？这是四年前的事情，连法医尸检都存在一个置信区间，你却能如此肯定地告诉我答案，太不正常了。"李队坐在主驾驶上，发动了车子。

"都是我猜的。"陈歌翻了个身，"三宝叔，能把空调打开不？"

"你还真不拿自己当外人了是吧？"李队抱怨了一句，随手打开空调，这时候他的手机突然震动了起来。

"叔，接电话。"

"再多嘴，信不信我给你扔下去？"李队看了一下来电显示，按下接听键后，一句话也没说，电话那边也没人开口，过了两三秒，电话挂断。

"谁这么胆肥？敢给警察打骚扰电话？"陈歌扭头看了一眼，却发现李队脸上的表情柔和了许多。

"是我媳妇，每次我外出执行任务的时候，她都会给我打一个电话，确定我是否安全。因为有些任务比较特殊，所以我们早就商量好了，不用开口交流，只要电话接通，那就证明我没事。"

"嫂子还挺关心你。"

"那当然。"李队把手机放好，忽然觉得有些别扭。"你这是什么辈分？管我叫叔，管我媳妇叫嫂子？"

半天没人回答，回头一看才发现陈歌已经睡着。

警车直接开到了新世纪乐园门口，陈歌被李队叫醒，迷迷糊糊背着包下了车。

"注意安全！张鹏还没有落网，以现在的情况来看，那个亡命徒心理扭曲，他很有可能会不惜一切代价报复你。"李队不放心地嘱托着。

"知道了。"提到张鹏，陈歌才清醒了一点，他冲李队摆了摆手，进入新世纪乐园当中。看门的老大爷早已睡着，陈歌从正门走进去，对方没有丝毫察觉。

"今夜收获还是挺多的，好感度任务完成，我可以向张雅提一个不过分的要求，只是请她帮我除掉镜中怪物会不会太浪费了一点儿？"陈歌拿出黑色手机，打开了张雅的专属页面，好感度等级已经由"情有独钟"升级成了"非你莫属"。

"我要好好研究一下，争取最大限度地利用这个机会。"陈歌没有退出页面，就这样拿着手机推开了冒险屋防护栏，进入其中。

"等以后有钱了，可以去外面租个房子住，老在员工休息室内睡觉，总感觉怪怪的。"陈歌走在漆黑的长廊上，他熟悉这冒险屋的每一个地方，就算不开灯也不会碰到什么东西。

他在经过一楼卫生间时，木门似乎被风吹动，发出一声"吱"的轻响。卫生间的门本来就不结实，那天还被陈歌用铁锤猛砸了一顿，门板都已经变形。他试着想要把房门关严，在晃动门板的时候，忽然看到卫生间的窗户半开着。

"离开冒险屋的时候，我忘记关窗了？"

外面天空已经泛出亮光，陈歌站在窗口检查了一遍，窗台上没有鞋印之类的东西。"是不是我最近太紧张了？"陈歌这样想着。

他随手抓起柜子旁边的拖把，朝着走廊最深处的监控室走去，冒险屋里装了监控器，基本覆盖了所有角落，只需要简单查看就能确定有没有人进来。

推开监控室的门，陈歌坐在桌子前，打开了电脑。监控视频全都保存在里面，陈歌先是找到卫生间门口的监控探头编号，打开视频。他只是出于谨慎才去查看，可看了几分钟后，陈歌突然发现，监控视频里出现了一个陌生的男人！

那人低着头，从卫生间里出来后，快速跑进了走廊里。

"真有人进来了，现在冒险屋里除了我还藏着另外一个人！"陈歌睡意全无，"这人似乎知道卫生间门口有监控，直接跑进走廊深处，他之前肯定进过冒险屋。"

走廊上的监控有好几个，陌生男人从卫生间门口的监控视频里消失后，陈歌又找到了下一个监控探头的编号，这个探头位于走廊拐角，拍摄画面和卫生间门口的监控画面可以无缝衔接。屏幕切换，视频显示陌生男人跑入走廊深处后，直接冲进了监控室。

"直奔监控室而来，肯定是为了销毁监控视频，此人不仅是个老手，还对我冒险屋里各个房间的位置了如指掌。"

能同时符合以上两点的人不多，陈歌已经大致锁定，可就在他准备更进一步查看时，忽然看到自己出现了在监控视频里。

"背着包，拿着拖把和黑色手机，那个陌生男人还没出去，我已经走了进来，这么说……他此时就在监控室里！"在监控视频里看到自己的瞬间，陈歌立刻抓住旁边的拖把，猛地回头！

离他两米多远的杂物柜刚被推开，一个手持尖刀、双眼布满血丝的男人正从中往外钻！

"张鹏！"

看到那人扭曲的脸时，陈歌直接喊了出来，可能是被陈歌的声音刺激到了，张鹏反手握刀疯了一样冲向他。

经过最初的惊慌后，陈歌迅速冷静下来，他打开监控室的门，挥舞拖把且战且退。

张鹏虽然只有一只手能用，但他完全是一副不要命的打法，这人似乎也知道自己逃不掉了，出现在这里，就是为了死前能拉一个垫背的。

陈歌左右躲闪，朝着修理间移动，他看似狼狈，实则思路清晰。张鹏是来搏命的，光逃没有用，必须要反击，仅凭手里的拖把很难伤到他，所以陈歌想到了碎颅医生的铁锤。之前因为害怕引起警察误解，他将锤子藏在了修理间！

攻势越来越猛，张鹏好像看穿了陈歌的计划，他根本不躲闪，任由拖把砸在身上，只为了能更快贴近陈歌。很快陈歌就来到了修理间门口，他瞅准空隙推开修理间的门，还没等他进入其中，突然感觉身上多了些什么，就好像背着一块石头。

"你今天死定了！"一直沉默的张鹏忽然开口，他的眼神中恢复了一丝光彩，挥刀的动作变得灵活了许多。

"怎么回事？刚才是镜中怪物在操纵张鹏？那现在怪物去了哪里？"

动作越来越迟缓，陈歌伸手往后背摸却什么都没有摸到，他脊背被压弯，扭头往后看时才发现，一个和成人体形差不多的黑影正趴在他的背上！

"镜中怪物！"

眼底的慌乱一闪而过，陈歌全力向前，撞入修理间，他拼命冲向存放杂物的柜子。

"现在还不到放弃的时候，张鹏和黑影是一个整体，我只要用碎颅锤废掉张鹏，就能破局！"

后背仿佛压着一座小山，陈歌低估了黑影的成长速度，和第一次遇到它时相比，这怪物已经变得极为难缠。脖颈上传来窒息的感觉，后背的重量还在增加，耳边能听到属于不同人的笑声，本就疲惫的陈歌刚走到柜边就撑不住了，大脑一阵眩晕，双耳嗡嗡作响，陈歌不用回头也知道，张鹏已经提刀冲来。

后背上的怪物死死压住了陈歌，他用尽全力打开柜门，正要在一堆杂物里翻找铁锤的时候，口袋里的黑色手机掉了出来，屏幕还停留在张雅的专属页面上。

脖颈被镜中怪物死死掐住，手持尖刀的凶犯就在身后三四米处，这时候根本容不得陈歌犹豫，他看到张雅的专属页面后，直接伸手在上面输入了两个字——救我！

脑后的怪笑声越来越大，陈歌来不及输入更多东西，张鹏的尖刀就刺了过来。

他侧身翻动，抓起柜中的杂物扔向张鹏。

手臂渐渐用不上力气，陈歌的脖颈已经轻微变形，再过一会儿就算不用张鹏出手，他也会被镜中怪物活活掐死。

陈歌用血管凸显的手臂摸着脖子，可是却什么都摸不到，他把最后的希望都寄托在了黑色手机上。他转动脑袋朝地上的手机屏幕看了一眼，血红色专属页面上弹出了一行字：

你的心意，她已经知晓，请确定第一个约定的内容。

这时候就算张雅对陈歌提什么过分的要求，他也会毫不犹豫地答应下来。

手指挪动，陈歌艰难地碰到了屏幕上的确定键。在指尖和屏幕接触的一瞬间，密闭的修理间内温度骤降，冷风从四面八方刮来。陈歌脑后的怪笑戛然而止，背后的怪物瑟瑟发抖，它在害怕。

滴答、滴答，血液滑落的声音不知道从什么地方响起，原本压在陈歌后背上的镜中怪物突然松手，蹿回张鹏的身体当中。

修理间里变得安静，手持尖刀的张鹏也发觉不对，这个亡命赌徒意识到了什么，他在关键时刻没有后退，刀尖竖起冲向陈歌。可他只迈出一步，脸上的表情就发生变化，镜中怪物强行接管了他的身体，驱使他离开。一人一怪出现内讧，在他们争斗的时候，陈歌背后的影子慢慢站起，一袭血衣靠在他的背后。

可能是在西城私立学院里，张雅给他俩留下了太深的心理阴影。张鹏和镜中怪物看到了陈歌背后的红衣，瞬间达成共识，毫不停留，转身就跑。

没有镜中怪物束缚，陈歌也解放出来，刚才在生死间徘徊，他可是憋了一肚子火，哪能再让张鹏逃走。他抄起碎颅铁锤刚站起来，谁知道红衣的速度比他更快，张雅似乎对虐杀情有独钟，根本不用陈歌指挥，一根根黑发就勒入张鹏身体中。

凶手脚步放缓，陈歌怎会放过这么好的机会，抡起铁锤就砸在了张鹏肩膀上。巨大的冲击力让张鹏向前倾倒，陈歌顺势而上，对准张鹏的大腿就又是一锤。

惨叫从修理间发出，藏在张鹏身体里的镜中怪物知道已经无力回天，它果断抛弃了张鹏，朝卫生间蹿去。

"一楼卫生间有镜子，不好！"

不等陈歌开口，张雅已经舍弃张鹏，直追镜中怪物而去，这个丑陋的怪物成功引起了她的兴趣。

"我要想个办法遮住镜子。"他左右看了看，提着修理间里用剩的半桶人造血浆跑到走廊上。卫生间的门在风中摇晃，陈歌赶到时，正好看到镜中怪物的半边身体被黑发刺穿，它距离镜子已经很近了。

"这次绝对不会再让你逃走！"也不管有用没用，陈歌将半桶人造血浆直接泼到了卫生间的镜子上。

镜面被遮挡，黑影在镜前停顿了一下，它还没来得及做出其他反应，身体就被黑发捆住，一根根长发将它刺穿，很快连人的形状都看不出来了。

血衣飘舞，张雅玩够了以后，将揉成一团的模糊黑影分成两半，其中一半她自己吞下，另一半则将其彻底撕碎，然后轻轻吹向陈歌的脸。

陈歌打了个寒战，感觉有什么东西飘进了眼睛里，身体突然觉得很冷。

"那是什么？"陈歌想要从张雅身上得到答案，可惜这个残暴恐怖的红衣在做完这一切后，就化为影子消失不见了。

卫生间的房门还在轻微晃动，屋子里什么痕迹都没有留下，一切就像从未发生过一样。

"镜中怪物就这么被张雅吃了，还有一部分吹到了我的眼睛里。"陈歌看着卫生间的镜子，有种不真实的感觉，"镜中怪物已经解决，明天晚上镜子里应该不会有数字出现了吧？"

他直到现在还不明白镜子中的数字代表什么意思，隐约觉得其中隐藏着很大的秘密。

关上房门，陈歌拿出自己的电话报了警，这次他没麻烦李队，毕竟人不是铁打的，李队这几天确实太辛苦了。

堵在门口，陈歌看着瘫在地上的张鹏，镜中怪物从他身体里离开的时候，似乎从他身上带走了一些东西，此时他看着萎靡不振，眼神呆滞无神。

也算是报应吧。

早上六点多，西城派出所、市分局刑侦队，还有乐园的负责人和管理员齐聚在冒险屋门口，涉及五年前平安公寓灭门案的最后一个嫌犯终于落网。

亲眼看着张鹏被押上警车后，陈歌绷紧的神经舒缓下来，他没有跟其他人交谈，独自回到冒险屋，把自己锁在了员工休息室内。

"平安公寓的尾巴已经处理干净，镜中怪物也被张雅吃掉，我的冒险屋再无隐患，等到天亮就可以开放所有场景迎接游客了。"陈歌躺在床上，思考着未来，"冒险屋扩建也迫在眉睫，不扩建就无法解锁新的试炼任务，等我睡醒就去找徐叔探探口风，说什么都要把地下停车场租到手。"

闭上双眼，陈歌忽然觉得有点冷，就算盖上被子也没有用，这股冷意似乎是从他的眼睛那里渗出的。

"张雅把镜中怪物的一部分吹到了我脸上，该不会是因为那东西吧？"陈歌找来镜子看了看自己的脸，一切正常，只是眼眸变得深邃，瞳孔好像死寂的深潭一般。

看了半天也没找出原因，睡意袭来，陈歌把镜子倒扣在枕头下面，很快进入了梦乡……

早上十点半，感觉还没睡几个小时，陈歌就又被手机铃声吵醒，他看了眼来电显示，直接点了免提。"小婉，今天早上不上班，下午再来吧。"

"老板！楼下聚了好多人，还有警察和记者，你是不是干什么事了？！"

"我什么事也没干啊！你等会儿，我马上下去。"

陈歌趴在窗口往外看了一眼，冒险屋门口确实围了一大群人，里里外外分了三四层，人数还在不断增多。

"老板，要不你还是自首吧，我感觉这事已经闹大了。"

"自首个鬼啊！在下面等我。"挂了电话，陈歌匆忙穿上外衣，擦了把脸跑到冒险屋门口。

掀起不透光的门帘，一把推开防护栏。

阳光照在身上，当陈歌出现的时候，闹闹哄哄的人群慢慢安静下来。

外围的游客都看向陈歌，目光中夹杂着好奇，还有一丝淡淡的失望，这个被警察严密蹲守的男人，长相未免太普通了一点。

陈歌也是第一次被这么多人围观，气氛尴尬，他觉得自己应该说点什么。他开口问道："能不能问下，各位登门造访的来意是什么？"

"你就是陈歌？"为首的警察拿着一个盒子，他体形微胖，眼神犀利、气质成熟，但因为长着一张娃娃脸，反而给人一种莫名的喜感。

"是。"

"能让我看下你的身份证吗？"

陈歌翻找了半天，取出身份证递给对方，在这期间他也偷偷观察着面前的警察，这名警察身上的制服和李队他们不太一样。

"好的，身份确定。"微胖警察脸上露出笑容，他朝旁边的记者招了招手，打开手中的盒子，用很官方的话说，"在平安公寓灭门案中，陈歌同志提供关键性线索，根据《江州市对有特殊贡献的治保人员和治安积极分子授予荣誉奖章的暂行规定》，市公安局特例授予陈歌同志三等治安荣誉奖章！望陈歌同志珍惜荣誉，为维护社会稳定、促进社会和谐再立新功！"

这一连串的话把陈歌都给说蒙了，事情转变得有点快，他接过盒子，睡意还未完全消散，看着盒子里的奖章，脑海里只有一个念头——奖金呢？

微胖警察站在陈歌旁边，对着周围拍照的记者把陈歌狠狠夸了一顿，整个过程持续了十五分钟才结束。

人群散去，记者离开后，陈歌悄悄找到了那位胖警察："老哥，怎么称呼？"

"我姓颜，你可以叫我颜队，我和西城派出所的老李是同学，他跟我提起过你。"颜队看起来很和善，看向陈歌的目光中透着一丝欣赏，"平安公寓灭门案里你的处理方式很正确，后来被嫌犯追杀的过程中，你的种种反应和洞察力也让我和老李感到惊讶。"

被颜队一通夸，陈歌都不好意思询问赏金的事情了。他摸摸头讪笑着说："我这充其量只能算是一些小聪明，如果没有你们，可能我根本逃不出平安公寓，人民警察为人民，这话说得一点不假。"

尴尬的商业互吹过后，颜队发现陈歌还死赖在警车边不走，微微一笑，他已经明白了。"小陈，灭门案赏金和三等治安荣誉奖章的奖金需要你拿好证件，亲自去市局领取，因为案件时间跨度很大，所以拖得比较久，希望你见谅。"

"没事，没事。"知道可以去领取赏金后，陈歌悬着的心总算是掉回了肚子里。

"我今天提前来这里，只是单纯的对你表示感激，每一桩悬案都是压在警察心上的一块石头，案宗会由师傅交给徒弟，一直传递下去。这起案子四年前我也曾参与过，算是了了我的一个心结吧。"颜队的笑容发自真心，"对了，平安公寓的那位老爷子也想要见你一面。老人家瘫痪在轮椅上，下半身不能动，说不出话，但脑子没有糊涂。他知道是你救了他，还破了几年前的案子后，想当面谢谢你。"

"好的。"

灭门案在陈歌看来只是黑色手机的任务，但是对于受害者家属来说，却意义重大。

"你最好尽快过去，老爷子在医院里，可能是因为情绪起伏太大，或者是支撑他的信念已经消散，总之他现在情况不是太乐观。"说完这些后，颜队就坐进了车里。

"好的，我今天有时间就会过去。"陈歌看着此人身上有些特别的制服，总觉得这个颜队身份不一般。

等到警车离开后，徐婉和乐园的工作人员才围了过来。

"老板，你是不是又要上电视了！"

"可以啊，还有荣誉奖章。"

随便应付了几句，陈歌在人群里找到徐叔，然后拽着他走到角落里。

"叔，我之前问你租地下停车场那件事怎么样了？资金马上到位！"一听到陈歌要租地下停车场，徐叔立刻皱起了眉，严肃地说："这不是资金的问题，我不能眼睁睁看着你往火坑里跳，现在乐园整体游客量在下滑，大家都在想退路，你就不能理智一点儿？"

"我很理智，我知道自己在干什么。"陈歌态度坚定，冒险屋里可能隐藏着他父母失踪的关键线索，只有不断发展下去，他才有资格、有能力接触到另一层面的东西。

"真是不听劝。"徐叔说了半天，陈歌却一点也不动摇，他无奈之下只好点头。"你跟我来吧，因为通缉犯混入乐园的事情，罗先生也来了，你可以亲自去问他。"

"罗董事也来了？"陈歌很早以前听自己父母提起过他，罗先生是新世纪乐园的真正掌舵人。

"你以为呢？市分局刑侦队在乐园周边布控，肯定会通知管理层，要求全力配合，罗董事这几天都住在乐园里。"徐叔带着陈歌来到了乐园最北边的一栋办公楼，这是新世纪乐园里除摩天轮外最高的建筑。"等会儿见了罗先生别乱说话，少说少错，不说不错，明白吗？"徐叔提醒着。

陈歌跟着徐叔坐上电梯，来到了办公楼顶层，两人停在某一扇办公室门口。房门没锁，徐叔敲了敲门板，很快一个五十多岁的男人从里间走了出来。

他个子不算高，头发黑白参半，五官看起来很柔和，身上的西服不是名牌，不过干净整洁，边角没有一丝褶皱。"这就是罗先生？跟照片里好像不太一样啊。"在陈歌看来，面前的男人更像是一个快退休的人民教师。

"有事吗？"男人气质儒雅，一点也不像是个商人。

"罗董，这位就是见义勇为帮助警察抓捕逃犯的小陈。"徐叔把陈歌拽到身边，"还是我之前向你汇报的那件事，他想要把闲置的地下停车场租赁下来。"

"好，我知道了，你先去忙你的吧。"罗董事示意徐叔离开，屋子里就剩下他和陈歌两人。

罗董事让陈歌坐在沙发上，他倒了两杯茶。"你能不能给我说说你租赁车库是准备干什么？"

"扩建冒险屋，我准备把地下停车场改建成一座地下迷宫。"

"地下迷宫，很好的想法，可是你有能力和金钱去支撑你这样做吗？租赁场地的费用只占很少的一部分，真正难的是如何把场景完善起来。"罗董事靠在沙发后背上，眼中透着一丝沧桑和疲倦，"我不反对你的想法，也可以把场地租给你，但在此之前我要问你几个问题。"

罗董事虽然同意把地下停车场租给陈歌，但是他并没有说租金，所以陈歌仍有些忐忑。"你问吧。"

"你是做冒险屋的，应该比我更清楚冒险屋前期投资有多大，而且冒险屋和饭店、旅馆不同，饭店倒闭了，盘子、桌椅还可以二手卖出去。如果你坚持不下去了，你冒险屋里那些断手、断脚和各种道具卖给谁？"

罗董事说得很在理，这些陈歌之前都没有想过。

"就算你冒险屋经营得很好，那我们再来考虑一下商品复购率，冒险屋是一次性消费的商品，火爆一段时间后，终归会沉寂下去，因为你潜在的顾客数量是有限的。你大量投入资金，能收回本钱吗？还有最后一个问题，你把冒险屋修建在地下停车场里，哪来的曝光度？你的游客数量取决于乐园的游客量，可如果有一天乐园倒闭了，你的冒险屋怎么办？"

陈歌看出罗董事是在好意阻拦他。事实上这些阻拦他的人，才是真心想要帮他、不愿意看见他吃亏的人。

罗董事的三个问题在陈歌脑海里环绕，前两个问题因为黑色手机的存在，对陈歌来说并不构成影响，他担心的是最后一个问题。

如果新世纪乐园倒闭了，他的冒险屋也不能幸免。

去其他地方重新营业，别的不说，光是一大堆证件就足够陈歌忙活了，而且他现在资金有限，想要再找到能够容纳黑色手机里恐怖场景的场地，几乎是不可能的。

"你想清楚这三个问题了没？"罗董事似乎已经预料到了陈歌的回答，"回去吧，有些事情要考虑周全再去做。"

陈歌坐在沙发上并没有动，他抬头看着罗董事，忽然问道："乐园真的支撑不下去了吗？"

罗董事没有肯定，也没有否定，只是眼中的疲惫更重了。他问陈歌："假如我说乐园真的快要关停，你还会租赁地下停车场吗？"

"会。"陈歌的答案出乎罗董事预料，他目光坚定地说："罗董事，你的第一个和第二个问题，我已经想好了解决的办法。至于你的第三个问题，根本就不成立。"

陈歌的眼神中好像有火焰跳动，他似乎根本不懂得畏惧和退缩："我的冒险屋从来没有依靠过任何人，我的游客数量也绝不是取决于乐园的总游客量，只要给我时间，我不仅会吸引来无数游客参观冒险屋，也会连带盘活整个乐园！租赁地下停车场，只是第一步，我会打造出一个前所未有，以恐怖惊悚为主题的特殊乐园。"

一口气把话说完，这时候陈歌才想起徐叔的交代，少说少错，不说不错。

他有点不安地看向罗董事，有些懊悔，怎么把心里话全说出来了。

听完陈歌的话，罗董事放下了茶杯，他眼中的疲惫已经散去，沉默片刻，忽然笑出了声道："每句话都是我怎样我怎样，你让我想起了年轻时候的自己。"

他站起身，拉开了窗帘，从办公室的窗户可以俯视整个乐园。

"新世纪乐园要关停，我是所有人中最不舍，最难过的一个。"他打开窗户，任由风吹着黑白参半的头发，"这座乐园对我来说意义不同，如果可以，我甚至希望它能一直经营下去。"

罗董事面带笑容，只是他的笑容很复杂，是一种平静的、已经习惯了一切波澜的笑容。他幽幽地说："我听说过你的事情，父母失踪，你辞了职，独自经营着他们留下的冒险屋。其实我们两个真的挺像，只是你比我要幸运许多。"

他拿起桌子上的一张相框，这也是唯一摆在屋子里的相框，里面是一对父女的合照。

男的个子不算高，气质儒雅，他怀中的女孩长相可爱，可惜手臂畸形，笑容呆滞。

"这是我女儿，她患有严重的读写障碍，需要靠特殊装置支撑才能让背部直立，可她很坚强，她很喜欢笑，不管是对我，还是对任何一个陌生人。"罗董事怔怔地望向窗外，"但这个世界并非你对它温柔，它就会回报你同样的温柔，对她就十分苛刻。我曾带着女儿去公园散步，所有的孩子都不愿和她玩耍，当时女儿无助地看着我，她很害怕，她以为是自己做错了什么，我不知道该怎么安慰她。自那以后，我只会在中午或者阴雨天陪她去人少的地方玩，也是从那个时候开始，我萌生了为她修建一座乐园的念头。"

"可惜，她最终还是没有等到乐园修好的那一天。"放下相框，罗董事的目光依旧平静，"很多人不明白我为何会倾家荡产，也要维持一座逐年亏损的乐园，但我想这种感觉你可能会懂。"

"感同身受。"陈歌早已站起身，他也没想到罗董事会对他说这些。

"所有人都在为自己想后路，只有你让我觉得意外。"关上了窗户，罗董事从抽屉里拿出一份文件，"其实他们第一次给我说这件事的时候，我就同意了。拿去吧，有什么需要可以跟我说，但你记住，你可能只有两到三个月的时间。"

第14章 镜子里的门

陈歌接过文件，上面第一页写着——《新世纪乐园地下停车场使用协议》。

简单地翻看了几页，陈歌并没有找到和租金有关的内容，他问道："罗董事，这份文件是不是漏了什么？"

"免费租赁协议没有见过吗？章我已经盖过，你签字以后就生效了，协议直到乐园倒闭后终止，好好珍惜，别让我失望。"罗董事心情似乎好了许多，又给自己泡了一壶茶，"你也挺忙的，我就不留你了。"

陈歌拿着协议从办公室里走出来时，还有点不敢相信，他不仅拿到了乐园地下停车场的使用权，而且还不用花一分钱！

按照协议里的内容，只要新世纪乐园不倒闭，他就可以一直免费使用。估计罗董事也是觉得两三个月后江州东郊的未来虚拟乐园建成，新世纪乐园就会倒闭，所以才会如此大方。

"地下停车场的面积有三分之一个乐园那么大，虽然之前一直闲置，但能免费租下来，还是血赚啊！"陈歌感觉自从除掉了镜中怪物之后，他的运气突然变好了，获得了荣誉奖章，灭门案赏金随时可以去领取，现在又顺利解决了场地问题，一切都在慢慢走上正轨。

"难道处理掉怪物可以增强自身的运气？"陈歌也就是随便那么一想，并没有往心里去。

拿着协议回到冒险屋，陈歌开始了这一天的营业，他让小婉穿上乐园制服在外面卖票，自己则披着碎颅医生外套，提着碎颅锤在"午夜逃杀"场景里追着游客到处跑。

下午五点钟，陈歌从冒险屋里出来，通知小婉下班后，他带齐所有证件准备去领取赏金。

"银行卡里的数字即将第一次突破五位数，今天晚上有必要犒劳一下自己。"陈歌在员工休息室里换了干净的衣服，快走到门口时，扭头看见床边趴着一个布偶，小家伙半边身体躲在床下面，不知道一个人在玩些什么。

"天还没黑呢，你就跑出来了。"陈歌提起小小，忽然想起了白天颜队曾说过的话，"老爷子的情况似乎不容乐观，他现在身边一个亲人都没有，应该去看看他。"

陈歌戳了戳小小的肚子，把她塞进口袋里，走出了冒险屋。

六点十五分，陈歌从市公安局出来，赏金到手三万六千元，比想象中少了一点。

买了果篮和鲜奶，陈歌坐出租来到江州人民医院，在值班护士带领下，他进入了三楼一间病房里。

原本他是想看看老爷子就走，可谁知道刚进门就碰见了一个熟人。

"李队，你怎么在这儿？"病床旁边，李队正在给老爷子喂饭，他一个糙老爷们，照顾起老人来竟然比小姑娘还细。

"奇了怪了，我怎么走到哪儿都能碰见你？"李队给老人胸口垫了毛巾，"睡了一早上，所里看我比较辛苦，就给我安排了一个清闲的工作。"

"你们警察还管这些？"

"老爷子是在我们辖区里出事的，在物色好专门的护工之前，照顾他是应该的。"

李队又试着喂了两次，但是老爷子好像并没有什么胃口，他也不勉强，放下碗勺，指了指门口的陈歌说："老爷子，这位就是为我们破案提供重大线索，那天夜里报警把你救出来的人。"

看到陈歌，老人唯一能动的手臂抬了抬，也不知道想要表达什么意思。

"说起来，我也应该谢谢老人家，那天刚到平安公寓老爷子就打碎了饭碗向我

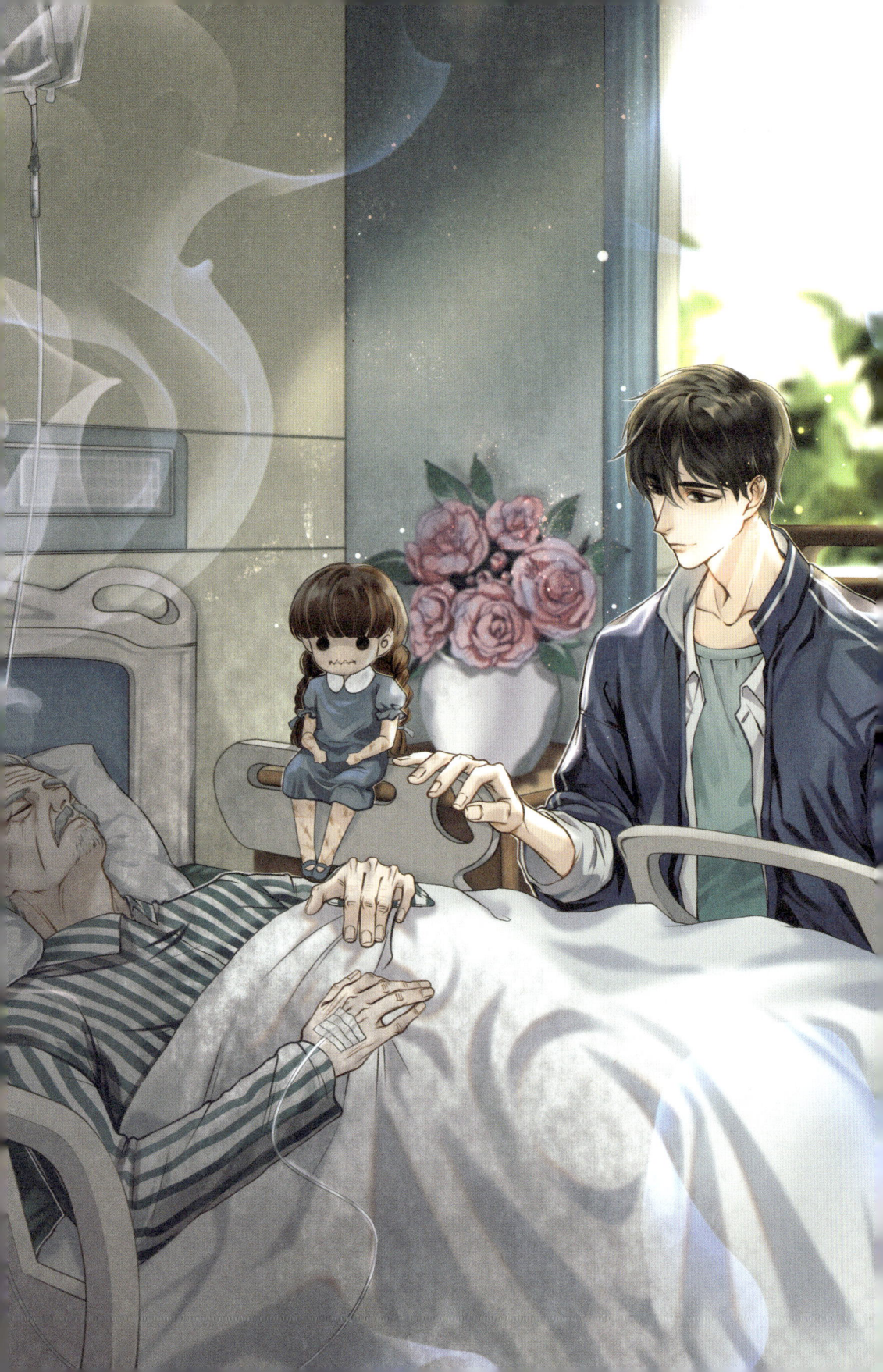

示警,这才让我发觉不对劲。"陈歌把果篮和鲜奶放在床头柜上,他看着身体状况非常糟糕的老人,心里有些不是滋味,"李队,你能先出去一下吗?我有些话想要跟老爷子说。"

李队不知道陈歌要干什么,出于信任,他也没有过问原因,直接走了出去。

关上房门,陈歌把布偶从口袋里取出对老人说:"老爷子,我带小小看你来了。"

陈歌刚取出小小的时候,病床上的老人还没有反应,可是当他浑浊的眼睛扫到布偶时,时间好像停止了一样,他眼眸跳动的愈发厉害,喉咙中发出呜咽的声音,唯一能活动的手臂焦急地向前伸出,好像要抓取什么。

"你能看到她?"

陈歌也没想到事情会发展到这一步,他带小小来只是为了让小小见自己家人一面,可谁知老爷子似乎能看到附身在布偶上的小小!

快步走到床边,陈歌把布偶轻轻放在老人怀里,老爷子用唯一能活动的手臂抱住布偶,几分钟后才安定下来。

"据说人只有在阳寿将尽的时候,才能看见不该看见的东西。"陈歌裤子口袋里的黑色手机莫名震动了一下,他没有打扰老人,拿着手机默默退出病房。

"我刚听见老爷子声音很激动,你跟他说什么了?我可警告你,他现在经受不起太大的刺激。"李队就守在门口,一出现问题随时准备进去。

"我只是把老爷子最想见到的人,送到了他的身边。"陈歌坐在走廊的长椅上,取出黑色手机,翻找震动的原因,很快他发现在好感度页面,殷小小对他的好感度由"略有好感"升级成了"可以信赖"。

"小家伙是我见过最另类的怨念,如果把她的好感度升到最高,会发生什么事情?"陈歌收起手机,靠在椅背上,"三宝叔,别紧张,老爷子会好起来的。"

"你倒是挺乐观。"

陈歌和李队在外面聊了很久,再次进入病房时,老人的状态已经稳定下来,他冲着陈歌比画着什么,但没人明白他的意思。和值班护士打过招呼后,陈歌带着小小离开,小家伙兴致不高,躲在布偶当中,好像是睡着了。

在路边随便吃了点什么,陈歌急急忙忙回到冒险屋。今天的日常任务还没有做,也不知道是否来得及。刷新的三个日常任务里,最适合陈歌的就是扩建任务,他只需要选择扩建的方向和一个大致位置就可以了。

昨天晚上去西城私立学校前，陈歌就看过了今天的三个日常任务，简单任务是排查安全隐患，一般难度任务是寻找合适场地扩建冒险屋，噩梦级别任务是找到住在房间里的另一个人。

翻看着黑色手机，如果想要最多的奖励，肯定要选择噩梦级任务，但根据他前两次的经验，噩梦任务都有特定时间要求，大概是在午夜以后，一旦错过这个时间，极有可能算任务自动失败。

"没有必要去赌，还是稳妥一点比较好。"陈歌点击屏幕领取了一般难度日常任务。

一般难度任务：你已经获得冒险屋扩建机会，请尽快找到合适的场地进行扩建。

陈歌的冒险屋还是第一次进行扩建，他不懂得如何去操作，黑色手机也没有任何提示。

"连个新手教程都没有，只能自己琢磨了。"陈歌重新看了一下冒险屋面板，团队成员一栏仍旧空空荡荡，这说明张雅和殷小小并没有成为冒险屋一员。殷小小可能是因为好感度不够，至于张雅，别说让她加入冒险屋了，陈歌只求她不要天天想着弄死自己就已经很满足了。

另一个让陈歌关注的地方是冒险屋扩建条件一栏，原本的灰色文字变成了红色，触碰过后，手机屏幕上出现了一行字——请选择门的位置。

"变为红字说明可以激活，至于选择门的位置……"

陈歌租赁了整个地下停车场，空间非常大，但弊端就是停车场的大门在乐园外面，来回跑太不方便，所以他计划在冒险屋里打出一条通道，直通地下。

游乐园里，过山车、摩天轮等大型娱乐设施附近是不允许出现地下建筑的，但冒险屋由于位置偏远，不在此列，陈歌的房子下面就是停车场。

拿着黑色手机，陈歌来到一楼"僵尸复活夜"门口，有了"冥婚"和"午夜逃杀"这两个一星恐怖场景后，"僵尸复活夜"已经很少再投入使用了。

"门就开在'僵尸复活夜'旁边，如果以后场地不够用，可以把'僵尸复活夜'给替换掉。"陈歌考虑得很周到，他用碳素笔在"僵尸复活夜"旁边的地板上圈定出一个范围，画完后才忽然意识到，自己没有办法和黑色手机沟通。从得到黑色手机后,他一直都是在被动地领取任务和奖励。

"我是不是漏了什么?"陈歌再次翻动页面,当他尝试双击手机桌面时,原本充当背景的鬼屋图案慢慢放大,结构和自己的冒险屋完全相同,包括内部的恐怖场景和房间布局。

"难道是在这上面选择?"

陈歌在桌面上找到了"僵尸复活夜"场景,点击它旁边的一块地面,手机屏幕上瞬间弹出一条信息:

是否确定门的位置?

"确定。"

请选择扩建方向。

"向下。"

做出选择后,桌面恢复原样,同时陈歌又连续收到了几条信息提示。

不断扩建,你的冒险屋才能收容更多的无家可归的灵魂,收获更多的尖叫,恭喜你完成一般难度日常任务,获得任务奖励——一次免费恐怖转盘机会!

选定场地,第一次扩建成功,恭喜你获得特殊建筑——午夜售票台(残缺)!

午夜售票台(残缺):有千分之一的概率吸引到特殊的"游客",它们与众不同,或许能成为你的助力。

黑色手机上的信息,每一条陈歌都看得非常仔细,日常任务奖励了他一次转盘机会,这个奖励不确定性太大,收集一百份尖叫才能兑换一次抽奖机会,按照黑色手机等价交换的原则,转盘里肯定有好东西。

但他在某方面的运气连自己都感到害怕,要是再抽出一封情书可怎么办?

两个红衣争起来说不定会真的把他平分,不是那种一三五去东宫,二四六去西宫的平分,而是将他的身体,整整齐齐,对称着平分成两半。陈歌脑海里甚至已经浮现出了画面,两个红衣手持染血的刀具,因为头颅和躯干的归属激烈争吵。

"惹不起,惹不起。"

暂时不考虑抽奖,陈歌又看向另一个奖励——残缺的"午夜售票台"。

他的冒险屋一直没有专门的售票台,毕竟冒险屋在获得黑色手机以前,一个星期最多也就十几个人游玩,根本没有修建售票台的必要。

"黑色手机倒是帮我解决了一个问题,只是有千分之一的概率吸引到特殊游客是什么意思?这个特殊的游客是指怪物吗?"

陈歌特意跑到冒险屋门口看了一眼,防护栏附近还跟以前一样,并无异常。"估计和上次解锁'午夜逃杀'场景一样,要午夜以后才会出现吧。"他想着。

任务完成,奖励收到,陈歌就不再关心这些了。

他一边打扫卫生,一边等待着午夜的到来,镜中怪物虽然已经除掉,但这并不代表镜子里逐渐减少的数字就已经消失。

拿着抹布,陈歌撸起袖子将卫生间墙壁上的人造血浆清理了个大概。他急着清理血浆也是因为今天下午出了一次小小的事故,有个游客在冒险屋里内急,陈歌带他来到卫生间后,一打开门,那哥们儿看到满墙的血浆后愣是不敢进去,硬扛着跑出冒险屋,最后脸都憋绿了。

该吓人的地方吓人,不该吓人的地方要服务周到,这是陈歌父亲曾对他说过的一句话,他也一直记在心里。

晚上十一点多,陈歌清理完所有血浆,顺便把卫生间的房门给修好,做完这些后,他就拿着手机守在镜子前面。

随便翻看了一下短视频个人主页,粉丝数在不断增加,他拍摄的短视频也被大量转载,甚至还有广告商找到了他。"短视频和直播也有必要好好经营一下,这是我的主要宣传手段。"

掐着时间,等到晚上十一点五十九分时,陈歌收起手机站在镜子前面,他像第一次做噩梦任务时那样,反锁房门,关掉了屋子里所有的灯。

卫生间里一片漆黑,四周很安静,陈歌能隐约听到自己的心跳声。

他看着面前的镜子,当指针划过十二点后,镜面变得有些模糊,好像蒙上了一层什么东西,紧接着,一个数字出现在了镜子正中央——"0。"

镜面中的数字再一次发生变化,这完全出乎了陈歌的预料,在他看来这个数字是镜中怪物留下的,现在镜中怪物已经被张雅吃掉,数字也应该消失了才对。

"难道这个数字和镜中怪物无关?"

他拿出手机准备将数字拍下,可是刚一抬手,他整个人都呆住了。

镜子里的场景和现实出现了差异,厕所隔间的房门竟然变成了红色!那是一种由内向外，彻底被鲜血浸透的红色。就好像隔间里装满了鲜血，血液还不断从房门缝隙渗透出来一样。

"镜子里蹲位隔间的门为什么会变成这样？"陈歌取出手机录像，转过身慢慢推开了隔间的门。

现实中隔间的门被推开，镜子里隔间的门也被打开。

现实中隔间里面什么都没有，但镜子当中隔间里的一切都被染成了红色，包括挡板、纸篓，甚至墙壁上贴着的小广告。

在漆黑阴暗的卫生间里，血红色的隔间显得异常刺眼。

陈歌也弄不明白这是怎么回事，他往前走了一步，半边身体刚探入隔间里，皮肤表面就产生了一种黏稠的，好像被什么东西挤压包裹住的感觉。

他急忙后退，大概一分钟后，镜子里隔间的房门恢复正常。

此时陈歌再进入现实当中的隔间，已经没有了那种奇怪的感觉。

"为什么镜子里厕所隔间的门会变成红色？而且推开那扇门板，房门后面的东西也全都是血红色。"陈歌打开了灯，靠在窗台上，默默沉思。"难道那就是镜中世界？镜中怪物就是从那个血红色的世界里逃出来的？"

为了确认心中猜测，陈歌在黑色手机里翻找到了第一次做噩梦任务时的信息。

当时的任务提示是——想要看到另一个世界，需要过人的勇气，非凡的运气，以及一点小小的帮助。

"任务当中明确说了，是要看到另一个世界，这个世界指的应该就是隔间里血红色的世界。"

回想起那天诡异的任务过程，陈歌虽然没有睁眼，但是他的耳朵却一直在留意周围动向。

"我可以肯定，那个时候我听到了厕所隔间房门晃动的声音！所有诡异的事情都是在房门晃动后才出现的。"

任务进行到一半的时候，他以为是风吹的，所以并没有在意。现在想起来，当时门扉晃动的声音很有可能是从镜子里发出来的。

镜子有可能是连接两个世界的缓冲地带，镜子里厕所隔间的门被推开，怪物从血红色的世界逃出，因为布偶的阻拦，最后被迫滞留在了镜子里。陈歌怔怔地看着蹲位隔间的木门,心里出现了奇怪的想法。"假如我在镜子里房门变红的时候,进入现实当中的隔间会发生什么?那我算不算是踏进了另一个世界?"

摇头驱散这个疯狂的想法,陈歌再次走到镜子前面:"数字归零后镜子里出现了血红色的房门,看来我之前的猜测全都不对,这个数字和杀人数量无关,应该只是一个倒计时,有可能代表着镜中怪物可以在现实当中活动的天数期限。"

镜子里的门已经恢复正常,但陈歌不确定它以后会不会再次出现,甚至有可能只要镜中怪物没有回归,那扇门每到十二点就会准时出现。

"明天晚上要是它还出现,就把镜子给摘了,暂时也只能这样了。"陈歌找来厚厚的黑布将镜面蒙住,然后离开了卫生间。

回到员工休息室,陈歌打开黑色手机,查看今天的日常任务。

简单难度:一段惊悚的经历不应给体验者造成创伤性的心理阴影,我想你应该明白过犹不及的道理,请完善冒险屋的安全制度,清查冒险屋当中的安全隐患。

一般难度:独木难支,好的冒险屋需要优秀的团队来运作,招聘更多的人才,他们会帮你渡过难关!

噩梦难度:你的房间里一直住着另外一个人,你难道不想知道他是谁吗?

这三个任务,陈歌都很眼熟,他也十分纠结,为了冒险屋可以更快更好的发展,选择噩梦任务最好,但是经历了镜中怪物事件后,他对黑色手机的噩梦任务有点犯怵。

"算了,今天还是好好休息一下,明天再做打算。"自从获得了黑色手机后,陈歌还没有睡过一个安稳觉,再这样下去,他的身体可能会撑不住。

盖上毛毯,没过多久陈歌就进入梦中……

早上八点,"满血复活"的陈歌急匆匆跑出房间,他先是来到一楼"僵尸复活夜"场景,昨晚他选定的那一块区域已经发生改变,场景里多出了一条通往地下的通道。

"黑色手机效率还挺高。"

地板被挖空,他沿着楼梯向下走,直接来到了废弃的地下停车场。

举目四望,停车场里连个灯都没有,十分破旧。

"没了?扩建就扩建出一个楼梯?"陈歌略有失望,不过一想到这整个地下停车场都是自己的场地,他很快又重新燃起斗志,"东郊的未来虚拟乐园最迟三个月建成,我要在这三个月内尽可能多地解锁恐怖场景,升级冒险屋,争取打造出一座不输给对方的主题乐园。"

回到冒险屋一楼，陈歌拿着黑色手机又来到冒险屋门口，在防护栏和冒险屋长廊中间的位置，多了一个不透明的黑色木质建筑，外形就像是两个衣柜拼在了一起。

"这就是午夜售票台？也太粗糙了吧！"打开门，陈歌坐在里面感受了一下，内部空间逼仄狭窄，就像是被按在了棺材里一样。

"午夜售票台还处于残缺状态，修补的方法也不知道，这黑色手机总是弄出些奇奇怪怪的东西。"陈歌从售票台里钻了出来，越看越觉得这东西不像是给活人准备的。

"老板！"

乐园门口，徐婉穿着便装小跑过来，她手里还提着热腾腾的包子。

看到活力四射的徐婉，陈歌的心情一下明媚了许多，这个女孩神经有些大条，偶尔也会迷糊犯错，但是她天生具有一种感染力，能让人感受到生活的阳光和美好。

接过徐婉手里的包子，陈歌也不客气，大口大口吃了起来。"你今天怎么来这么早？"

"老板，你看！"徐婉坐在陈歌旁边的台阶上，拿出手机翻动起来，里面是一条条关于平安公寓灭门案的文字报道和下载好的新闻视频。"全都是说你的，感觉你都快要上头条了！"

"让我瞅瞅。"陈歌看着那一条条报道，他也没想到昨天只是走过场的采访，竟会引起这么多人关注。"可惜了。"他遗憾地说。

"可惜什么？我觉得挺好啊。"徐婉坐在旁边，可能是因为刚刚跑了步，脸红扑扑的。

"当时我就忧心赏金的事情了，忘了这也是一个很好的宣传机会！"他一脸肉疼地翻动屏幕，"早知道有这么多人看，我说什么也要打断颜队的讲话，给咱们冒险屋做个广告！你看这些报道一点都不真实，连咱们冒险屋的具体位置都没有透露！小婉，我今天给你布置个任务，一会儿咱俩去所有报道的评论区亮明身份，留下冒险屋地址，凡是看报道来的，一律八折优惠。"

"不太好吧。"徐婉有点难为情，但最后还是按照陈歌说的去留言了。

九点钟乐园开业，两人收起手机，准备干活。

打开防护栏，徐婉直到这时候才发现了立在中间的售票台。

"这是你昨晚做的？"

"是啊，虽然有点丑，但很实用。"

"嗯嗯，我也觉得咱们该有个售票台了。"

看到徐婉一本正经地点着头，陈歌在心里感叹了一句，真是个好员工，从来不反驳自己。

进入冒险屋里，徐婉去化妆室补妆，陈歌从道具间里拖出来几块木板，遮住了地下通道入口，新试练场景还未开启，这地方暂时用不到。

两人准备妥当后，便开始了今天的营业，还没到旺季，冒险屋门口已经排起了队伍，虽然不长，但跟以前比那真是质的飞跃。

徐婉在"冥婚"场景里扮鬼，陈歌提着化妆盒，一边卖票收钱，一边在"午夜逃杀"场景中扮演杀人狂。

两个人维持偌大的冒险屋非常辛苦，不过在"午夜逃杀"场景里，小小偶尔会和游客进行惊喜互动，这个可爱的布偶似乎特别喜欢跟在活人后面，弄得陈歌都有些担心，怕某一天她被游客给拐走。

一直忙到了中午，两人才清闲下来，陈歌打开黑色手机查看，不管是好评度还是游客量都在大幅提升，距离第二次扩建也不远了。

"两个场景由两个人负责，已经是极限了，如果再解锁新的恐怖场景，就必须要招聘新员工了。"陈歌看着黑色手机，它每天发布的噩梦级别任务虽然很不靠谱，但是简单和一般难度任务却是一针见血地指出了冒险屋的缺点，完成任务就是在改善冒险屋。

"连手机都发布了招聘新员工的任务，看来我确实有必要招些人手了。"自从跟了他父母几年的老员工离职后，陈歌就对招人有些抵触，"如果小小和张雅能够听话不乱来，她俩才是我最好的选择。"

当然，这个念头也只是在心里想想，真让小小和张雅去冒险屋里吓人，小小还好说，张雅那边估计就是命案现场了。

"我的团队成员仍旧是零，任重而道远啊。"陈歌坐在冒险屋门口的楼梯上，下午还要继续干活，他正抓紧一切时间休息。

太阳升到了头顶，大中午游客越来越少的时候，陈歌的黑色手机没来由地震动了一下。

他点开屏幕上的信息，里面的内容让他有些惊讶。

午夜售票台特效触发，第一位特殊游客出现！请把握好这次机会，根据你不同的选择，结果也会完全不同！

"特效触发了？千分之一的概率都碰上了，按照我以往的经验来说，这次来的肯定不是什么好东西！"陈歌如临大敌，后背挺得笔直，扫视冒险屋周围。艳阳高照，这种情况下应该不可能有怨念出现。

现在是一天中阳气最盛，也是最热的时候，来来往往的游客都少了许多。

"是那对吵架的情侣？女的那么漂亮，男的那么丑，很可能有问题；正在和徐叔交谈的是谁？新来的员工吗？我怎么没见过？"在陈歌猜测的时候，一个三十多岁的黑瘦女人走了过来，她脚步很轻。

"难道是她？"

陈歌悄悄观察女人的外貌，皮肤偏黑，个子不高，笑起来很文静，穿着有些脱色的外套。

"你好，请问鬼屋多少钱一张票？"女人的声音有点尖，但也不算难听。

"我们现在有两个场景，二十元一张票可以任选一个进行体验。"陈歌脸上带着职业化的微笑。

"行，那就来两张吧。"女人取出钱递给陈歌。

"你要一个人体验两个场景？"

"我们是两个人。"女人不好意思地笑了一下，冲远处招手，一个看起来只有八九岁的孩子从阴凉地里跑了过来。

这孩子长相有些中性，似乎很怕生。

他停在女人旁边，也不去牵女人的手，就一个人面无表情地站着。

"不好意思，我们鬼屋是有年龄限制的，十四岁以下禁止参观。"陈歌看了一眼这个小男孩，总觉得他跟普通孩子不太一样，但具体哪里不同又说不上来。

"可不可以通融一下，这孩子就喜欢参观鬼屋，现在人少，我们进去别人也看不到，不会给你带来麻烦的。"

"这么小的孩子喜欢参观鬼屋？"陈歌悄悄把黑色手机塞进口袋，摇了摇头说，"抱歉，这是规定。"

第 15 章 天堂在井里

正午的阳光有些刺眼，女人和男孩站在冒险屋前面，就算被陈歌明确拒绝，她们依旧没有离开。

"他一直很想进鬼屋参观，这是我和他约定好的，能不能帮帮忙。"女人从背包里翻出张一百的整钞，"不会出事的。"

陈歌没去接女人的钱，略带疑惑地问道："为什么你们非要进鬼屋？这孩子看着才八九岁，鬼屋里环境复杂特殊，容易对小孩子造成心理上的刺激。"

女人面带苦笑，她没有回答陈歌的问题，转身揉了揉男孩松软的头发。"范郁，要不咱们去玩其他项目好不好……"

她话没说完，男孩就把她的手打到一边，这孩子似乎不喜欢别人触碰，就算是完全善意的也不行。

不管女人怎么说，男孩就是站在冒险屋门口不走，他不时抬头，眼神中带着自卑、怯懦，还有一丝冷漠。

"范郁？"陈歌的关注重点已经放在了这个孩子身上，他还是第一次见到这么古怪的男孩。

蹲下身，陈歌平视着小男孩问："能不能告诉叔叔，为什么想要去鬼屋里玩？

里面很黑,还有吓人的东西。"

男孩目光躲躲闪闪,他不时看向陈歌的影子,一句话也不说。

女人可能是怕陈歌尴尬,赶紧站在中间打圆场。"小郁跟其他孩子不同,很少和人交流,希望你不要介意。"

"没事。"陈歌发现这两个人站在冒险屋门口就是不走,被太阳晒着也不是办法,他态度软了下来,说:"这样吧,我也不收你们的门票钱,等会儿我陪着你们一起进去,但只能在场地外围看看。"

"多谢老板!"

"先签免责协议,大人小孩都要写,进去以后不要随意触碰道具,不要奔跑,跟在我后面。"掀开不透光的门帘,陈歌将两张协议单放在女人和小孩身前,正常来说只要监护人签字就可以,但为了尽可能获取到男孩的信息,陈歌才要求小孩也签字。

两人签好免责协议,陈歌带领他们进入"冥婚"场景中。

"生时非夫妇,死后葬同穴,这就是'冥婚'……"陈歌把背景故事大概讲述了一遍,三人站在点着白灯笼的四合院门口,女人有些紧张,抓着背包的带子,男孩低垂着头,也不知道是害怕,还是因为其他原因。

枯树摇晃,满地纸钱,踩在上面沙沙作响,陈歌领头推开了四合院的门说:"内部场景就是这样,你们站在外面看看就好,我们有严格规定,十四周岁以下的孩子不能参观。"

他才刚说完,身后一直很安静的小男孩突然冲进了四合院里,两个大人都没反应过来。

"范郁!"女人和陈歌一同跑进四合院里,发现小男孩停在院子中间的枯井旁边,他上半身探入井中,似乎在寻找什么东西。

"不好意思,实在不好意思。"女人忙着向陈歌道歉,她去拽男孩的胳膊,但是一直安静腼腆的男孩忽然像变了个人一样,不仅用力挣开女人的手,还用指甲抓破了她的皮肤,那模样就像是一只受了惊的野猫。

"这孩子情绪波动也太大了吧。"四合院中间的枯井只是道具,并没有多深,陈歌并不担心会出事,他只是很好奇男孩为何会对井这么在意。

在井边停留了两三分钟，可能是没有在井里看到自己想找的东西，男孩恋恋不舍地松开手，他和一般的孩子不同，准确地说他和正常人不同，越是阴森诡异的环境，这孩子就越兴奋。

"既然进来了，那就带你们随便看看吧。"陈歌的全部注意力都放在了那个孩子身上，他个子在同龄人中也属于比较矮的那种，长相十分秀气，眼睛很大，好像是纯净的黑宝石。

"'冥婚'场景仿造的是古代四合院，东西厢房通常是给子侄后辈居住。"他顺手推开了东厢房的门，毫无预兆，门后面钻出了一个身穿嫁衣的"女鬼"。

黑瘦女人被吓得尖叫，连连后退。

"不用紧张，是员工。"陈歌一手按住怨念的头，小声说了一句，"徐婉，你先出去。"

"你这反应也太冷淡了……"

徐婉提着嫁衣的裙摆迈出厢房门槛，谁也没注意到，站在陈歌后面的男孩忽然凑到了徐婉身前，仰头死死地盯着徐婉。

"咦？老板，你怎么把这么小的孩子给放进来了？"

徐婉仅仅是觉得惊讶，在场几人中只有陈歌发觉不对。

嫁衣如血般鲜艳，徐婉又进行了特效化妆，她此时看着更像是一个死人。在这种情况下，男孩不仅没有感到害怕，还主动靠近徐婉，仰头凝视她的脸。

"这孩子好像很喜欢我？"徐婉朝陈歌笑了笑，并没有觉得不妥。

直到徐婉离开"冥婚"场景，男孩才收回目光。

"其他几个房间就不带你们一一参观了，大概布置都差不多，现在可以出去了吗？"陈歌和黑瘦女人往外走，小男孩却停在院子里，左顾右盼，好像在寻找什么东西。

"范郁，走了！"男孩对女人的呼喊充耳不闻，站在枯井旁边，也不知道在看些什么。

"这孩子一点都不觉得害怕吗？"陈歌并没有催促，而是和女人聊了起来，"你是孩子妈妈？"

"我是他的姑姑。"女人满含歉意地说道，"给你添麻烦了，小郁跟同龄人不太一样，自从几年前他的父母出事后，就变成了这个样子，看过很多医生都没有用。"

"心理疾病？我能问一下孩子父母的事情吗？"陈歌小心翼翼地套着话。

"小郁的父母都是暮阳中学教师，两人先后失踪，到现在都没有找到。那会儿小郁才五岁，我都不知道该怎么跟孩子解释，只能骗他，说他的父母去了一个很远的叫天堂的地方。"

"暮阳中学！"陈歌因为这四个字，瞬间绷紧神经。

"你也听说过？关于那个学校的传闻有很多，我早就劝过小郁的父母，但他俩就是不听。"提到了伤心事，黑瘦女人眼睛有些红肿，她不再跟陈歌交谈，走到了小郁身边说，"我们回家吧。"

男孩仍旧固执地站在井边，这让本来就觉得反常的陈歌更加疑惑，他悄悄走到男孩身边，试着询问道："你为什么一直往井里看，井里住着什么怪物吗？"

范郁摇了摇头，在阴暗的阳光照射不到的环境里，他似乎放下了心中的戒备。

"那能告诉叔叔你为什么一直站在井边吗？"

男孩瞥了一眼陈歌的身后，想了好一会儿才说道："我在找东西。"

"找什么东西？"陈歌有些好奇。

小男孩望着漆黑的枯井，呆呆地看了半天，最后说出了两个字："天堂。"

"在井里找天堂？"陈歌看着小男孩的身影，忽然想到了什么，他的表情几乎要失控。转身吸了口气，陈歌让自己平静下来，他刚才的异常并没有被黑瘦女人看到。

可就在他感到侥幸时，一低头却发现小男孩正盯着他，那目光就跟刚才看化了"殓容"妆的徐婉一模一样。

"范郁，该回家了。"黑瘦女人再三呼喊，男孩这才从井边离开，他低垂着头，心情似乎好了许多。

从冒险屋里出来，阳光重新照在身上，小男孩又重新变回原来的样子，沉默寡言，眼中藏着掩饰不住的惊恐，也不知道他是害怕光亮，还是畏惧活人。

黑瘦女人朝陈歌道了声谢，带男孩离开，直到她们两个走出乐园大门，陈歌才长长地松了口气，裤子口袋里的黑色手机也在这时候震动了一下。

他坐在冒险屋门口的台阶上，满脑子都在回忆刚才发生的事情。

在井里寻找天堂，这对于小男孩来说，或许并不是一个认知上的错误。黑瘦女人告诉陈歌，男孩的父母在他五六岁时失踪，为了不让他太过难受，女人撒了一个善意的谎言，骗他说他的父母并没有死，而是去了一个叫天堂的地方。

她希望随着男孩慢慢长大，他自己会明白一切，但事与愿违，男孩的思维和心理出现了极大的问题，可以说已经不能算是一个正常的孩子了。

而最让陈歌没有想到的是，当他询问男孩为什么会一直站在井边时，男孩的回答是在寻找天堂。父母去了天堂，孩子却在井里寻找天堂，这是不是间接证明，孩子曾亲眼看到过一场凶杀，最后他的父母被塞入了井中？！

"尸体藏在井里！"陈歌不自然地摸出一根烟，他没有急着报警，而是往更深的方向推测，"男孩的父母是暮阳中学教师，我之前激活的'通灵鬼校'支线任务当中，恰巧有一个就在暮阳中学，并且和水井有关，如果两者说的是同一个水井的话，那么案发现场应该就在暮阳中学。"

陈歌拿出黑色手机，屏幕上还留着一份未读信息，他随手点开。

不同的选择，结果会全然不同。第一位特殊游客已经离开，你在此期间做出了最正确的选择，恭喜你获得奖励！解锁隐藏试练任务——暮阳中学！该场景为四星恐怖场景"通灵鬼校"分支场景，完成后将解锁二星恐怖场景"暮阳中学"，并降低四星恐怖场景试练任务难度！

暮阳中学试练任务（尖叫指数二星）：该场景内有四条分支任务，全部体验后仍旧存活，场景解锁成功。

任务地点：暮阳中学。

任务要求：今日二十三时之前抵达任务场地，存活至天亮。

任务提示：每个人心中都有一口深不可测的井，井里埋藏着无法言说不堪回首的记忆。

是否接受任务？注意：试练任务只存在二十四小时，若二十四小时内没有接受，视为放弃，本场景将永远无法解锁。

黑色手机上的新信息让陈歌有种措手不及的感觉，他没想到接待特殊游客后的奖励，竟然会是一个二星恐怖场景的试练任务。

上次在平安公寓他已经感受到了试练任务的恐怖，比噩梦级日常任务还要危险许多，而且那仅仅只是个一星试练任务。

翻看手机，陈歌把任务信息牢记在脑海里，每一个字都会看上好几遍。

"上一次任务还需要寻找凶手，而此次任务只要求我活到天亮就算成功，看似不难，可按照黑色手机等价交换的原则，这个任务的危险性估计要远远超过'午夜逃杀'！"

只要活着就行，多么简单的要求，但是却看的陈歌心里一点谱都没有。试练任务只能存在二十四个小时，不接受，永远都无法解锁，这也是最让陈歌纠结的地方，他不知道放弃这个任务，会不会对四星恐怖场景"通灵鬼校"产生影响。

虽然按照他现在的情况，想要解锁四星场景几乎是不可能的，但他还是感觉到有些心疼。

"放弃了这个任务，等于放弃了'通灵鬼校'，一下损失两个场景，实在是有些可惜。"陈歌在心中权衡利弊，"不去损失两个场景，去了如果能侥幸存活下来，不仅可以解锁一个二星恐怖场景，还顺便完成了'通灵鬼校'里的支线任务。冒险屋需要不断翻新才能维持客源，这个二星恐怖场景来得很是时候，我应该尝试一下。"

新世纪乐园快要停业，他要在三个月内做出成绩，仅凭现在的两个场景根本不可能。思索再三，陈歌终于做出决定，他点击了确定接受。

信息消失，陈歌决定不再耽误时间，直接追出了乐园。小男孩是暮阳中学试练任务的开启者，从他身上一定能发掘出更多的线索。陈歌跑到乐园门外，发现男孩和黑瘦女人刚坐上一辆公交车。

"14路。"陈歌拦下一辆出租，钻了进去，"去14路公交车的下一站。"

很快他就比公交车提前到达站台，等了快一分钟，14路公交车才缓慢进站。车里挤满了乘客，黑瘦女人护着小男孩站在车尾，并没有发现陈歌。

"跟着她们回家看看，说不定能有意外收获。"陈歌也没有急着去找她们，一个人站在车前。往前连续开了六七站，车内的人越来越少，去的地方也渐渐变得荒凉。在快要到终点站时，黑瘦女人和男孩下了车，两人没有走大路，直接钻进了小巷里。

"住在这么偏僻的地方？也对，那女的自己也说过，之前为了给男孩看病，找过很多医生，应该花了不少钱。"陈歌跟在后面，进入巷子，他还没走出多远，前面的黑瘦女人和小男孩突然加快了脚步。

第 16 章 暮阳中学

破旧的巷子纵横交错，陈歌害怕跟丢，也加快了速度。"我被发现了，还是她们在躲谁？"正这样想着，他绕过几个弯后，面前出现了一排低矮的二层小楼，黑瘦女人和男孩在这里消失了。

污水沟散发着臭气，墙壁上写着拆迁的大红字，角落里堆满了各种各样的垃圾。陈歌走到小楼下方，心中疑惑一个接一个地出现。

黑瘦女人和小男孩住在这么差的环境里，生活状况肯定不是太好。可是在冒险屋门口，女人为了能让小男孩进入冒险屋参观，直接取出了一百，可以看出她对小男孩异常宠溺，但是男孩对她的态度却十分冷漠。男孩来到冒险屋后只说了两句话，这两句话还全部都是对陈歌说的，他似乎很反感黑瘦女人。

"是性格障碍接受不了别人的关爱，还是另有隐情？"

上了楼，二层只住了一户人家，栏杆上晾着衣服、裤子，过道上打扫地干干净净，和楼下比起来要干净太多。

"有人吗？"房门没有关，陈歌没敢冒冒失失进去，敲了敲门板。

"稍等。"

屋内响起脚步声，很快黑瘦女人从里间走出，她看到门口的陈歌时，明显愣了一下。

"你怎么来了？是我们进鬼屋参观，给你带来麻烦了吗？"黑瘦女人小心翼翼地询问。

"没有，我只是对小家伙的情况比较感兴趣，想要问他一些事情。"陈歌停在门口，他发现女人没有任何邀请他进入屋内的意思，只好厚着脸皮继续开口，"你别误会，我在江州医学院有很多朋友，说不定可以帮助你们。"

"谢谢，不用了。"女人没有考虑就直接拒绝。

陈歌也觉得自己的行为有些唐突，连忙解释说："我真的不是坏人，也没有恶意，你可以看一下手机，找到今天的江州早间新闻。"

女人无动于衷，陈歌便拿出自己手机，随便找了一条他帮助警方破获平安公寓案子的新闻："你看，我曾为警方破案提供了关键线索，还被授予奖章。"

陈歌把手机递给黑瘦女人，对方接过后扫了一眼，念道："探灵主播深山遇险遭警方解救？鬼屋老板午夜作死险酿大祸？"

"这些标题不重要，里面应该有我的照片。"

陈歌再三解释，黑瘦女人把手机还给了他，说道："来客厅坐吧，门就不要关了。"

"好的。"

黑瘦女人把陈歌领到客厅，说是客厅，其实就是间三十平方米，拥挤着餐桌和床铺的客厅。

"没想到会有人来，所以一直没收拾，让你见笑了，要不要喝点什么？"黑瘦女人有些不好意思，她这副模样倒和小男孩很相似。

"不用，我只是想要问问关于那孩子父母的事情，越详细越好。"陈歌取出手机，随时准备记录有用的东西。

"都过去那么久了，你问这些干什么？"黑瘦女人坐在陈歌对面，将三年前发生在暮阳中学的事情又讲了一遍。

三年前的夏天，暮阳中学还没有封停，那天下了大暴雨，小男孩的父母回到家里，发现男孩不见了，便冒着大雨外出寻找，可谁知这一去就是永别。

女人把三年前给警方说的话，又跟陈歌复述了一遍。

"看来男孩父母失踪的根本原因，还是在小男孩自己身上？"陈歌把黑瘦女人说的关键点都记在手机里，努力还原事情的经过。

暴雨倾盆，范郁的父母下班回家后发现孩子不见了，然后冒雨外出寻找，他们遇害的第一现场暂时不清楚，但是藏尸的地方很有可能是暮阳中学的水井里。而整个过程，极有可能被小男孩看到，他也可能是唯一的目击者。

估计也正是因为看到了某些场景，才导致小男孩变得不太正常。

陈歌双眼望着桌面，他忽然觉得不太对劲，从口袋里取出黑色手机，找到"通灵鬼校"的几个支线任务，其中关于支线任务六"深井"的描述是——妹妹和弟弟放学后没有回家，他们去了哪里？

黑色手机的任务系统不可能弄错，那这个弟弟和妹妹是什么意思？按照现在掌握的信息来看，被塞入井中的，应该是小男孩的父母才对，哪里出了问题？

陈歌把手机收起，看着眼睛泛红的黑瘦女人，不太确定地问了一句："范郁是独生子吗？他有没有弟弟和妹妹？"

刚问出口，黑瘦女人就变了脸色，她的手指狠狠抓进肉里，眼泪止不住地流了下来。"要是我的两个孩子没有出事，那小郁现在应该算有弟弟和妹妹了。"

"你的孩子？"陈歌进入房间前看过阳台上晾晒的衣物，只有男孩和女人的，并没有成年男人的，所以他还以为女人没有结婚。

"很小的时候就夭折了。"黑瘦女人情绪有些失控，她说了一句抱歉，就钻进了厨房。

"范郁确实有弟弟和妹妹，但是根据女人描述，他的弟弟和妹妹应该早就不在了，可为什么黑色手机会说弟弟和妹妹放学后没有回家？不在的人怎么去上学？是黑色手机搞错了，还是女人在撒谎？又或者是范郁出现了幻觉？"

女人在厨房里翻找什么东西，没有出来。陈歌起身朝屋子里唯一的单间走去，范郁应该就在那里，这个小家伙是整件事的中心。

推开房门，卧室里收拾得很干净，范郁站在书桌前面，似乎正在写什么东西。

陈歌走到那孩子身后看了一眼，发现这孩子在画画，他似乎特别喜欢红色和黑色。

"小郁，你这画的是什么？"陈歌怕吓着孩子，声音很轻。

男孩扭头看了陈歌一眼，没有回答，又继续画了起来。

随着他不断涂抹，纸上的图案慢慢清晰。

纯黑色的房屋里，站着几个红色的小人。

画完后，男孩将白纸揉成一团扔在地上，又开始画其他的画。

陈歌看了半天，他发现这孩子的画核心内容就两个——黑色的房子和红色的小人。

"有什么寓意呢？"陈歌从地上捡起那幅画，端详片刻后，铺平叠好，偷偷塞进了裤子口袋里。

红色是可见光谱中波长最长、最有色彩感的颜色，而黑色恰好相反，两种颜色搭配起来，能产生一种特殊的视觉效果。黑色的房子如同黑夜，红色的小人仿佛血液，两者融为一体，让人觉得十分压抑。

"这孩子没事就喜欢发呆、画画，他也不出去玩，总是把自己关在房间里。"黑瘦女人不知什么时候走了进来，她手里端着两杯水，"我现在什么都不想了，只求他能像个正常孩子一样，快快乐乐地长大就行。"

女人把其中一杯水递给了陈歌，另一杯水放在了男孩旁边。"我们出来聊吧，他很怕陌生人。"

"好。"陈歌端着水杯，回到客厅，黑瘦女人坐到他对面。

"你还有什么要问的吗？"女人显得有些拘谨。

"范郁这孩子看着确实挺可怜的，我觉得他应该是受了什么刺激，想要治好他的病就要从根上找出原因，然后才能对症下药。"陈歌把心中所想说了出来，"你是他唯一的亲人了，能看得出来你很爱他，我想再问你几个问题可以吗？"

黑瘦女人点了点头，可能是因为天气太热，她的额头出现了细密的汗水。

"你之前说范郁的父母是因为找他才失踪，那范郁是在什么地方被找到的？"

"暮阳中学，他藏在我哥的办公室里。"

"又是暮阳中学，那个学校似乎经常出事。"

"谁说不是呢？"黑瘦女人轻轻叹了口气，"暮阳是江州最差的学校，我都不知道这所学校存在的意义是什么，以前经常出事，打架斗殴甚至惊动过警察。"

"这么严重？"陈歌认真倾听，黑瘦女人现身说法，可比他自己去网上查找方便得多。

"还有更严重的呢。"黑瘦女人直起身,显得很郑重,"那所学校不干净,听附近老人说学校原址好像是火葬场,只不过因为市里规划,在很早以前就全部拆除了。但是你想啊,学校建在那上面,说不定就会招惹什么稀奇古怪的东西,当时我也劝过我哥,可他就是不听。"

"你哥为什么非要去暮阳中学当老师?"

"工资高,再加上他本身犯过错误,找工作不容易,本想着去挣钱,结果没想到最后把嫂子一起给害了。"

"犯过错误?他是不是跟人结过仇?他的失踪会不会是仇人所为?"陈歌立刻注意到女人话中的细节。

"那倒没有,我哥喜欢喝酒,酒品奇差,屡次因为喝酒误事,后来被他所在的学校给开除了,档案里也留下了不良记录。江州的学校一共就那么多,谁犯过什么事情大家都清楚,所以他才很难找工作。"

"看来不是仇杀。"

"肯定不是。"

女人的用语,让陈歌眼睛眯起问道:"你怎么就那么肯定?"

"我也不瞒着你了。"女人从抽屉最里面拿出一张照片摆在桌子上,"暮阳中学自从建校以后,就有一个教室前后门上锁,禁止学生进入,除了老校长外,没人知道原因。老校长去世后,这便成了未解之谜,学校里有很多关于那座教室的传说,什么火葬场的怨灵会在里面上课,建校时有工人在未完工的教室里遇害等等。总之,那是一个很不祥的地方。"

"可这和你哥哥的失踪有什么关系?"陈歌还是不太明白。

"你看这张照片。"

陈歌从女人手里接过照片,照片里是一张非常诡异的合照。

一个明显喝醉酒的男人晕晕乎乎坐在正中间,在他周围高高矮矮站了几排学生。

光看这些的话,感觉就像是普通的毕业照,可是问题在于,所有的学生都是背对镜头站着的!

而且仔细看的话就能发现,每一个学生的站立姿势都很奇怪,好像全都踮着脚。

"这张照片从哪弄来的,警察看过吗?"陈歌将照片放在桌上,擦了擦掌心的汗。

"他失踪前一天晚上,跟朋友通宵喝酒看球赛,之后为了不耽误上课,就晕乎乎的直接跑去学校了。那会儿天还没完全亮,他想着先去保健室里睡一觉,在经过一个教室的时候,看见里面站着好多人。他想看看哪个班级这么勤奋,在门口停了一小会儿。那班里的人好像是准备拍合照,看见他后便主动邀请他坐在中间。拍完照片,学生们就离开了,最后也不知道是谁塞给他这张照片。"黑瘦女人声音平缓,但讲述的故事却让人心惊。

"我哥看了照片,发现所有人都背对着镜头,酒一下吓醒了,他这时候才发现自己正坐在那间封闭的教室门口。"黑瘦女人把照片往陈歌身前推了推,"这事他只告诉了我和嫂子,本想着过段时间就好了,谁知道当天晚上不幸的事情就发生了。小郁走失,他们两个一起外出寻找,结果全都失踪了,所以我觉得他的失踪应该不是仇杀,而是和那间被封闭的教室有关。"

"警方是怎么说的?"陈歌又把照片推了回去。

"他们拿着照片去暮阳中学做调查,照片上的学生虽然都穿着暮阳中学校服,但是学校里面并没有这些人。后来他们打开封闭的教室,里里外外翻了一遍,只找到了我哥的鞋印,可以肯定我哥那天确实进入过教室。"黑瘦女人越说越邪乎了。

"好,我知道了。"陈歌又询问了女人几个问题,有些东西她也不知道,只是给出了很模糊的答案。

确定再问不出什么新东西后,陈歌起身准备离开。

"要走了吗?外面天那么热,喝口水再走吧?"

"不用了。"陈歌谢绝了女人的好意,拿着手机离开二层小楼。

经过交谈,陈歌对暮阳中学有了更全面的了解,"暮阳中学一共有四个支线任务,其中两个都和这个小男孩一家人有关。"

他取出口袋里范郁的画又看了几眼,黑红两色似乎是在竭力表达着什么。黑色的房子、红色的小人,这和暮阳中学之间是不是存在某种联系?画里的图案会不会就是暮阳中学的某一栋建筑?

孩子的想法简单直接,应该不会画一些内涵抽象的东西,有没有可能画中的场景，就是范郁曾经目睹过的凶案现场？

房子是黑色的，代表案发时间是在夜晚，屋内的小人是红色的，可能预示着父母已经遇害，这是最直观的解释。

陈歌从各个角度观看这幅画，男孩画得很潦草，那几个小人的长相也全都一样，并没有什么特征，甚至连男女都分辨不出来。

"不对，红色小人代表的应该不是受害者，这房子里小人的数量有很多。"陈歌试着数了一下黑色房间里的红色小人，每次数的结果都不同，总感觉越数越多，画得太模糊了，这孩子到底想要表达什么？

在房间里时，范郁不断重复着画了好几张，内容都是房子和小人，但每次画完后，他都会把画纸揉成一团扔掉，似乎并没有画出他想要的东西。

"不管怎么说，这幅画都是一个很重要的线索。"解读了半天也没有什么发现，陈歌将画纸收好，扭头看了一眼身后的二层小楼，原本打开的房门已经合上了。

"姑姑和男孩都有问题，就是不知道谁的问题更大一点。"走出错综复杂的小巷，陈歌坐着公交车往回赶，他在发愁今晚的任务，如果黑瘦女人说的全部都是真的，那他今晚将要面对十分严峻的考验。

谨慎起见，陈歌拿出自己手机上网搜了一下关于暮阳中学的信息。

数量不少，多数是在各个学校的贴吧里发现的。

按照时间来推算的话，这些发帖的孩子很可能是以前就读于暮阳中学的学生。因为学校封闭，他们被迫转校，随着他们离开，也将暮阳中学的传说带到了其他学校里。

大致翻阅了一下，其中还真有几条信息引起了陈歌的注意。

就在一年前，有五个学生相约到暮阳中学试胆，他们当时拿着手机，在贴吧用文字直播自己的经历，每隔几分钟就发一个帖子。

原帖早已被删除，陈歌看到的是别人转载的内容，据说他们进入了那间封闭的教室，并且还在教室里玩了笔仙游戏。

五个人坐在课桌前召唤笔仙，玩到最后教室里面一共站了七个人。谁也不知道怎么会多出来两个人，五个孩子吓得屁滚尿流，直接跑出了学校。

比较幸运的是，他们五个人都没有出事，只是其中有两个孩子被吓出了问题，一个脾气暴躁,性格发生巨变,另一个不敢见阳光,后来转校直接离开了江州,据说去了其他省市。

"真是初生牛犊不怕虎啊。"陈歌看了帖子下面的一些评论,有路人分析,五个人玩游戏,最后多出了两个人,逃跑以后,又恰巧有两个学生出现问题。他怀疑逃出来的那两个学生,很有可能已经是另外的人了,而他们自己估计被永远留在了那间教室里。

这个评论被很多人点赞,也有人提出不同的观点,说可能五个人全部都被替换掉了,只是那两个人意志坚定,不容易屈服,所以才表现出异常。

第二条信息则是一个老师发布的,严令禁止讨论暮阳中学,在下面的跟帖里,有一条被折叠的评论,内容十分奇怪,说是他父亲所在公司准备以低价购买暮阳中学所在的土地,这个项目正是他父亲负责。

开始的时候也没什么,后来在合同快要敲定的时候,他的父亲每天晚上会做同一个梦,有很多身穿暮阳中学校服的学生,跑到他们家上课。更离奇的是,早上醒来,房间里确实存在外人来过的痕迹。

他父亲被吓出了病,主动辞职,再往后这件事就不了了之了。

看完所有帖子,陈歌在心里不自觉的把暮阳中学和西城私立学院做对比,然后有了一个很奇怪的发现。

网上有很多关于暮阳中学的灵异传说,但在这些故事里,并没有专门提到人员伤亡。

西城私立学院则正好相反,网上几乎找不到关于这所学校的信息,可是在西城派出所的案宗里明确记录着,这所学校死过人,而且还不止一个。

"如此想来,感觉西城私立学院好像更恐怖一点。"陈歌拿着手机,他现在也只能这样安慰自己了。

陈歌望着窗户发呆时,手里屏幕已经黑掉的手机,忽然震动了起来。他低头一看,发现是鹤山打来的。

这家伙不会是预感到有新场景可以玩,提前打电话来预订的吧?陈歌接通电话,把手机放在耳边问:"有事吗?"

"老大,你快去短视频官方页面看看吧,有人想要抢你的饭碗!"

"抢我饭碗？他也准备开鬼屋？"陈歌打开短视频，还没登陆进去，在等待页面就看到了一个推广画面——《主播秦广带你探秘真实凶宅！》

点击屏幕，里面有详细的介绍。

秦广是这个平台上的知名主播，他的个人页面有六十万关注，平时发布的短视频以搞怪为主，偶尔也进行户外直播。备注一栏填写着此人隶属于某个工作室，而那个工作室正好就是之前想拉拢陈歌的工作室。

继续往后看，广告的内容就是此人准备在今晚尝试全新领域，进入一栋凶宅进行解谜直播。本来这也没什么，但是等陈歌看清楚此人要去的地方后，有些无语了，秦广今晚的直播场地正是西郊平安公寓。

"老大，你看到了吗？这人见你是新人，第一次直播都有近万人观看，所以准备窃取你的成果！"鹤山为陈歌打抱不平。

"没必要紧张，有些东西是模仿不来的。"陈歌还以为鹤山要说什么大事，没想到是因为这个，他根本没把秦广放在心上，虽说秦广恐怕也从来没把他当作过竞争对手。

话筒那边鹤山语速加快。"他拥有那么多粉丝，等这一类型做起来后，恐怕他还会倒打一耙，说你跟风！"

"没事的，对了，你懂不懂青少年心理疾病？我有几个问题想要问你。"

"大哥，都什么时候了，你还有心情问这个？再说我是法医，心理上的问题你应该找精神科，或者咨询心理医生啊！"

"今天有个孩子来我的鬼屋参观，看起来只有八九岁大，不爱说话，越是阴森恐怖的环境，他反倒越是兴奋，你觉得这符合什么病症？"陈歌直接说出了自己的问题，他现在能咨询的人只有两个，一个是鹤山，一个是贺峰。

"我们法医主修的是应用医学、生物学，还包括部分化学课程，人家心理学是研究心理现象、精神功能和神经科学，这完全是两个不同的分支，你问我也是白问啊。"鹤山无奈道，"老大，你真的不准备做点什么吗？我看你的短视频好几天没有更新，直播也没有开过，这样下去你好不容易积攒的人气就要慢慢掉光了。你看你的主页，已经有人刷你江郎才尽，还有的连带着开始诋毁你的鬼屋。"

"诋毁鬼屋？有这事？！"陈歌淡定不下来了，他进入个人主页一看，果然有很多负面留言。

"老大,现在短视频太多,并且同质化严重,你的视频热度一旦降低,他们很快就会转移注意力,关注其他主播。"

"说的有道理,不过这事没你想得那么严重。"陈歌附和了一句,他的心思仍旧放在范郁和黑瘦女人身上,在他看来直播和短视频都只是辅助的手段,最重要的还是黑色手机的任务。

"好吧,我就是给你说一声。"鹤山话语里还是觉得有些可惜,"那个秦广是大主播,手头资源很多,平台肯定会努力推他,不过我觉得他播的应该没你好。"

"他播的都是我玩儿剩下的。"陈歌面带笑容,他的短视频和其他主播最大的不同之处在于他的视频是完全真实、无法被复制的。"论资源、渠道和粉丝数秦广确实能甩我几条街,但要是说起对恐怖惊悚的掌控和运用,他还差得远。"陈歌自信地说。

"也对,毕竟你是专业的。"电话那边,鹤山停顿了一会儿,"老大,我忽然想起来一件事。"

"怎么了?"

"上次被你吓哭的那个学姐,你还记不记得?"

"我吓哭的'学姐'多了,你直接说名字。"

"高汝雪,她父亲是心理医生,也是一位犯罪心理学的高级讲师,我晚上试试看能不能帮你要到她的电话。"

"好啊,等你要到了,我请你吃饭,顺便免费带你去鬼屋新场景里参观。"陈歌很感谢这个朴实耿直的医学生,张口许下承诺。

"别!上次从你鬼屋里出来,给我吓得连做了几天噩梦,感觉精神都出问题了。"鹤山大倒苦水,"有次上课我睡着了,老师啥时候过来的我都不知道,我当时正梦见自己被一个拿着锤子的医生追赶,在大楼里狂奔,都快要跑到楼顶的时候,忽然感觉有人抓住了我肩膀。我真被吓坏了,一个肘击抡过去,睁眼一看,老师眼镜都被我砸飞了。"

陈歌忍了半天还是笑了出来:"行,我不强迫你来参观了。"

又聊了一会儿,陈歌挂断电话,他看着车窗外的风景,阳光被遮挡,天空上堆积起厚厚的云层，似乎是要变天了。

回到新世纪乐园，陈歌远远看到冒险屋门口挤了不少人，徐婉正在和他们沟通。

"小婉，怎么回事？"

"你可算回来了，这些都是特意来参观冒险屋的，我找不到你，只能先安抚大家，告诉他们不要着急。"徐婉卸了妆，额头上都急出了汗。

"做得不错，你就在外面卖票吧，剩下的交给我。"陈歌推开防护栏，换上了碎颅医生外套，进入"午夜逃杀"场景当中。

下午三四点的时候，外面下起了小雨，云层越来越厚。乐园里很多室外娱乐设施都停止运行，有些不愿意离开的游客开始集中游玩室内项目，陈歌的冒险屋不经意间成了最受欢迎的去处，外面的游客越来越多，一直到五点半闭园数量才开始减少。

在冒险屋里拖着铁锤跑了一下午的陈歌也有些疲惫了，他脱去医生制服，来到冒险屋外面。

天空阴沉，乌云压顶，暴雨很快就要来了。

"几年前范郁父母失踪的那个夜晚，也是暴雨倾盆。"陈歌望着天空，神色复杂，他让徐婉先下班，自己回到修理间里，拿出了背包。他一股脑将打火机、手电筒、工具锤、布偶全塞进去，然后穿上雨衣离开了冒险屋。

今天冒险屋游客太多，陈歌离开乐园时已经六点了，在门口拦下一辆出租车，报了暮阳中学的地名后，司机竟然拒载。他不得已又换乘了一辆，对方告诉陈歌，暮阳中学周边已经是一片荒地，连路都没有，根本过不去，只能把他送到那附近。

黑色手机的任务有时间限制，早一点到达，能有更多的时间可以自由探索，将风险降到最低。

陈歌不愿意耽误时间，和司机谈妥了价钱后，就直接出发了。一路上他也开口询问司机，想要打探出一些关于暮阳中学的东西，可惜那司机表情严肃，只是盯着前方默默开车。

某一瞬间，陈歌甚至有点怀念那个送自己到西城私立学院的话唠大叔了。

晚上七点多钟，出租车才开到地方，路况很差，这里基本上已经离开了郊区，算是更偏远的地方。

"前面的路我车进不去,只能送你到这了。"出租车司机朝车外指了一下,"附近应该有人居住,你要是弄不清楚可以找人问问,车费扫二维码吧,我不收现金。"

"不收现金?"司机说得很果断,陈歌虽然觉得奇怪,但也没有深究,用手机支付后,就下车了。

雨势逐渐增大,天色已经完全变黑,陈歌左右看了看,远处有几排房子,但似乎很久无人居住,里面没有任何亮光透出。

"这要怎么找暮阳中学?"

陈歌想问一下司机,结果转身正好看到这样的一幕:司机将他坐过的凉垫从车窗扔出,然后没有一丝犹豫,发动车子掉头就跑。

"不收我的现金,还把我坐过的垫子直接给扔了,这人是什么意思?难道是怕他的车子沾染上脏东西?"

第17章 我控制不住我的右手了

出租车司机的做法让陈歌很不安，出租车司机可以说是最熟悉这座城市的人，清楚这座城市里的所有角落。

"这个司机是不是对我有什么误会？"

凉垫扔在泥地里，很快被雨水打湿。

看到校园贴吧上关于暮阳中学的灵异传说时，陈歌还没觉得有多恐怖，但是被司机整了这么一出后，他后背发毛，开始有些动摇了。

"此次试练任务的要求仅仅是存活，这说明在黑色手机看来，活着本身已经成为一种考验。"

眨眼的工夫，出租车已经消失在道路尽头，陈歌穿着雨衣孤身站在荒地里，感觉整个世界只剩下他一个人了。

雨越下越急，陈歌把雨衣的帽子往下拽了拽，取出手电筒，沿着土路向前走去。

乌云压顶，天空透不过一丝光，陈歌来到仅有的几栋建筑旁边，走到近处才发现这些建筑已经荒废了很久。

房门上挂着生锈的锁链，窗户上玻璃早已碎裂，顺着缺口向内看去，屋里堆着破烂的家具和垃圾，偶尔还能看到一些不知名的虫子在其中穿行。

"一个活人都没有，这地方有那么邪乎吗？"

他在来之前询问过范郁的姑姑，对于暮阳中学周边环境有一个大致的了解。

找不到人问路，他只能根据记忆，朝着更荒凉偏僻的地方走去。

下着雨，道路泥泞，两边全是奇形怪状的树木，可能是因为很久没有人打理，有些都已经长到了土路上。

"暮阳中学旧址是火葬场，那地方虽然不干净，但肯定有供车辆进出的通道，这条路越走越窄，车辆很难通行，我是不是找错方向了？"

雨势不减，陈歌行进的速度越来越慢。他想着："要是迷路就不好办了。如果走到这条路尽头，还是没有看到暮阳中学，那我就原路返回，放弃这次任务。"

一直往前走了三十分钟，在土路尽头他看到了几块被推倒的标牌，还有木质围栏。

围栏一侧长着青苔，看起来像是几年前的东西。陈歌将标牌扶正，标牌上的字迹已经模糊不清，他冒着雨用手电照了一遍，心想："为什么只有一侧有青苔，另一侧也没有深埋在土里啊？是因为阳光照射，还是有人近期来过这里，移动过标牌和护栏？"

他停下脚步，拿出手机看了眼时间："快八点了，任务场地还没有找到，唯一的好消息是手机还有信号，不用担心和外界失去联系。"

下雨的夜晚天空会格外漆黑，周围仅有的光源就是陈歌的手电筒。标牌和围栏都在这里，奇怪的是近期有人翻动过这些东西，非常可疑。陈歌举起木牌扫开前面的灌木，又往里走了十几米，眼前的场景终于出现变化。一排残缺的木质围栏立在树林当中，围栏里零零散散立着几栋低矮的建筑。

"这就是暮阳中学？"陈歌很吃惊。和西城私立学院比起来，这所学校显得寒酸许多，总占地面积估计只有西城私立学校的三分之一。

扔掉手中的木牌，陈歌丝毫没有因为学校地方小，就掉以轻心。很多时候地方小不一定就是好事，虽然需要探索的地方变少了，相应的，可供躲避藏身的地方也少了。

翻过围栏，陈歌正式进入暮阳中学。

一眼望去，整个学校所有建筑尽收眼底。

靠近大门口的是教学楼，这里似乎发生过严重的火灾，楼层表皮被烧黑，部分墙体开裂，随时都有可能倒塌。

教学楼左边是宿舍楼，可能是因为住校的人比较少，宿舍楼只有两层，一共也没几个房间。右边是办公楼，同样只有两层，不过仅从外表来看，这栋建筑应该是保存最完好的了。

教学楼后面是一个地面凹凸不平的操场，旁边立了两个篮球筐和几个乒乓球台。

暮阳中学的建筑布局就是这样，看起来破旧简陋，它虽然拥有很多灵异传说，但学校本身并没有任何出彩的地方。陈歌甚至怀疑，学院最后关停的真实原因并不是因为灵异事件，而是确实经营不下去了。

到了地方后，陈歌反而变得冷静，既来之则安之，很快调整了自己的心态。

"暮阳中学有四条支线任务：'笔仙''厕所的第五个隔间''深井'和'封闭的教室'，要想百分百解锁场景，这四条支线一个都不能放过。"上一次试练任务，正是因为陈歌的任务完成度超过了百分之九十，所以才会奖励隐藏道具——王琦的寻人启事，也正是这个隐藏道具，帮助他初步建立了和小小一家人的好感，获得了他们的认可。

他很清楚任务完成度的重要性，但是说起来容易做起来难，这四条支线任务的难度，随便拿出来哪一条都足以与噩梦任务比肩，更别说在一夜间连续挑战了。

"现在还没过午夜十二点，不是怪物最活跃的时候，我先去这四个地方看看，如果实在无法完成，走也来得及。"陈歌把布偶塞进怀里，取出工具锤进入教学楼。

墙壁表面乌黑，几年过去了，焚烧过的痕迹依旧清晰。

"整栋楼都被烧了，这和建在火葬场原址上有没有关系？"陈歌动作很轻，他心里牢记黑色手机上的任务提示，走廊尽头有一间贴着封条的教室，从来没有人进去过，但一到晚上教室里就人头攒动。

"范郁的父亲是因为进入了那间教室才遭遇不幸，那间教室很有可能就是暮阳中学所有灵异事件的源头。"陈歌脑中浮现出那张诡异的合照，今夜说不定他就要和那些背对镜头，也不知道有没有脸的怪物待一晚上了。

所有教室都上了锁，门窗紧闭，陈歌只能拿着手电趴在窗户上往里看。

前面的几个教室没有异常，一直到走廊最末端的那个教室时，陈歌忽然看到了一些奇怪的东西。

这间教室桌椅保存近乎完好，大火似乎并没有蔓延到这里，最让陈歌觉得不对劲的是，在教室正中间的那张课桌上，摆着书籍和纸笔，就好像有人最近在这里上过课一样。

"要不要进去看看？"陈歌握着工具锤，感觉心里跟猫抓的一样，很想砸开房门看看那纸上写的是什么。

"校园贴吧上有一个帖子说，五个学生曾进入暮阳中学试胆，他们在最后一间教室里玩了笔仙游戏，桌子上的纸和笔会不会是他们留下的？"

陈歌想了一下，觉得不太可能，按照帖子里的描述，五个学生玩到最后发现多出了两个人，他们被吓得几乎崩溃，慌不择路离开教室，在这个过程中肯定会碰到教室里的桌椅。可现在教室里的桌椅摆放得整整齐齐，根本不像是有人进出过。

"当然，也不排除在他们离开后，桌椅被人重新整理过，又或者他们五个人已经全部被替换掉，从教室里走出来的是五个怪物。"

想到这儿，陈歌放下了工具锤，他觉得还是把这间教室留到最后比较保险。

离开教学楼，陈歌来到了宿舍楼门口。破旧的二层小楼，房间没有几个，他转了半天才在楼道里发现一个掉了漆的铁牌，上面字迹模糊，大意是二楼住着女生，男生止步。

"这学校是真够简陋的。"

取下雨衣帽子，陈歌擦了擦渗到衣领上的水，正要往里走，手机震动，有人打来了电话。他看了眼来电显示，顺手就接通了。"鹤山？"

"老大，我把你的电话号给学姐了，她说等她爸回家了再联系你。"

"好，还有事吗？"

"也不是什么大事，那个秦广已经开播了，你确定不去看看吗？他请的演员在隔壁假装凶手，开场全是在模仿你，连推理都跟你一样，我都懒得吐槽了。"

"让他播吧，一会儿我也会开播，你记得来捧场啊。"

"哇！你要开播了！"鹤山音调拉高，显得十分兴奋。

陈歌也觉得有观众如此期待，是一件很幸福的事。他笑笑说："好久没播了，这次准备玩个刺激的。"

电话那边没了声音，过了几秒才听见脚步声，鹤山好像穿着拖鞋跑遍了寝室，挨个拍打床板叫道："都起来看直播了！今天又是夺命生死局！"

鹤山很热心，但电话这边的陈歌听着他的话，总感觉怪怪的。

挂了电话，陈歌点开短视频软件，秦广的凶宅直播在首页头图大推，他进去看了一会儿，对方是一个团队在运作，有专门的人摄像，秦广只负责推理、寻找线索。不说别的，仅仅是直播画质对方就要碾压陈歌，人家确实是做了很周全的准备。

"热度六十八万，这要是给我冒险屋做个宣传，那第二天游客不得挤爆乐园大门啊？"直播和短视频是陈歌现在仅有的宣传手段，秦广的头图直播也给陈歌指明了一条路，只要自己能做大，说不定某一天平台也会用所有资源和渠道来力捧他。

"不着急，慢慢来，先给自己定个小目标，活过今晚再说。"

陈歌退出秦广的直播间，开启了自己的直播，他身处荒郊野外，信号极差，直播画面模糊，有时弹幕还会卡住，半天没有反应。

"我的直播画质虽差，但我的直播有内容，跟秦广比起来，算是各有千秋……"

弹幕都看不见，陈歌也没办法和观众交流，他举着手机简单介绍了一下暮阳中学，然后就不再关注直播了。

在宿舍楼一层转了半天没有任何收获，陈歌提着工具锤，来到二楼。

"女生寝室看起来和男生寝室也没什么区别啊！"

房间里堆积着课本和垃圾，学校封停的时候，寝室楼内很多东西都没有清理掉。

陈歌打着手电，耐心查看，在经过二楼第四间寝室的时候，他忽然发现，寝室中间并排摆着四把椅子，椅子上还放着几张白纸和一支圆珠笔。

"纸和笔都很新，与寝室里的其他东西格格不入，应该是后来放进去的。"

这是陈歌第二次看到崭新的纸笔了，他总觉得这两样东西有问题。

生锈的锁头只是摆设，陈歌用力砸了几下，寝室门就开了。

一股霉味扑面而来，他捂住口鼻，走到椅子前面，看向平铺的白纸。

一共有四张白纸，第一张白纸上写着——我什么时候会死？

第二张白纸上写着——我会以什么方式去死？

第三张白纸上写着——下一个去死的会是谁？

第四张白纸则是一片空白，什么都没有。

"笔仙游戏吗？"

陈歌在屋内翻找，看能不能找到什么遗留的信息，可惜时间间隔太久，很多东西都已经残缺不全。

搜查没有收获，陈歌又把目光放在了屋子中间的白纸上。"笔仙游戏的具体原因没人能说得清，不过我倒是看过一些报道。说是因为呼吸、心跳、血流等原因，人的身体随时随地都在轻轻地晃动。没有经过专业训练的人，当手臂悬空长时间保持同一个姿势时，肯定会不自觉得地移动，这是身体的本能反应，跟笔仙无关。"

陈歌将正在直播的手机固定在床上，确保镜头可以拍到自己和四个并排的椅子。

暮阳中学四个支线任务全部完成，才算是百分百完成试练任务，就先从这个开始吧。他转身关上了宿舍门，一个人站在屋子里，纠结了三四分钟，坐到地面上，抓起了那根圆珠笔。

心里告诉自己不要慌，陈歌把布偶放在胸口，然后右手握笔，左手抓紧工具锤，开始尝试笔仙游戏。

他回忆着贴吧里那几个学生的游戏过程，手臂轻轻抬起，竖直握笔，笔尖轻触白纸，闭上双眼，口中开始诵念："笔仙笔仙你是我的前世，我是你的今生，如果你要来就在纸上画圈。"念完之后，陈歌尽量让自己平静下来，他的手悬停在纸上，身体一动不动。

窗外的雨越下越大，夜色笼罩的校园里，隐隐开始出现某种变化。

宿舍里霉味减弱，不知从何而来的冷风吹拂着椅子上的白纸，没过多久，陈歌猛地睁开双眼，他刚才感觉有人抓住了他的手。陈歌没有反抗，双眼紧盯着自己的右手，左手握紧铁锤，时刻准备抢过去。

狭窄的女生寝室里飘散出一股怪味，在手电筒照不到的地方，床单轻轻飘摆，好像有什么东西爬了出来。雨滴击打在窗框上，宿舍外面风雨交加，宿舍里面却安静得让人心慌。

手臂悬停在白纸之上，陈歌握着笔，尽量让自己放轻松。召唤笔仙后，他的手背上明显多了一股力量，好像被另一只手轻轻握住，他能感觉到从对方指尖传来的冰凉。

"笔仙笔仙你是我的前世，我是你的今生，如果你要来就在纸上画圈。"

陈歌又一次涌念，手背上冰凉的感觉愈发清晰，但让他不解的是，掌心的笔竖直立在纸上，并没有画圈，或者做出其他事情。

"笔仙不愿意来？"

屋内的气氛变得更加压抑，手背上那种冰凉的感觉已经蔓延到了手臂上。

"总觉得屋子里多了好几个人。"他集中注意力，瞳孔在黑暗中缓慢收缩，可能是"阴瞳"发挥了作用，他隐约能看见三道浅浅的影子站在三个不同的方向，每一个都伸出自己的手，抓住了陈歌掌心的笔。

"三个？"心脏咯噔一跳，陈歌眨了下眼，刚才看到的景象瞬间消失不见。

眼睛看不到，不代表它们已经离开，陈歌的手掌如同伸进了冰水里，他很清楚，现在至少有另外三只手抓住了立在中间的那根笔。

"同时有三'人'回应，难道是受到怨念眷顾者称号的影响？"在陈歌思考的时候，静止在纸面上的笔，毫无征兆地晃动了一下。虽然幅度很小，但他能感受得到。

"要开始了吗？"旁边的手电筒灯光似乎变暗了许多，就在陈歌的注视下，他手中的笔缓慢转动起来。

笔尖压在白纸上，笔芯顶部的圆珠和纸张摩擦，很快画出了一个血红色的圆。自己的手明明没有动，笔却在纸上画出了东西，陈歌盯着白纸上的图案，想到了这个支线任务的名字——"送不走的笔仙"。

笔仙游戏里有三个禁忌，一不能问死因，二不能问寿命，三必须要请走，打破其中任何一点，都会产生不可控的后果。尤其以第三条最为严重，笔仙被唤来，如果无法请走，那它就会一直待在身边，直到占据游戏参与者的身体，或者将参与者杀害为止。

"希望不要出现意外。"陈歌在心里默默说了一句，重新把目光放在白纸上。

首尾相连，血红色的圆画在白纸的正中心。

"看来它已经听到了我的声音，该我询问问题了。"陈歌只是来完成黑色手机任务的，他可不想做什么稀奇古怪的尝试，万一触怒了对方，最后遭殃的还是自己。

成功唤出笔仙，这也算是一次难得的机会。陈歌稍加思索后，说出了心中最大的疑惑："笔仙，笔仙，你知道我父母去了哪里吗？"

之前做噩梦难度任务——浴缸游戏时，陈歌最想见的人就是自己的父母，可他并未如愿，不过这至少说明了一点，他的父母没有死，只是失踪了而已。陈歌是真心想知道这个问题的答案，可让他完全没有想到的是，在他问出这个问题后，掌心的笔轻轻颤抖起来，笔杆上甚至浮现出一条条细细的裂痕。

这跟他想象的场景不太一样——我问的问题有那么难吗？

两三分钟后，陈歌感觉屋内好像变亮了一点，手中的笔再次开始转动，又在白纸上画了一个圈。

"什么意思？跳过了？"陈歌看着白纸上的两个圆，大概明白了笔仙的意思，很尴尬，它也不知道这个问题的答案。

"笔仙刚才的反应很奇怪，看来我父母失踪这件事并不简单。"陈歌沉默片刻，除了这个问题外，他还真想不出其他要问的东西了，"算了，随便问一个，赶紧结束这条支线任务吧。"

手臂上的寒意已经蔓延到了肩膀上，随着游戏进行，陈歌感觉自己的半边身体都已经麻木，隐隐无法控制了。

"那我换一个问题，笔仙，笔仙，你能不能告诉我，我未来的妻子是谁？"

笔尖颤动，手电筒的灯光闪动了几下，好像是有什么东西走过，屋内的气氛再次紧张起来。窗框嘎吱作响，细碎的雨滴落入屋内，闪电割裂夜空，某一瞬间，墙壁上竟然映照出了四个影子。

手掌虚握，陈歌手中的笔又动了起来。

血红色的字迹出现在白纸上，一笔一画，很快第一个字写完了。

"徐？是徐婉吗？"陈歌这次是真的有些好奇，他手中的笔并未停顿，接着上个字的最后一笔，开始书写下一个汉字。可写到一半时，圆珠笔忽然又不动了。

"怎么回事？"

陈歌十分被动地看着这一切，他根本没有用力，但是掌心的笔却开始剧烈颤抖，上面的裂痕也越来越多。

"嘭！"

阴森的寝室里似乎有几股不同的力量在交锋，圆珠笔承受不住压力，笔杆上端彻底开裂。

某一方似乎选择了妥协，然后陈歌就看到了极为惊人的一幕。

他手中的笔在之前写好的"徐"字上打了个叉，接着又在旁边的空白处重新写下了另外一个名字！

"张……雅……"

血红色的名字工工整整写在白纸上，看的陈歌都不知道说什么好了："笔仙，你确定自己一开始想写的是这个？"

没有任何回应，陈歌手臂上的冰冷感也消失不见。"笔仙，你还在吗？听到请画圈。"陈歌喊着。

阴寒的感觉彻底消退，屋内完全恢复正常，看样子笔仙应该是不辞而别，不过陈歌为了保险起见，还是按照游戏要求诵念了一句："笔仙笔仙，你是我的前世，我是你的今生，如果想走就请回吧。"

游戏结束，陈歌从椅子旁边站起身，他刚一松手，掌心的圆珠笔就开裂断成了好几截，看起来很是凄惨。

"我玩的笔仙游戏似乎不太一样。"

陈歌拿起旁边的手机，他十分惊讶地发现，自己直播间的人气已经莫名其妙突破了两万，这对他来说是一个全新的记录。

第18章 厕所的第五个隔间

"人气什么时候突破两万了？刚开播的时候我记得直播间里只有几十个人。"陈歌举着手机，信号很差，弹幕有些卡，往往半天刷不出来一条，过一会儿又突然涌出一大片，根本看不过来。

人气两万多，订阅收藏还不到五千，这个转换率有点低啊。他拿着手机，将刚才做过笔仙游戏的几张纸全部拍下，然后把镜头对准椅子中间碎裂的圆珠笔说道："各位观众，你们看见了没？我玩笔仙游戏，玩到笔都自杀了！你们还不点点关注吗？你们知不知道我冒了多大的风险，像我这样的小主播，没有器材，没有团队，只能自己一个人不断在危险的边缘徘徊试探。我知道我的设备很差，甚至看不到你们的弹幕，但是我可以带领你们进行最真实的灵异体验，这种体验独一无二，无法被复制。"说完这些，直播间的关注数开始上涨，陈歌的这一番话还是有些作用的。

对于他来说，只是在进行黑色手机发布的任务，但是站在观众的角度就不一样了。尤其是和秦广相比，陈歌这边虽然设备寒酸，但直播的内容却是那边完全无法比拟的，不管是刺激性，还是危险性。看直播就是看个新奇，秦广他们编好剧本，请了演员来配合，就算演得再好也会显得呆板。陈歌这里就不一样了，连他自己都不知道下一刻会发生什么。

"感谢大家支持，笔仙游戏，非专业人士请勿模仿。好了，下面我们该去另一个地方了。"陈歌看着还在猛涨的人气，心里乐开了花，他反正都要在黑色手机的安排下进行这些任务，还不如最大限度利用这些任务，榨取价值，将执行任务的过程，转化为人气。

"也不知道直播间里发生了什么，不过人气增加是好事，也不枉我冒了这么大的风险。"支线任务轻松完成了一个，陈歌对活过今晚更有信心了。

他戴上雨衣帽子，走出宿舍楼，这里已经搜查完毕，没有再停留的必要了。

"还剩下三个任务，'封闭教室''深井'和'厕所的第五个隔间'。"

厕所的第五个隔间应该也在教学楼里，他刚才去过宿舍楼的厕所，那里一共只有四个隔间，如果办公楼和宿舍楼规划结构一样的话，那么只有教学楼的厕所符合任务描述。

陈歌看了下手机，他刚到暮阳中学是晚上八点，按说玩笔仙游戏也没耗费多长时间，可是等他再看表的时候已经快九点了。

"距离午夜十二点还有三个小时，三个小时完成三个任务，时间勉强够用。"陈歌在心里已经计划好了，支线任务全部做完后，就找一个进可攻退可守的角落缩着，安安静静待到天亮。

再次站在教学楼门口的时候，陈歌有种奇怪的感觉，仿佛眼前不是一栋建筑的废墟，而是一个埋葬了无数人的巨大棺椁。

"支线任务里没有说明厕所的具体位置，教学楼有三层，也就是说每一层的第五个隔间都有可能是我的任务目标。"陈歌用手电筒照路，另一只手举着手机，进入其中。

深夜经过一间间空荡荡的教室，这本身就是一件惊悚恐怖的事情，陈歌很害怕走着走着往里一看，教室里出现了什么奇怪的东西。

他快速跑到走廊尽头，钻进了一楼的厕所里。

大火并没有蔓延到此，厕所基本保留了几年前的样子，地砖开裂，能看到从中长出杂草。墙壁上残留着黑褐色的印迹，窗户只剩下一扇，在风雨中发出难听的声音。

"任务要紧，不能耽搁。"

教学楼内的厕所总共有六个隔间，这么多年过去了，很多隔间的门板已经损坏，不用推开，都能看到隔间里的东西。他手握工具锤，依次从六个隔间前面走过，前四个隔间都没有异常，只有第五和第六个隔间有些不对。

这两个隔间的门板紧紧闭合，陈歌轻轻推了一下，隔间的门竟然是锁上的。"只有里面有人时，隔间才会上锁。"这个想法刚出现在脑海里，就被陈歌排除了。他想，"学校已经荒废了三年，这里面也可能藏着的不是'人'，先看看再说。"

扬起工具锤砸在门锁上，隔间的门应声而开，不等陈歌反应过来，几道黑影就直接扑向他。

"什么东西！"

他闪身躲开，用手电筒一照，原来是隔间里面堆放的拖把、扫帚。

虚惊一场，陈歌把地上的拖把、扫帚放好，然后趴在门板上往里看了看，最后一个隔间也塞满了杂物。

一楼的六个隔间都很正常，他的任务目标应该在其他楼层。从一楼厕所走出，陈歌又不确定地回头看了看，厕所里几个隔间的门半开半合，就像是有人在招手一般。

"这场景如果放在冒险屋里确实能吓退不少人。"陈歌心里这么想着，提着工具锤来到了二楼厕所。

一样的布局，不同的是，二楼厕所的窗户被木板封死，进入其中，感觉比一楼压抑许多。

"该不会就是这里吧？"

可能是因为窗户被封死的原因，二楼厕所完好保存下来，和几年前比也没有发生太大的变化。

他走到了第一个隔间门口，还没有去推门，外面的走廊上隐隐约约好像响起了脚步声。因为大雨干扰，陈歌听得很不清楚。有人在走廊上跑动？他躲在厕所拐角，拿着工具锤蹲了几分钟，并未看到什么奇怪的东西经过。

"总觉得随着时间推移，这所学校在慢慢发生变化，就好像重新活过来一样，看来我要加快速度了。"

陈歌不再犹豫，进入厕所当中，一连推开了前四个隔间，当他站在第五个隔间门外时，走廊上又响起了脚步声，这一次他听得很清楚，是两个人并排在走。

"厕所第五个隔间的任务信息是，每到午夜总会有一道红影出现，难道它现在已经来了吗？"

这个支线任务是以第一人称描述的，讲的是有一个人为了抓住那道总在午夜出现的红影，躲入了厕所的第五个隔间里。之后发生了什么，任务介绍中没有详细描述，留给陈歌充分的想象空间。

他关掉手电筒，心里有些疑惑。"任务里说有一道红影会在午夜出现在厕所里，但是听脚步声明明是两个人并排在走，难道在学校荒废的这几年里，红影交到了新朋友？"

脚步声正在慢慢逼近二楼厕所，按照任务要求，此时陈歌应该躲入厕所的第五个隔间当中，可他觉得这样做太过被动，真遇到了什么恐怖的东西，想跑都没法跑。

"或许我应该更主动一点。"

陈歌提着工具锤，埋伏在了卫生间门后，不管进来的是谁，他都准备先给对方一锤再说。吸了口气，陈歌屏住呼吸，扬起了手中的工具锤。

脚步声越来越清晰，似乎是两个人并排在跑，它们距离二楼卫生间已经很近了。

等待的过程对陈歌来说是一种折磨，他根本不知道外面是什么东西，更不知道那玩意儿准备做什么，只能在偷听的同时，尽量不让自己发出任何声音。

大概几秒钟后，脚步声终于停在了厕所门口。

"它们来了！"

陈歌握着工具锤的手已经开始冒汗，他的心跳逐渐加快。

厕所外面风雨交加，越来越多的雨滴刮入屋内，打湿了地面。

"人呢？"陈歌扭头看向自己背后和门板上方，并没有突然冒出诸如人脸之类的东西，他的耐心慢慢被消磨干净，一手抓住门板，准备亲自出去看看。

可还没等他从门后面走出去，一道闪电划亮夜空，借着短暂的亮光，陈歌看见厕所地面上出现了两道影子。

"门口有人!"

他身体僵在原地,手电筒早已关掉,此时厕所里一片漆黑,什么也看不到。

"影子很短,像是两个孩子。"他不敢有丝毫松懈,又等了几秒钟,门口再次响起脚步声。

只不过和他设想的不同,脚步声的主人并未进入厕所,而是进入了一旁的楼道,似乎是去了一楼。

"这就走了?"

陈歌慢慢挪动脚步,看向厕所门口,那里什么也没有。

"刚才在门口站着的似乎是两个孩子,这和黑色手机任务描述的红影存在偏差,是因为时间相隔太久,出现了未知的变化,还是说校园里因为我的到来,导致某些奇怪的东西提前苏醒了?"

陈歌想不出答案,他也没心思去探究这些。打开手电筒,陈歌走到厕所第五个隔间外面,不管这里是不是黑色手机的任务目标,他都要检查一遍。

推动门板,破旧的隔间后面依旧什么都没有。

"按照现在的情况来看,我要找的隔间应该在三楼厕所里,刚才那两个小孩跑到一楼去了,现在正是绝佳的机会。"陈歌急忙往外走,还没走出厕所,手机突然震动了起来,有一个陌生电话打了进来。

"这是谁的号码?"陈歌的朋友很少,仅有的几个也基本上从不联系。

他犹豫了一下,缩在墙角,退出直播,接通了电话:"喂,你好。"

"你是高汝雪的同学吧?听说你今天遇到了一位举止异常,可能患有心理疾病的儿童?"手机那边的声音成熟稳重,给人一种可以信赖的感觉。

"嗯,您是——"

"我是她的父亲,也是江州医科大学的讲师。"

鹤山之前告诉过陈歌,说把他的电话给了高汝雪,现在看来那位自带降温气场的学姐办事还挺靠谱。

"能详细说说那孩子的情况吗?心理疾病是扎根在身体里的毒草,不尽早清除,会毁掉一个人的未来。"高汝雪的父亲很清楚心理疾病的危害,在他看来心理疾病甚至要比某些肉体上的病症更加危险。

"是这样的，有一个七八岁大的孩子，身体状况完全正常，但看起来有些自闭，不愿和人交流，畏惧阳光。"

"还有其他症状吗？最好说得详细一点。"

"我是在鬼屋门口见到这个孩子的，他的姑姑告诉我这个小孩特别喜欢在鬼屋里玩耍，他在鬼屋里完全没有正常人该有的害怕、畏惧等情绪，而且跟在阳光下不同，整个人活跃了许多，他似乎只有在阳光照不到的地方，才有安全感。"陈歌一股脑说出了心中的疑惑，如果不是亲眼看到，他也不相信会有这样的孩子。

"一个七八岁的孩子，喜欢去鬼屋里玩，并且不会害怕？"

"是的，那孩子甚至还对化了死人妆的鬼屋演员感到好奇。"

话筒那边沉默了几秒钟。"如果仅仅只是不会感到害怕的话，那有可能是乌-维氏病，这种疾病会导致他大脑中的杏仁体部分功能损坏。"

"抱歉，我不是太明白。"

"很简单，杏仁体是恐惧记忆建立的神经中枢，同时也负责控制恐惧、愤怒等情绪的产生，假如这里出现问题，人就算触摸高压线、接近猛兽和毒蛇，都不会感到害怕，更别说进入鬼屋了。"

高汝雪的父亲说得很有道理，但陈歌觉得这种病和范郁的情况不太一样。"高老师，那孩子不是什么都不害怕，他畏惧阳光，很讨厌在阳光下行走。另外他那种情况已经不仅仅是不害怕鬼屋了，而是十分喜欢鬼屋，他在鬼屋里和在外面完全是两个样子。"

陈歌想了想又补充道："他在鬼屋外面一句话也不说，根本不和别人有接触，进入鬼屋后就兴奋起来，如果强行将他从鬼屋拉出去，他还会攻击人，我亲眼看到他抠烂了自己姑姑的手臂。"

"听你这个描述，感觉有些像双相障碍的症状，躁狂时充满了破坏欲，失去理智，甚至会伤害最亲近的人；抑郁时又会感到孤独、难过，拒绝交流，封闭在自己的世界里。"高老师认真为陈歌分析，"可是有一点我想不明白，患有双相障碍的病人，是随机发作的，不存在什么进入鬼屋里就会发生变化。我个人觉得他既然在鬼屋里出现性格上的改变，那他的病因应该和鬼屋有关，他小的时候是不是在鬼屋里受过惊吓？又或者他的父母是在鬼屋里工作？"

听了高汝雪父亲的话，陈歌隐约有了一个猜测。男孩性格发生变化和鬼屋有关，而他的冒险屋里真的有怨念。

范郁喜欢来冒险屋，是因为他喜欢和怨魂待在一起？

结合高汝雪父亲的推断，陈歌得出了这样一个十分荒谬的答案。

"这个病人我不敢妄加推断，如果有时间，你可以带他来找我。"高汝雪的父亲也从未见过这样的病人，他想要当面诊断，"心理疾病十分复杂，产生的原因充满不确定性，和生活环境有关，也和个人遭遇有关，甚至和基因遗传也有一定的关系。"

陈歌没有回话，他在得出范郁喜欢和鬼怪待在一起的结论后，脑中忽然想起了一件极为惊悚的事情！

掀开雨衣，陈歌从衣服里层口袋取出了范郁的那幅画。

黑色的房子里，住着好几个红色的小人。

陈歌在来暮阳中学以前，以为这幅画画的是暮阳中学的某一栋建筑，可是等他真正来到后才发现，学校里的三栋小楼和范郁所画的黑房子完全不同。反倒是范郁和他姑姑住的那栋破旧民房，与画面中的黑房子颇有些相似。

"假如范郁一直在画的是他现在居住的房子，那这些红色的小人……"陈歌的汗毛都倒立了起来，"难道范郁居住的房子里，全部都是鬼怪？！"

他回想起白天去看范郁时的情景，姑姑的表情一直很紧张，范郁则把自己一个人关在卧室里，门窗紧闭，埋头趴在桌边画画。每次都是用红黑两种颜色，画的也都是黑房子和红色的小人，但是每张画都有细微的不同。

陈歌的嘴唇有些苍白，他记得很清楚，小男孩的所有画里，红色小人的位置是不同的。他原本以为那只是范郁随手涂鸦的，现在想起来，那根本就是住在那屋子里的脏东西在移动。

"范郁可以看到它们？"

陈歌吸了口凉气，他又想起范郁在冒险屋里的几个细节，小男孩和陈歌说话时，会看向陈歌的身后，目光落在陈歌的影子上。

范郁在冒险屋里一共就说过两句话，而且这两句话都是对陈歌说的，原本陈歌还觉得是自己比较招小孩喜欢，现在他才明白过来，男孩估计是把他当成了"同类"。

"怪不得畏惧阳光,还喜欢来冒险屋里玩,这个孩子认知上已经出现了严重偏差。"陈歌握紧手机,他不知道范郁变成这样的原因是什么,但是基于范郁的种种异常表现和黑瘦女人的证言,他有了一个很恐怖的推测。

几年前同样是在下着暴雨的夜晚,小男孩失踪了,他的父母为了去找他才遇害。想要在暴雨当中同时杀害两个成年人并藏尸和处理现场,如果没有周密的计划几乎是不可能的。再退一步来说,就算有人正好在雨夜对范郁的父母动了杀机,一个能够完美藏尸,并处理掉现场所有痕迹的凶手,为何会偏偏放过范郁?

而且姑姑说父母去了天堂后,范郁就在井里寻找天堂,很显然他知道父母最后被藏尸在井中,他看到了一切,是现场的目击者之一,凶手没有理由会放过他。

陈歌眼睛轻眯,他感觉身体里有一股寒意。"除非凶手认识这个男孩,或者凶手就是男孩本人!"

这两个推测,无论哪一个成立,都让陈歌觉得后怕。

姑姑本人有很大的作案嫌疑,这个女人说的话里存在漏洞,还有一点比较奇怪的是,她在去厨房为陈歌倒水的时候,在厨房里翻箱倒柜找东西,如果只是简简单单的倒水应该不需要这么麻烦。另外,在谈话的过程中,包括最后陈歌准备离开的时候,女人都有意无意地提到了水,希望陈歌能喝一口。

当时陈歌一心想着任务,对活人没有抱太大戒心,但是现在回想起来,那杯水很可能有问题。

"如果是姑姑杀了范郁的父母,那她这么做的原因是什么?"

那个黑瘦女人对范郁已经到了溺爱的地步,她容貌姣好,但是却从未保养过,皮肤黝黑,身材消瘦。可以看出她一个女人拉扯范郁长大很不容易,又要照顾他的日常起居,又要带他去看心理医生,把自己的一生都给耽误了,这样一个女人真的会是凶手?

坦白说,黑瘦女人给陈歌的印象很好,自立、坚强。

不过陈歌对自己的另一种推测更难接受,凶手假如不是姑姑,那么最大的嫌疑人就是男孩自己!

他是凶杀现场唯一的目击者,也是幸存者,之前陈歌没有怀疑是因为他觉得一个孩子根本没有杀人的能力,可是在看到范郁的画后,陈歌觉得自己严重低估了这个孩子。范郁有一双特殊的眼睛,他和鬼魂做伴,并且生活得很好,这个孩子大有问题,陈歌甚至怀疑他能简单地驱使怨念。

如果换个人肯定不会往这方面想,但陈歌不同,他本身就是一位怨念眷顾者。

"凶手是男孩的概率很大,但是他的作案动机是什么?"杀人动机是陈歌最想不明白的一点,姑姑和范郁两个人都没有理由去伤害自己的亲人。

"那一天究竟发生了什么?范郁的父母最后被藏在了暮阳中学的深井里,整件事和暮阳中学又有什么联系?"

陈歌收好范郁的画,这时候才突然意识到自己还没有挂电话,赶忙向话筒那边的高老师道歉:"抱歉,我刚才想问题跑神了。"

"没关系,我刚才在翻阅资料,现在也对你说的那个病人很感兴趣,不如我们约个时间,你带他来我这里看看?"高汝雪的父亲一直没有挂断电话,非常有耐心。

"好的,有机会我一定带他过去。"

"嗯,这个号码就是我的电话,到时候联系,最后我还有件事要嘱咐你。"高老师欲言又止,似乎也在犹豫该不该开口。

"什么事情?"陈歌很感激这位热心帮忙的心理医生。

"我们对待心理疾病患者要有正确的方法和更多的耐心,但不可否认,个别病情严重的患者,是存在一定危险性的。你在和他们相处的时候,请记住,千万不要刺激他们。不管是为了他以后的康复治疗,还是为了你自己的安全,都不要掉以轻心。"

"明白。"

挂断电话,陈歌靠在厕所墙壁上,他现在脑子很乱,凶手不是范郁,就是范郁的姑姑,他们是最具嫌疑的人,也是被害者最亲近的人。

"范郁的姑姑对我隐瞒了真相,几年前的雨夜里一定还发生了其他事情。"最亲近的人为何会变成凶手,这是陈歌最疑惑的地方。

"凶案现场在暮阳中学,或许我能在这里有所发现吧。"

陈歌重新打开手机直播,弹幕还是存在卡顿现象,不过直播画面倒是慢慢稳定了下来。简单的和观众说了句抱歉,陈歌提着工具锤走出二楼厕所。

他站在厕所门口,专门用手电筒照了下地面,厕所门口并没有脚印一类的东西。

"刚才我躲在门后面的时候，听见了脚步声，那声音最后停在了厕所门口，但当我实地查看的时候，门口什么都没有。看来那并排走动的，不是活人。"陈歌朝楼下看了一眼，他最后听到那个声音去了一楼。

陈歌暂时还不清楚脚步声的主人是不是支线任务中的红影，稳妥起见，他决定先避开为妙。

拿着电筒，陈歌朝三楼走去，可刚走到三楼和二楼中间，耳边忽然又响起了脚步声，那声音似乎是从一楼传来的。

并排两个"人"，在楼梯上走动。

"发现我了？"陈歌果断关掉手电筒，背靠墙壁，紧盯楼道口。

脚步声并没有停止，并排走的两个"人"一路来到了二楼。

"它们似乎进入了二楼的厕所里？"陈歌心中刚浮现出这个想法，耳边就听到了二楼厕所里门板开合的声音。

一个个隔间的门板被打开，前后响了六声，它们好像是在检查厕所隔间。

陈歌往靠近二楼的地方挪了挪，他试着探出头，从楼梯的栏杆缝隙间偷看二楼的情况。门板开合的声音停止后，脚步声也随之消失了，就好像刚才发生的一切都是陈歌的幻觉一般，他足足在楼道里等了五分钟，也没有发现任何奇怪的东西从二楼厕所里出来。

"脚步声没有再次响起，是不是可以间接说明，那并排行走的脏东西还没有从厕所里出来，它们有可能就躲在二楼厕所的某一个隔间里，等着我自投罗网。"陈歌虽然胆子很大，但这不代表他不会害怕，真要是一打开厕所隔间门看到了什么恐怖的东西，他估计也会被吓得够呛。

"这怪物藏在二楼厕所里不出来，我正好可以先去三楼探探路。"陈歌没有打开手电筒，他拥有"阴瞳"这个完成噩梦级日常任务的奖励，或许是因为还没有完全激活的原因，并没有黑色手机描述的那么神奇，只是让他视力大幅提升，在黑夜中也能勉强视物。

漆黑的雨夜里，闪电不时划过天空，短暂的亮光将周围的一切都映照的十分恐怖，陈歌有些担心，他害怕自己身后不知不觉跟来什么东西。回头看了几次，楼道里空空荡荡什么也没有，陈歌这才放下心来，握紧工具锤进入三楼的厕所当中。

三楼的厕所要比另外两个楼层的厕所都要古怪，窗户被木板封死，墙壁上几乎没有任何污迹，这地方好像在学校封停以前就很少使用。

进入其中，六个隔间的门板全部紧闭，这让陈歌产生了一种很奇怪的感觉，仿佛六个隔间里都躲藏着人一样。

一楼第五、第六个隔间闭合，是因为里面堆放着杂物，难道三楼厕所的这六个隔间里也都堆着杂物？

陈歌走到第一个隔间外面，先是趴在门板上倾听了一下，并没有想象中婴儿的哭声或者女孩的低笑。

接着他又做了一件更大胆的事情，蹲在地上，透过隔间下面的空隙朝里面看去。

空的？

没有拖把、扫把之类的杂物，也没有站立的双脚，这就是一个很普通的隔间。

陈歌试着推了一下，门板应声而开，隔间里非常干净，他摸了摸隔板，如果不是上面堆积着厚厚的灰尘，他几乎都要以为这里每天都有人来打扫了。"整栋教学楼都被大火焚烧，但是这间厕所里却没有任何烧灼过的痕迹，这一点和一楼最后的那间教室很相似。"相同的特点，引起了陈歌的注意——看来，任务目标应该就在这里。

他连续将后面几个隔间的门推开，最后停在了第五个隔间外面。

"有一种很不好的感觉，门后面会不会藏着什么脏东西？"陈歌把父母留给他的布偶塞入领口，握住工具锤，用铁锤的头部将隔间门推开。

门轴转动，看到了隔间里的场景后，陈歌下意识地后退了一步。

第五个隔间的隔板和墙壁上，好像涂鸦一般，画着很多眼睛，和真人的眼睛比例相同。

在开门之前，陈歌也想象过门后的场景，有可能是脸色苍白的小女孩，面容狰狞的怪物，或者是涂满了血污的疯子等等。

他唯独没有想到，门后面会是这么诡异的场景。

为什么要在隔板和墙壁上画这么多眼睛？下着暴雨的夜晚，在废弃学校里看到了这样一幕，陈歌感觉后背产生了丝丝凉意。

门一打开，就好像有无数双眼睛在盯着他看，这种情况下站在外面都觉得害怕，更别说进入隔间里了。

"在厕所隔间画这些眼睛的人脑子有病吧？"

那一只只眼睛就好像是在窥伺着隔间里的人一样，陈歌看了一会儿又将隔间的门关上了。

大晚上被那么多眼睛注视，实在是有点扛不住。

"我找到了任务场地，可这个支线任务要如何完成？躲进去，在隔板、墙壁上所有眼睛的注视下等待红影光临？这是不是有点太过分了？"

陈歌盯着门板看了半天，又打开了第六个隔间的门，隔间内同样画了很多眼睛。

有些奇怪的是，这个隔间里的眼睛都画在和第五个隔间共用的隔板上，墙壁上则干干净净什么都没有。

他又绕到了第四个隔间那里，第四个隔间里没有任何眼睛涂鸦。

"会不会是学生们的恶作剧？但是他们为何专门挑选第五个隔间画？这隔间既不是最后一个，也不是第一个。"

为了弄明白事情的真相，陈歌又回到了第六个隔间门口，他犹豫了一下，举着工具锤走了进去。

排水管道集中在第六个隔间里，这个隔间相比其他几个隔间显得有些拥挤。

"也没有什么不对的地方啊！难道非要我进入第五个隔间才能有所发现？"陈歌看着隔板上的眼睛，抬起手，轻轻地碰了一下。

"确实是画上去的，只是看着比较吓人而已。"他和隔板上的眼睛对视，看了许久。"第四个隔间很正常，只有第五和第六两个隔间存在涂鸦，这两个隔间中间是一块木板，这块隔板两边都画着眼睛……"

他隐约感觉抓住了什么线索，再次伸手，摸过隔板上的一个个眼睛图案，在手指触碰到膝盖位置的一个眼睛时，陈歌的神色发生了变化。

"跟我想的一样！"

他蹲下身，将手电筒的灯光照在隔板上。在他手指触碰的位置，有一个和眼睛大小完全一样的孔洞。

隔板被凿穿了一个小孔，因为大小形状和眼睛一样，再加上它本身是在角落里，所以很难被发现。

"所有的眼睛涂鸦都是为了掩藏这一个小洞。"陈歌看着隔板中间的那个孔洞，越想越觉得瘆人，"在眼睛涂鸦中混着一个洞，洞正好连接了第五和第六隔间，也就是说有人曾借助这个洞，在第六隔间偷看第五隔间！"

谁上厕所的时候能想到，周围的眼睛图案里，会混着一个真正的眼睛。

"排水管道都在第六隔间里，只要踩在管道上，外面的人就无法从隔间下面的缝隙发现他，这个人考虑得很周全。"在不知不觉中被窥伺，这才是最让陈歌觉得恐怖的地方。

想想支线任务里的介绍，那个人躲在第五隔间里等待红影过来，其实他很可能已经被红影观察很久了。

"现在第五隔间的秘密已经破解，但是支线任务要如何完成？难道要我待在第五隔间里，等到红影出现，而后任由它在小洞里偷窥？"陈歌挥了挥手中的工具锤，如果真是这种情况，他不介意给对方眼睛来一锤。

在陈歌思索如何完成支线任务的时候，楼道里那并排行走的脚步声又一次响起，这一次它们直奔三楼而来，并且速度很快！

"什么情况？它们好像比我还要着急，是因为我打开了第五个隔间的原因吗？可这也不对啊，我早就把隔间打开了，它们为何这时候才急匆匆地跑过来？"

还未思考出结果，脚步声已经出现在了三楼，陈歌此时站在第六个隔间里，他只来得及将隔间的门关上大半，那脚步声就进入了三楼厕所。

"终于要正面遭遇了。"

陈歌关掉手电筒，高高举起了工具锤，但是随后事情的发展和他想象的完全不一样，那脚步声进入厕所后，没有打开隔间门挨个检查，而是直接钻进了第五个隔间里。

随着第五隔间的门缓缓关上，厕所里突然安静了下来。

"它们就在我隔壁，但顺序是不是弄错了？按照支线任务的流程，应该是我在第五个隔间才对啊！"

三楼厕所里一片死寂，脚步声的主人进入第五个隔间后，就再也没有发出任何动静。

等了有十几分钟，陈歌对藏在第五隔间的"人"越来越好奇。

他看着隔板上唯一的小洞，蹲下身体，慢慢靠近。

那个黑色的小洞好像有神奇的魔力一样，陈歌凑到小洞旁边向内看去，他的瞳孔轻微收缩。

洞的另一边没有充满血丝的眼珠，也没有红色鬼影，只有两个看起来三四岁大的孩子。

一男一女缩在坑位两边，他们抓着彼此，神色紧张。

"不应该是红影吗？这两个孩子从哪儿冒出来的？"陈歌收回目光，隔间里的两个孩子从外形上来说，跟吓人完全沾不上边。

"另一条支线任务'深井'里提到过弟弟和妹妹，深井又和范郁有关，这两个孩子会不会就是范郁姑姑的儿子和女儿？可他们为什么会出现在这里？感觉他们两个好像正在被什么东西追赶！"

一连串的问题出现在脑海当中，陈歌挥了挥手中的工具锤，如果对手只有这两个孩子的话，他觉得自己还是有一战之力的。

"再等等吧，总感觉还会有其他东西过来。"

夜色更加浓郁，也不知道从什么时候开始，三楼厕所里的寂静被打破，新的脚步声从走廊传来。

陈歌将隔间的门轻轻推开一条细缝，他看向外面，当脚步声停在厕所门口的时候，一抹淡淡的红影映照在了墙壁的瓷砖上。

"来了！"

这一次陈歌等到了任务目标，他大气都不敢出，眼睛紧盯着那个方向。

脚步声清晰入耳，红影进入了三楼厕所。

"嘎吱……"

第一个隔间的门被拉开，陈歌顺着门缝隐约能看到那红影探头伸入隔间当中，中间停顿了很久，红影又走向第二个隔间。

陈歌头一次觉得门板被拉开的声音是如此的刺耳，很快第二、第三、第四隔间的门全被打开，红色的身影停在了第五个隔间门口。

目睹了这一切，陈歌全身肌肉绷紧，身体好像压缩到极致的弹簧，他屏住了呼吸。

如果他按照支线任务要求去做，此时在第五个间隔里的就是他自己，等会儿红色身影要对第五个隔间做的事情，就是他将要遭遇的事情。

无声黑暗的厕所里，红影抓住了第五个隔间的把手，慢慢将门板拉开。屋子里似乎变得更暗了，孩童的哭声和笑声同时从隔间里传出，红影站在门口，并没有进去，它左右看了看，然后走向了最后一个隔间。

隔间的门没有关严，陈歌眼看着那道红影停在了第六个隔间门口，双方就隔着一扇薄薄的门板。

时间似乎放慢，正面冲突一触即发。

大概几秒钟过后，红影的身体朝着门板倾斜，同一时间，陈歌也举起了工具锤。

瞳孔里红色影子触碰到了门板，伴随着"嘎吱、嘎吱"的开门声，陈歌的每一根神经都紧绷到了极限。

门板还未完全打开，红影的身体已经开始向内倾斜，面对可能存在的威胁，求生的本能让陈歌做出了最直接的反应。

他将高高举起的工具锤，抡圆了砸在红影倾斜进来的身体上，而后一脚踹开了隔间门！

"嘭！哐！"

老旧的厕所隔间门哪经得起这般折腾，下端的门轴崩飞出老远，整扇门都撞在了躲闪不及的红影身上。隔间外面的红影根本没想到会发生这样的变故，它的身影变得暗淡虚幻，在地上一滚，朝厕所外面逃去。

陈歌大口喘息，他本以为会发生一场恶战，但没想到对方似乎比他还要害怕，自己刚才突然冲出来，好像把它给吓住了。

"这家伙是不是忘了自己什么身份了？"

手持工具锤，陈歌并没有放松，红影逃离的时候，第五个隔间里响起了小孩的哭声，那两个疑似是范郁姑姑的孩子还在厕所里。

"别哭了！"

恐怖片里出现过无数类似的场景，厕所隔间里传出诡异的哭声，这本来是很吓人的一幕，但是当陈歌提着铁锤大喝后，隔间里孩童的哭声竟然真的停止了。

他杀气腾腾堵在第五隔间门口，两个孩子捂着嘴巴，苍白的脸上满是惊恐。

"你们俩装什么受害者！"

刚刚被红影弄得神经紧张，陈歌的情绪也有些失控，他声音有点大，配合着挥动的工具锤，隔间里的两个孩子被吓坏了，互相挽着手，连滚带爬朝厕所外面跑去。

"我刚才是不是太凶了一点？两个孩子很有可能是范郁的弟弟妹妹，不管是为了'深井'任务，还是为了查明范郁父母失踪的真实原因，我都有必要跟上去。"

两个小孩跑得非常快，陈歌在后面全力追赶，他们很快离开了教学楼，进入了旁边的办公楼里。陈歌紧跟在后面，跑上办公楼二层后，两个孩子突然失去了踪影。

"怎么不见了？"

办公楼的内部建筑结构和暮阳中学的其他两栋建筑完全不同，大火也没有蔓延到这里，周围看起来还算干净。随手推开身边的房门，陈歌朝里面看了看，屋子里摆着两张桌子和一个书柜，窗台上还有装满了泥土的花盆。

"一眨眼的工夫就不见了，他们能藏到什么地方去？"

陈歌走进办公室里，首先看见地上扔着一个掉了色的牌子，上面写着数学组。

"暮阳中学三个年级的数学老师都在这小屋办公？"想了一会儿，陈歌很快释然，暮阳中学一共也没多少学生，老师数量自然也不会多。他大致转了一圈，最后在靠墙桌子的抽屉里，发现了一个破旧发霉的书包。

书包很小，表面印着幼稚的卡通图案。

陈歌将其放在桌面上，拉开拉锁，里面塞着一个卡通画册，还有一盒蜡笔。

"这些东西为什么会出现在数学老师的办公室里？"书包和书包里面的东西都不像是初中生会用的，陈歌想了一会儿，觉得书包应该是办公室老师孩子的，估计因为某些原因忘记拿走了。

打开蜡笔盒，陈歌发现里面唯独缺少了红和黑两种颜色的蜡笔，这两种熟悉的颜色，让他第一时间想到了范郁。翻动画册，里面的种种图案使陈歌更加肯定了自己的猜测。整本画册都在描绘一个场景，黑色的房间里关着两个红色小人。

所有图画的背景都是黑房子，只是房子里红色小人的位置不一样。陈歌从裤子口袋里找出范郁的画放在画册旁边，看完后他轻轻吸了口气："这孩子画了这么多年，风格一点没变。"

简单的两幅画却透露给陈歌很多信息，书包散发着的霉味、粘着抽屉边角的蛛网，应该是在学校封闭以前就被塞进了抽屉里。

也就是说男孩很早以前就开始画奇怪的画，他的那双眼睛有可能是与生俱来的。

如果把他画中的黑房子看作是家的话，那么在几年前，小男孩的家里就已经住进了两个鬼怪。

联系起范郁姑姑曾经说过的话，还有刚才陈歌自己的遭遇，当时住进他家里，和他们一起生活的应该就是范郁姑姑的儿女。

"住在一起那么久，范郁能看见脏东西的事情，他的姑姑肯定早就知道。"陈歌边想边翻看那一张张黑红两色的图画，"因为知道所以才会放心让范郁去冒险屋参观，因为知道所以她才会如此宠溺范郁，就像是把对三个孩子的爱都放在了他一个人身上。"

徘徊在书桌旁边，书包的出现还告诉了陈歌一件事情，这个存放书包的桌子应该就是他父亲平时办公批改作业的地方。

从范郁姑姑那里，陈歌得知，范郁的父亲因为酒后误事被所在学校开除。本来陈歌也没有在意，但是随后范郁的姑姑又补充了一句，其他学校也将范郁的父亲拒之门外，因为走投无路了，范郁的父亲才会来暮阳中学执教。

这就让陈歌觉得奇怪了，范郁的父亲究竟在酒后做了什么事情，才会受到这么严重的惩罚。可不等他开口询问，范郁的姑姑就拿出了那张照片，再往后陈歌的注意力被彻底转移。

"失踪的父亲到底是一个怎样的人？"陈歌用工具锤撬开了桌子两侧上锁的抽屉，仔细翻找，最后在一本书里发现了几张纸条。

"范老师，你在三楼女厕第六个隔间里做的事情，我们已经知道了，请你立刻向那个女孩道歉！并滚出这个学校！"

"你还有两个晚上的时间可以考虑，我们需要你公开道歉！"

"这将是你的最后一个夜晚，既然你不愿意离开这里，那就永远地留在这里吧。"

第 19 章 最后一间教室

"藏在第六个隔间里的人是范郁的父亲！"在看纸条之前，陈歌从来没有往这个方向想。"看来范郁的姑姑确实隐瞒了很关键的东西。"

陈歌之前推测凶手的时候，遗漏了很重要的一环，那就是杀人动机，现在这些纸条的出现，为陈歌指明了方向。

"一共三张纸条，笔迹各不相同，也就是说至少有三个人清楚范老师曾经做过的龌龊事情，这应该不是诬陷和恶意恐吓。"

陈歌没有去碰书里的纸条，因为时间过去太久，纸张十分脆弱，他很担心毁掉这份关键证据。

"纸上的笔迹很清晰，没有刻意隐瞒，范老师留下这三张纸条应该是想要通过对比字迹，抓住这三个学生。毕竟暮阳中学不算大，他又可以利用职务上的便利，三天时间也差不多可以查完所有学生的笔迹了。"

陈歌将纸条上的内容记下，其实他心里也很好奇，这三个学生是如何发现隔间里的秘密的。难道她们都是受害者？可是看字里行间透露的语气不像啊，尤其是最后一句，不愿意离开，那就永远留下，这完全不像是受害者会说的话。

三张纸条里传递出的信息非常强势，但是她们提出的要求在陈歌看来又十分儿戏，像范郁父亲这样的行为，正确的处理方式应该是报警，让他接受法律的制裁，而不是什么所谓的公开道歉。因为某些事情一旦公开，会对受害者造成二次伤害，将她心底的痛苦暴露人前。

"看纸条上的内容确实是像学生写的，难道将范老师扔进井里的是他们？"杀人动机有了，可是作案手段和时间又对不上了，那一夜失踪的是两个成年人，想要将两个成年人无声无息地处理掉，并掩盖现场，不留下任何痕迹，这不太像是几个学生能做出来的。

"我肯定是忽略了什么。"陈歌试着站在范郁父亲的角度来思考。

公开道歉对于范郁的父亲来说是不可能的，这事情一旦捅出去，他就会身败名裂，而且还要面临法律的制裁，他在来暮阳中学之前已经犯过一次错误，再出事就是累犯，要从重处罚。

范郁的父亲心里肯定清楚这些，所以他才保存纸条，想要通过比对字迹找出威胁他的学生，可是从结果来看，他找了三天，什么都没有找到。

"总结一下已知的信息：三张不同笔迹的纸条，范老师对比了学校所有人的字迹，一个都没有找到；这三个人还发现了第六隔间的秘密，奇怪的是他们并没有报警或者通知学校，反而采用了效果最差、最容易暴露自己的笨方法，直接去威胁范老师；最后一点，纸条上的内容真的应验了。"

这三点是陈歌觉得不合理的地方，串联起来就是，三个在学校里无法找到的人，发现了范老师偷窥的秘密，在警告范老师无果后，让他失踪了。

"能同时符合这三点的人，基本不存在。"凶手是谁，陈歌心里已经有了答案，但是他现在还不能确定。

"纸条里提到过一个女孩，他们想让范郁的父亲向那个女孩道歉，只要我能找到她，很多问题都能迎刃而解。"用直播镜头记录下一切后，陈歌合上了书，将其放回原处。

"这几张纸条夹在书里，如果不是我特别留意搜查了抽屉，就会错过。看来想要弄清楚前因后果，还是要从细节入手才行。"陈歌离开数学组办公室，仔仔细细搜查了二楼的其他房间，可惜再无收获。

"十点三十分了，再这样下去剩下的两个支线任务会很难完成。"陈歌打着手电从办公楼里出来,他冒着暴雨在学校里寻找水井,但是足足找了一个小时都没有找到。

"井呢?黑色手机不可能出现失误啊!"陈歌跑遍了校园都没有看到井口,他鞋子、裤子已经湿透了,模样有些狼狈。

"距离午夜十二点就剩下半个小时了,深井的任务先放一边吧。"陈歌抓着雨衣帽檐,低头朝教学楼走去,他想要在午夜十二点之前去最后一间教室里看看,如果教室任务完成难度也很大,那他就准备跑路了。

鞋子里进了水,走起路来感觉脚步很沉,每一步迈出都会在地上留下一个鞋印。进入教学楼后,陈歌直奔最后一间教室而去,既然来了,不进去看看不是他的风格。站在窗户外面往里看,只有教室中间的那张书桌上摆放着课本和纸笔,让人觉得非常突兀。

看着确实很诡异。

暮阳中学原址是火葬场,陈歌在网上看到的那些帖子里有提到过,一部分人说最后一间教室对应着火葬场停尸的地方,阴气很重,所以老校长才会把这间教室锁上。还有的人说暮阳中学有一个班级出去郊游的时候,大巴出了车祸,多人死亡,这个班级学生仍旧会回来上课,不得已腾出了这间教室。最后一种说法则比较励志,在暮阳中学没有封闭的时候,这所学校是江州所有中学里,综合实力最差,学生平均成绩倒数第一的学校。为了改变这一情况,学校老师建议按照成绩划分优劣班,成绩越差的班级越往后排,但这个提议被老校长否决了,并且把最后一个教室锁上,用以鼓励学生,没有人生来就是倒数,给他们贴上优劣标签是错误的行为。关于暮阳中学最后一间教室的传说还有很多,陈歌只记得讨论人数最多的这三条。

他再次确定了时间,在晚上十一点三十六分的时候,撬开了最后一间教室的门。进入教室陈歌脚步很快,他目的明确,就是近距离看一眼中间那张桌上的东西。

刚进入这间教室,他感觉和外面也没有什么不同,只是稍微安静了一些。来到中间那张课桌旁边,陈歌翻看着课本和白纸,上面什么字迹都没有,等他把课本拿起来的时候,忽然发现木头桌面上刻着很多字。那些字是用笔尖刻在桌面上的,每一笔都用尽了全力,可以看出书写者正处于非常痛苦、绝望的状态。字迹集中在木桌中央，为了看得更加清楚，陈歌弯腰凑到桌前。

厕所隔板上的眼睛活了过来！我看到了，眼珠在动！

我不知道为什么会产生这样的错觉，但是自从那天开始，我总感觉有一双眼睛在盯着我。

它可能藏在任何一个地方，抽屉里，柜子里，床边，枕头后面。

我连把手伸进抽屉的勇气都没有了，我怕它就藏我的书包里。

我害怕独处，我再也不敢进入密闭的空间，我畏惧黑暗，只要一关灯就会从噩梦中惊醒！我真的快要被逼疯了，我感觉那双眼睛就在我的身边。

我该怎么办？在我看不到的地方，有一颗眼珠盯着我。

它一定在某个地方藏着，那个眼珠我很熟悉，但我忘记了在什么地方看到过。

我把这件事告诉了我的父母和班主任，他们说是我学习压力太大，产生了幻觉。

应该是幻觉吧，否则为什么我会觉得班主任的眼珠和那个盯着的眼珠如此的相似？

父母让老师多多关照我，明明是为了我好，可我一接近最尊敬的班主任，就想要戳瞎他的眼睛。

我是不是疯了？我不敢把这些告诉更多的人，我很害怕，怕那个眼睛，也怕身边的人知道我不正常。

我假装自己正常，但那双眼睛似乎出现得越来越频繁了，我不知道该向谁诉说。

我感觉自己快要崩溃了，看见针线和水果刀心里总会浮现出不好的念头，上一秒还能保持平静，下一秒就突然莫名大哭起来，我控制不住自己，我的一切都被那双眼睛看到了。

不能再这样下去，我真的受够了，就让我在这里解脱吧。

希望这间教室的传说是真的，我愿意奉献我的一切，只求能毁掉那双眼睛。

全部看完后，陈歌并没有急着离开，而是用手机将桌上的字迹录入直播当中，算是保存证据。

桌上的字，应该是被范老师伤害过的那个女孩刻下的。厕所里的眼珠，给她留下了很深的心理阴影，再加上后来范郁父亲的种种行为，导致这孩子来到了最后一间教室。

她在付出了某些代价之后，最终让范郁的父亲失踪，也算是成功处理掉了那双眼睛。

值得注意的是，最后一间教室起到了很关键的作用，换而言之，杀死范郁父亲的真正凶手可能就是最后一间教室里的脏东西。

"三张不同字迹的纸条，校园当中不存在的人，拥有行凶的能力，如果说教室里的脏东西真是凶手，那他们应该同时满足这三个条件。"陈歌左右看了看，有些心虚，他想起了范郁姑姑让他看过的那张合照，这教室的"人"可能不止一个两个那么简单，或许一个班级的人都被困在了教室里。

陈歌又扭头看向其他的课桌，他发现每张课桌上好像都写有东西。

"桌面上全都刻着文字，但笔迹却各不相同。"陈歌举着手电筒想过去看看的时候，不小心碰到了自己刚才看过的那张桌子，桌上的笔朝旁边滚去，掉在了地上。

陈歌弯腰去捡的时候，旁边座位有一只手提前伸出捡起了笔，递给陈歌。

"谢了。"

陈歌接过笔，整套动作十分自然，可等他转过身，准备将笔放回原位的时候，一股冷气直接窜进了脑海！

哪来的手？

他回身就是一锤，但什么都没有砸到，最后一间教室和他进来时一模一样。周围的桌椅板凳没有发生任何变化，但是陈歌看向它们的目光却完全不同了。

"从来没有人进去过的教室，一到午夜就人头攒动，现在已经快十二点了。"支线任务介绍划过心头，那样的场景只是想一想就觉得惊悚，陈歌也顾不上完成任务了，抓着手机和手电筒就往教室门口跑。距离房门越近，他就越紧张，这时候最糟糕的情况就是教室门突然关住，然后自己一回头发现教室里坐满了"人"。加快脚步，陈歌头也不回地冲了出去，很幸运，他预想的事情并没有发生。

"这个支线任务看来是完不成了。"陈歌看着最后一间教室，传说很有可能是真的，一班学生全部怨念未消，滞留在此。

关上教室门，陈歌还没缓过神，低头又看到了让他惊讶的东西。

教室门口出现了另外一个人的鞋印，对方似乎在教室外面停留了很久才离开。

"看鞋纹像胶鞋，这人是有备而来啊。"在自己进入最后一间教室查看的时候，门外面竟然还站着另外一个人，陈歌有些后怕，如果刚才他在教室里遇险，准备往外跑时，被人堵住房门，那后果不堪设想。握紧手中工具锤，陈歌很快冷静下来。"鞋印隐藏不了，先抓住这个人再说。"

他顺着鞋印追了过去，对方也没有躲藏的意思，就好像是在等着他过来一样。

一口气追到了三楼，陈歌发现那鞋印拐进了厕所里，他收起手机，缓缓推开厕所的门。在第五隔间前面站着一个穿雨衣的女人，她身材消瘦，看起来弱不禁风。

"不管你是人还是鬼，今夜说不清楚，你恐怕是走不出去了。"陈歌和对方保持着三米的距离，朝对方说。女人沉默了很久，终于掀开雨衣帽子，露出了自己的脸。"没想到你真的跑到这地方来了，我是来救你的。"

这个深夜出现在暮阳中学的女人，正是范郁的姑姑。

"救我？"陈歌不敢有丝毫大意，范郁的姑姑也有一定的作案嫌疑，他到现在都没有忘记对方一直提醒他喝的那杯水。

"是的，我看到了范郁的画。"女人从雨衣里翻找出一张皱皱巴巴的白纸，"画里面有你。"

"放在地上，你往后退。"

范郁的姑姑将画扔在身前，她自己退到了第六个隔间旁边。

陈歌见范郁的姑姑如此配合，他便主动上前，将地上的画捡起。白纸上画着一座黑房子，房子里挤满了红色的小人，在所有红色小人不愿靠近的位置，还有一个极为醒目的黑色小人。

"这就是你说的画里有我？怎么证明？"陈歌可不会仅凭一幅画就相信对方。

"范郁画里的人一直都是红色的，我也是第一次看到黑色小人出现，想了很久，才确定这个黑色小人就是你，因为最近一个月，只有你一个外人进过我家。"范郁的姑姑站在厕所角落，身上的雨滴滑落在地，发出滴答滴答的声音。

"仅此而已？那这些红色小人是什么意思？黑色小人和红色小人又有什么区别？"

范郁的姑姑站在黑暗中默默看着陈歌，就在陈歌以为对方不会说出真相的时候，她突然开口："红色小人代表鬼怪，黑色我第一次见，可能是代表人吧。"

"鬼怪？"

"我知道你不相信，但有些东西确实说不清楚。"范郁的姑姑声音平静，这番话她似乎早就想好了，"在范郁的父母没有出事前，我就知道范郁能看到常人看不到的东西，这件事他的父母也清楚，不过他的父母并不相信鬼魂之类的东西。"

"范郁的父母都不相信，为什么你会相信？"陈歌的好奇心被勾了出来。

"一开始谁都不知道范郁有这个能力，直到我丈夫和两个孩子因为车祸去世。那是我一生中最黑暗的时间，只要看到他们的照片我就会崩溃痛哭，每当这时候，范郁总会拿着他的画跑来找我，黑色的房子里画着两个红色的小人，他说那两个红色小人就是弟弟和妹妹。"

范郁的姑姑眼神中有了一丝少见的暖意。"我起初并不相信，以为是范郁在哄我开心，但随着范郁画出越来越多的画，我动摇了。我找到范郁，问他弟弟和妹妹现在在干什么，他描述得十分详细，其中还有一些我孩子特有的小习惯，这些东西只有我这个做母亲的知道。"

"所以你就相信了范郁能够看见怨魂？"

"是的，可能我也渴望这一切都是真的，有时候我甚至觉得自己的孩子附到了范郁身上。"

"就算这是真的，仅凭一幅画也说明不了什么，难道被范郁画在画里的人都会死？"陈歌仍未放下戒心。

"你可以看一下这张画的另外一面。"

陈歌把画翻了过来，白纸上画着一口枯井，井里面有几个颜色更加鲜艳的红色小人正在向外爬，一个黑色小人站在井边，有意思的是画纸背面黑色小人的位置，正好也是画纸正面黑色小人站立的位置。

"这学校据说有一口死过很多人的井，井里面的鬼怪快要脱困了，而你就站在井口，你已经被它们盯上，在这里停留，会出事的。"范郁姑姑说得很真诚，似乎的确在为陈歌着想。

摸了摸画纸，陈歌仔细盯着画看了半天，眉头轻轻皱了一下，他对比了一下画纸正反两面的小人，心中有了答案。

"看来是我误会你了。"陈歌随手将范郁的画塞进口袋，并没有归还的意思。他说："正好我也准备离开，咱俩路上也能做个伴，这地方太瘆人了。"

"是啊。"范郁的姑姑点了点头，朝陈歌走来。

陈歌也好像彻底相信了范郁的姑姑，转身离开，他将没有任何防备的背后暴露在范郁姑姑的视野中。

两个人各怀心思，一前一后走着。陈歌走得很慢，工具锤紧握在手，身后范郁的姑姑好像是害怕一个人独处，渐渐加快了脚步，这时候如果有人能看到陈歌表情的话，就会发现，走在前面的陈歌双眼平静得吓人。两人之间的距离越来越近，当范郁的姑姑快要超过陈歌时，这个黑瘦女人露出了和刚才截然不同的表情，脸上青筋暴起，藏在雨衣下面的手突然伸出，拿着什么东西刺向陈歌！

"早就知道你有问题。"陈歌的反应比她还要快，出手比她还要狠，工具锤直接抢了过去，紧跟着又一脚踹出。

"嘭！"

范郁的姑姑撞在了厕所后墙上，手里的东西也掉落在地上，发出一声脆响。陈歌走到跟前，这时候才看清楚，那发出声响的是一把剔骨刀。这刀不大，是屠宰中用来剔断筋骨、切割软骨的，非常锋利。

披头散发的范郁姑姑好像恶鬼一般从地上爬起，但陈歌没有给她进攻自己的机会，又打得她躺倒在地。

"在你家的时候我就觉得你有问题，只是一直证明不了，现在终于让我看到你的真面目了。"力量对比悬殊，范郁的姑姑试了几下没有站起来，她看向陈歌的目光满是憎恶，问道："你是怎么发现的？"

"从一开始我就没相信过你，还有这张画，背面的画是你自己伪造的，你以为孩子的画很容易模仿吗？别用那种眼光看我，犯了错的人是你，要想人不知，除非己莫为。"陈歌将剔骨刀捡起，看着冒着寒意的刀锋，质问这个女人，"范郁的父母是你杀的吧？不管出于什么样的动机，杀死自己的亲人，你和禽兽又有什么区别？"

"我从没想过杀人！你根本不知道那天发生了什么！"范郁的姑姑面色狰狞，

似乎陈歌这话引起了什么很不好的回忆。

"我不知道发生过什么，但我知道你一定是凶手之一。"陈歌在考虑如何让对方暂时失去行动能力。

"杀人的是范郁的父亲！"

"把所有罪责推到一个死人头上？你以为这样就能洗白自己吗？"陈歌确定范郁姑姑身上没有其他凶器后，才稍微放松下来。

第20章 深井

"是真的。"范郁的姑姑趴在地上,终于说出了隐藏在心底的记忆,"我哥有特殊癖好,就在这个厕所里,他逼疯了一个女孩,那个女孩后来听说是自杀了。这件事发生以后,我哥就更加不正常了,疑神疑鬼,总说有人要杀他。嫂子实在受不了决定跟他离婚,但是我哥死活不同意,嫂子没办法就威胁我哥,说如果不离婚,就将他的癖好和罪行全部公开。"

"那你哥听到后是什么反应?"

一个精神状态本来就不正常的人,在被威胁的时候,很可能会做出过激的行为,范郁姑姑接下来的话,也证明了陈歌的推测。

"嫂子扬言不离婚就去派出所报案,我哥听后反而平静了,他考虑了一个下午,终于同意离婚。"范郁的姑姑神色复杂,"现在想起来,我哥在那个下午思考的,应该不是要不要离婚,而是如何将嫂子灭口。"

"再之后的事情就在我哥的计划当中,出事那天正好下起了大雨,我哥将范郁锁在自己办公室里,一个人回家。我们发现范郁不见了,以为是范郁走丢了,就全部外出寻找,哥哥和嫂子一起去了暮阳中学。

"我九点多回到家发现他们还没回来,以为出了什么意外,便去暮阳中学找他们。

"学校后山有一口枯井，在出事的前几天因为下雨山体滑坡，井口被淹没。我去的时候，正好看见哥哥在清理井口附近的泥土。我第一时间没有看到嫂子，当时也没在意，跑过去喊了我哥一声，走近后我才看到，嫂子的尸体就卡在井口。我真没想到哥哥会做出这样的事情，他平时表现得温文尔雅，最主要的是他真的很疼嫂子。

"我哥已经疯了，从他拿着那张合照回家，说被脏东西缠上要报复他开始，我就感觉他已经疯了。

"被我撞破后，哥哥给了我两个选择，帮他隐瞒一切，或者被他杀掉。为了保命，我只好听他的话，按照他的要求在嫂子身上留下伤口，然后帮他一起挖开枯井。"

范郁的姑姑背靠墙壁，表情痛苦地继续说："我变成了帮凶，更可怕的是我不知道自己什么时候会被哥哥杀死，他肯定不会放过我的，说不定将嫂子埋好后，他就会对我出手。"

"所以你就提前动手，杀了你哥？"陈歌默默听着范郁姑姑的诉说，这一家人在他看来都不正常。丈夫是个有特殊癖好的疯子，妻子知道后没有报案，只想着以此来要挟离婚。

"不杀他，我可能会死。杀了他，我将成为范郁唯一的亲人，没有人会和我争抢他的爱。"范郁的姑姑在这一刻才终于说出了实话。

"范郁本来就不是你的孩子，要说争抢，也是你自作多情。"对于范郁姑姑的话，陈歌只信了一半，三年前的事死无对证，是非黑白都是范郁姑姑说了算。

"你错了，我死去的两个孩子附身在了范郁身上，所以他才会知道我孩子的种种习惯！范郁不仅仅是我哥嫂的孩子，也是我的孩子！"范郁的姑姑脸上浮现出一道道青筋，她嘴唇被咬出了血。见她这副样子，陈歌也没有继续刺激她。

这个女人说他的哥哥疯了，但是在陈歌看来，她本身就是个病人，可能是因为丈夫和两个孩子的意外死亡，让她无法接受，又因为范郁正好可以看到弟弟和妹妹的亡魂，所以才导致她会把扭曲的爱强行施加在范郁身上。

看着趴在地上表情痛苦的女人，陈歌忽然想起了黑色手机任务刚开始时的提示——每个人心中都有一口深不可测的井，井里埋藏着无法言说不堪回首的记忆。

"起来吧，带我去你哥哥藏尸的地方看看。"

"已经找不到了，哥哥将嫂子塞进井里后，我把他也推了进去，他和嫂子的尸体待在一起，他在井里咒骂、叫喊，但是雨很大，没人能听见他的声音。"范郁的姑姑伸手抓住了自己的头发，她的手臂控制不住地颤抖，"我把泥土填入井中，然后将一切复原，三年过去了，那口井肯定找不到了。"

"你只需要告诉我一个大概的范围就可以了。"陈歌是很正常的询问，可范郁姑姑的反应却愈发激烈。

"没人能找到！"记忆好像刀子一样戳进范郁姑姑心里，她表情突然变得十分狰狞，"我会把范郁抚养长大，我会给他我全部的爱！"

"如果你真的为范郁着想就不会这么去做了，你的爱其实只感动了你自己。"在冒险屋的时候，陈歌就看出来了，范郁宁肯和自己这个外人说话，也没有搭理他姑姑，两人关系可以说很差。

"你也说过，丈夫孩子遭遇意外，在你最难受的时候，是范郁画出了弟弟和妹妹来哄你开心，他发自本心地帮你，但你却杀了他的父亲。"陈歌想到那满屋子的红色小人，如果他没有插手其中的话，未来这件事可能会往更加残忍的方向发展，"你应该庆幸范郁只是个孩子。"

让凶手接受法律制裁对范郁和他姑姑来说都是一件好事，范郁在井里寻找天堂，说明他目睹了一切，知道自己姑姑是杀人凶手。如果等他再长大一些，说不定会将他姑姑曾经做过的事情，原封不动重新施加在他姑姑身上。

杀了人，到时候范郁的人生也就毁了。

"让这个悲剧就此终结吧。"关掉直播，陈歌拨打了报警电话，究竟范郁的姑姑会得到怎样的惩罚，他说了不算。

"和杀死自己父母的凶手生活在一起，难怪范郁小小年纪就会出现双相障碍的症状，你就是他的病因。"

陈歌报警的时候，范郁姑姑拼命摇着头，嘴里也不知道在说些什么，竭力朝厕所外面跑去。

"别再挣扎了。"陈歌跟在后面，他害怕范郁的姑姑一冲动，再做出什么傻事。

两人追到一楼,在经过最后那间教室时,范郁的姑姑毫无征兆地摔倒在地,半天都没有爬起来。

好像平白无故被人拽了一下,看着非常诡异。

陈歌停在几米远的地方,放慢了脚步,范郁姑姑正好摔倒在最后一间教室门口,对这间教室陈歌也有些犯怵。

他贴着走廊另一侧墙壁,朝教室里看了一眼,午夜已过,原本空荡荡的教室里不知道什么时候坐满了学生,讲台上还站着一个矮胖老人。

教室内的场景范郁姑姑也看到了,桌子旁边一个个低垂着头穿着校服的孩子,像极了他哥哥拿回家那张合照里的学生。

她摔倒在地,惊恐的表情凝固在脸上,手脚不听使唤,半天都没有爬起来。

"别说话!"陈歌快步走到范郁姑姑身前,抓住她的胳膊,拖着她就朝教学楼外面跑!传说是真的,不管那些学生的死因是什么,他们最后都又回到这所学校里来了。

"你也看到了,对不对?"从照片里看见和亲身经历是两种完全不同的感觉,范郁的姑姑眼睛外凸,她好像喘不上气一样,声音断断续续。

"先撤出去。"陈歌拖着范郁的姑姑跑到教学楼门口,在离开的时候,他又回头看了一眼那间教室,门窗紧闭,里面漆黑一片。

"我进入学校这么久,也没有被它们主动攻击过,这学校里滞留的东西似乎不是恶灵。"陈歌这样想是有一定依据的,被范郁父亲逼疯的女孩在最后一间教室自杀,站出来帮助她的就是教室里的学生灵魂,之前警告范郁父亲的似乎也是教室里的学生灵魂,它们在设法保护学校里的学生,虽然方法不太对。

陈歌扶着范郁的姑姑来到暮阳中学正门处,躲在破烂的校门旁边避雨。午夜十二点已过,他不敢继续待在那三栋学校建筑里,再加上身边还有范郁姑姑这个变数存在,他不得不谨慎一点。雨势慢慢减弱,半夜一点多钟,暮阳中学外面有亮光出现,陈歌见此情景,立刻打开手电筒,高声呼喊。

灌木被推开,一行人身穿雨衣,硬是踩出一条路来。

"这里!嫌疑人已经被控制住!"陈歌本来声音很高,可等他看到为首那人的长相后,没来由地感到一阵心虚。

"怎么老是你？"李三宝一马当先，走到学校门口看见陈歌的时候，脸皮都在抽搐，"一个星期内，连续三次紧急出警通知，都是因为一个人，这在西城派出所建所三十五年间还是第一次遇到。你知不知道，报警中心的人都觉得你的声音耳熟了！"

陈歌被李队说得哑口无言，他也觉得有些不好意思，赶紧将范郁的姑姑扶起，朝李三宝走去。

李三宝叫上后面的人破开学校大门，进入其中，问道："她是受害者？"

"不，这个女的是帮凶。"陈歌将范郁姑姑交给一旁的警察。

"帮凶？"李队将手电筒灯光打了三下，示意周围所有人警戒，"其他凶手还潜藏在学校里？"

陈歌用尽可能精炼语言，把自己知道的东西说了出来："另一个凶手已经死了。这个女的哥哥有偷窥的癖好，她嫂子在知道这件事后，提出离婚，结果他哥哥把他嫂子杀了。她正好看到了自己哥哥行凶的场景，为了不被杀，最后她又把她哥哥给杀了。"

"防卫过当，致人死亡？"李三宝直接抓住了问题的关键。

"如果真是这样，这个女人应该第一时间报警才对，可是她杀人后却亲自处理了现场，事情发生在三年前，现在死无对证，我知道的一切都是她告诉我的。"陈歌指了指范郁的姑姑，"不排除她撒谎的可能。"

"藏尸的地方在哪儿？"李三宝连询问陈歌为何会出现在这里的原因都省了，旁边随行的警员也一副早已习惯的样子，丝毫没有对陈歌有所怀疑。

"这你要问她了。"陈歌也想知道深井的位置，四条支线任务只差这一个了。

在询问犯人方面，李队要比陈歌有经验得多，他从身边人手里接过干净的毛巾递给范郁姑姑说道："故意杀人最高可判死刑，但如果是自卫致人死亡，或者认罪态度良好，有立功表现，就能争取到宽大处理。"

范郁姑姑抓着毛巾，一言不发，她对死亡并不是特别畏惧。

"想想你身边的亲人，你这个年龄应该也有自己的孩子，要是你拒不配合，很有可能这辈子都见不到他们了。"李叔察言观色，很快找准了切入点，这句话一出口，范郁的姑姑便开始动摇。

又劝说了十几分钟，范郁的姑姑终于开口，"藏尸地点在学校后面的土山上，我只记得一个大致的范围。"

她带着警察和陈歌，贴着护栏来到学校后门的一座小山旁边："尸体藏在一口井里，当时这里发生了山体滑坡，井口被埋住了。"

暮阳中学周围连条像样的路都没有，大型车辆进不来，想要找到那口井，只能靠人力。

陈歌也是考虑到了这一点，所以在知道真相后果断报警。

"李队，不尽早验证她的话，拖到明天早上很可能会延误案情。"他十分热心地挤到李三宝身边，心里想的却是怎么完成最后一个支线任务。

"先封锁现场，等后续人员带来工具后再进行挖掘。"根本不用陈歌提醒，李队已经拨打电话安排好了一切。

两点十五分，后续人员携带工具抵达，李队现场调度指挥，给每个人分配好各自负责的区域后，开始进行挖掘。

陈歌也拿了一把铲子去帮忙，卖力挖掘起来。不少民警见他一个群众都如此拼命，心里还有些感动。

半夜三点多钟，暮阳中学后山的深井终于被找到。

凌晨四点三十分，井口被挖开，里面的两具尸体被警方取出。

也就在同一时间，陈歌的黑色手机轻轻震动，他收到了任务完成的提示信息。

放下铁铲，陈歌找了个没人的地方，点开信息查看。

玩家在规定时间内抵达任务场地，成功体验四条支线任务，并存活至天亮，暮阳中学试练任务完成！全新恐怖场景"暮阳中学"已解锁，玩家可在场景界面自由操控本场景内所有机关！

试练任务完成度超过百分之九十，获得本次任务隐藏道具——怨念缠绕的圆珠笔。

怨念缠绕的圆珠笔（残破）：笔仙并不想搭理你，它朝你翻了个白眼，并把自己藏了起来。

看到试练任务完成度超过百分之九十，陈歌悬着的心总算放回到肚子里。

这个尖叫指数二星的恐怖场景比他预期的要简单一些，他想，可能也因为暮阳中学里的鬼怪们没有特别针对他吧。

任务进行到一半的时候，他已经发现，暮阳中学里的鬼怪并非恶灵和怨念，包括笔仙在内，它们大多都没有害人的心思。范郁的父亲之所以会被它们威胁，也是他咎由自取，自身犯错在先。整个试练任务里最难的部分是教室和深井两个支线任务，最后一间教室的谜团他至今没有解开，只是进去体验了一圈，幸好那一班级的"学生"高抬贵手，没有为难他。深井任务的难度丝毫不亚于教室，就算是在警察的帮助下，也足足挖了一个晚上，才在天亮前找到井口。如果只靠他一个人的力量，这条支线任务几乎没有成功的可能。

试练任务完成，新场景解锁，陈歌心满意足，至于最后奖励的隐藏道具，他其实并没有太在意。据说笔仙可以预知未来和凶吉，但那只是传说，自家的这个笔仙似乎什么都不知道，而且很没有原则和节操。

下了一夜的雨总算停了，西城派出所的民警也没有亏待陈歌这个功臣，在做了简单的笔录后，载着他一起离开。

车上紧急出警的民警累到直接睡着，陈歌挪动身体尽量给对方腾出更多的地方，一路上没人说话，十分安静。

早上六点，陈歌回到了新世纪乐园。

也不知道是"阴瞳"的原因，还是长时间和鬼怪接触的原因，陈歌总觉得身体有些冷。

他毫无困意，躺在员工休息室的床上，一打开自己手机才发现，里面有好几个未接来电和十几条短信，大部分都是鹤山打来的，主要询问陈歌是不是出现了什么意外，用不用报警之类。翻到信箱最下面，陈歌意外看到了一条高医生的信息，对方留言说范郁的病情很可能和身边亲人有关，让陈歌多注意一些。短信是晚上十二点半发来的，那时候范郁的姑姑已经向陈歌摊牌。

给鹤山和高医生回了短信，陈歌打开短视频平台，点击自己的个人主页。

"直播四个小时，全程没有和弹幕交流一句，中间任性关播几次，这下人气要掉惨了。"控制住范郁姑姑后，陈歌考虑到会涉及范郁这个孩子的隐私，所以直接关掉了直播。他没有来得及跟观众解释，当时那个情况也不允许他分心。

主页加载完后，陈歌随便扫了一眼，忽然发现自己直播间的收藏量暴增到了三万九。"我记得开播之前,收藏还不到一万,昨天晚上直播间里发生了什么事情?"

他一直忙着支线任务,本着能骗一个入坑就骗一个,反正不亏的原则,完全是佛系直播,没想到竟有了意外收获。

在陈歌搞不清状况的时候,鹤山的电话打来了,刚一接通,就听见那边吵吵嚷嚷的声音:"老大!我就知道你还活着!"

陈歌直接忽略了鹤山的感叹,开口问道:"昨晚直播间里发生了什么?为什么我收藏和关注都涨了那么多?"

"昨天你刚一开播,人气就涨了起来,不过速度很慢。直到你开始玩笔仙游戏的时候,有人在贴吧平台爆料秦广抄袭,然后还把你的第一次直播录像传了上去。"鹤山声音变大,只想为陈歌打抱不平,"秦广在直播间模仿你的推理过程,请演员来扮演凶手,场景布局和部分台词都跟你上次直播如出一辙!抄袭已经算是实锤了,但是秦广的粉丝还拒不承认,他们在帖子下面诋毁你,反而诬陷说是你在跟风模仿。"

"那应该是请的水军吧,后来呢?"

"很多人去秦广直播间询问,秦广装作看不见,不仅没有给出回应,还把所有提你直播间的人给禁言了。不过昨夜他开播的时候人气高达八十万,全平台资源为他推广,弹幕发得飞快,总有漏网之鱼,其中有部分好奇的人看到后,就跑去你的直播间了。"鹤山越说越激动,"别看你昨晚人气最高只有五万,但是里面聚集了路人、水军、喷子、秦广粉丝还有你的观众,那真是一场混战啊!你直播间也没有房管维持秩序,停播半个小时了,直播间各种弹幕还在刷屏。对了!就因为这场混战,你好像上了午夜时段的直播热度榜,那个榜单很少有新人能挤上去。"

陈歌能想象出昨晚自己直播间的混乱场面,不过也算是因祸得福,收藏和关注数量确实暴涨了一大截。他现在不缺好的内容,缺的是曝光度。

"慢慢来,这才是我的第二次直播。"陈歌又和鹤山聊了几句后,挂断电话。

他翻看短视频平台上观众的私信,大多是无意义的咒骂,也有部分看不惯秦广的路人,坚定站在陈歌这一方,出言力挺。看到最后,陈歌发现了一个有些熟悉的小号,头像和当初那个工作室的账号一样。对方给他留言,警告他不要背后搞小动作,否则就让他在这个平台混不下去。这要是其他主播看到估计会害怕焦虑，但陈歌不一样，直播、短视频都只是他宣传冒险屋的手段而已。随手将这个小号删掉，陈歌退出短视频页面，拿出了黑色手机。

暮阳中学（尖叫指数二星）：此场景已布置完毕，可前往地下一层进行参观。

注意："暮阳中学"为四星恐怖场景"通灵鬼校"分支场景，面积相当于普通恐怖场景两倍，请在熟悉内部机关后再投入使用。

看了黑色手机上的提示信息，陈歌从床上坐了起来。"面积是普通恐怖场景两倍？该不会把小半个'暮阳中学'都给搬进来了吧？"

他穿上鞋子跑到一楼"僵尸复活夜"场景旁边，搬开木板，向下看去。

废弃的地下停车场已经完全变了模样，楼梯残留着大火焚烧的痕迹，阴暗的走廊上飘散着未写完的试卷，一扇扇教室的门半开着，桌椅倾倒，隐隐有黑影穿梭其中。

眼前的场景就连陈歌这个冒险屋主人都感到吃惊，"暮阳中学"恐怖场景的面积要比"午夜逃杀"大出许多。步入其中，阴气森森，仿佛黑暗中随时会钻出什么东西，让人本能地感到不安。

"四个教室、走廊、厕所、办公室……"凡是暮阳中学里有的，陈歌的冒险屋里都有，只不过换了一种全新的布局，把所有房间集中在一起了。

走在幽暗的长廊上，陈歌不时扭头朝两边的教室看去。窗户外是厚实的水泥墙，房门上没有锁，明明没有风吹动，却不断发出嘎吱嘎吱的声响。前几个教室虽然诡异，还在可以接受的范围内，但当陈歌来到走廊末端最后一个教室时，身上的汗毛都立了起来，他还是第一次在自己的冒险屋里有这种惊悚感。

这间教室很像暮阳中学的最后一间教室，但是也不完全相同。每张课桌上都用红色颜料刻了密密麻麻的字，更吓人的是所有椅子上都放着一套深色校服。

校服的款式和范郁家那张合照里学生穿的校服一样，不过合照里所有学生穿着校服背对镜头，而在这间教室里，所有校服都是正对着门口的陈歌。吸了口凉气，陈歌硬着头皮进入教室里，他站在讲台上，看着下面椅子上的一排排深色校服，好像站着一排排的人。

"为什么只有这个教室里有校服？这些校服难道代表着滞留在此的残念？"陈歌低头数了一遍，教室里一共有二十四套校服。

"'午夜逃杀'试练任务完成,冒险屋里的'午夜逃杀'场景成了殷小小一家新的居所,如果照此来推测的话……"陈歌的脸色有些难看,最后这间教室里的二十四套校服很可能代表着二十四个徘徊在此,不愿离开的灵魂。

"也不一定,或许是我想多了吧。"陈歌从教室里走出,关上门,继续向前。走廊尽头拐角处是厕所,再往前出现了第一个分叉口,左边的路通往办公区,右边的路通向女生宿舍。

陈歌先朝右边走了几步,走廊变窄,两边的房间紧挨着,路的尽头又分出两条更窄的走廊。"一个二星场景,就如此复杂,如果再多解锁几个恐怖场景,这地下停车场说不定真要被我经营成一座战栗迷宫了。"

他随便推开一扇门,里面布置的和凶案现场一般。

值得一提的是,陈歌在倒数第二间寝室里发现了几个摆在一起的椅子,椅子上放着几张纸和一杆破损严重的圆珠笔。

"这就是解锁'暮阳中学'奖励的隐藏道具吧?"陈歌将模样凄惨无比,一拿起来就开裂的圆珠笔捧在掌心,"隐藏道具肯定有自己的特殊作用,王琦的寻人启事让我和殷小小一家成了朋友,可以让它们帮我管理'午夜逃杀'场景,莫非这根圆珠笔就是解开最后一间教室里那些学生谜题的关键?"

陈歌百思不得其解,想了半天,他拿着笔走出暮阳中学场景,用透明胶带把圆珠笔重新粘好。

"笔仙笔仙,我知道你对我有怨念,我现在已经帮你把笔修好了。如果你原谅了我,请在纸上画圈。"

"笔仙笔仙,你是我的前世,我是你的今生,你在吗?你的今生有事情要问你……"

想要解开那间教室里的学生的谜题,询问笔仙是最简单的方法,可惜不管陈歌如何呼喊,笔仙都没有回应。

"至于吗?我也是受害者好不好?"

陈歌把用胶带粘好的圆珠笔重新放回女生寝室,然后又转了一圈才回到一楼。

"最后一间教室里的二十四件校服虽然吓人,但是视觉冲击还不够强。等有时间了,我把'僵尸复活夜'里的人偶模型修改一下,给它们穿上校服扔到教室里,这样应该会更加恐怖一点。"陈歌将木板盖上，正要回屋里睡觉，手机又响了起来。

他低头一看，没想到是李三宝打来的。

"三宝叔，你找我有事？"陈歌这次是和执勤民警一起回来的，当时李三宝还在暮阳中学，似乎正和市刑侦队的人在商讨什么事情。

"如果你现在不是太忙的话，能不能来市分局一趟？深井藏尸案的凶手想要见你。"

"见我？"陈歌觉得莫名其妙，但看在李队的面子上，他还是答应了下来，"好，我马上过去。"

来到市分局，一个面熟的警察领着陈歌进了审讯室。范郁的姑姑坐在房间一角的椅子上，双手戴着手铐。

"尸体还在检验，犯人现在情绪很不稳定，什么都不肯交代，只是说要见你，所以我才拜托李队给你打电话。"审讯室里一个中年警察站起身，和陈歌握了下手说，"麻烦你了。"

"没事。"陈歌走到范郁姑姑身前，一个晚上的时间她好像憔悴了许多，低垂着头，头发盖住了脸。

察觉到有人过来，范郁姑姑空洞的眼神有了聚焦，她看着陈歌，目光十分复杂。

"你找我？"陈歌还没靠近，就被在场的警察拦下，让他保持在一个安全的距离。

范郁姑姑轻轻点头，她停了半天，开口说出一句陈歌完全没有想到的话。"我在三楼厕所里给你的那幅画还在身上吗？"

她不说陈歌都要把这事忘了，他将贴身放的画拿了出来，放在范郁姑姑身前。看着范郁那诡异的画，范郁的姑姑非但没有感到害怕，还觉得十分亲切，在她的孩子和丈夫意外去世后，范郁就是用这样的画，让她走出崩溃绝望。

沉默了很久，范郁姑姑终于开口："我抚养了范郁三年，可第一个在他画里出现的人却是你，这公平吗？"

"事情和你想的不同，可能范郁是把我当成了同类。"陈歌指了指自己的眼睛，"我们能看见同样的东西。"

"是吗？"范郁的姑姑又把头埋下，审讯室内很安静。

"你把我叫来就是为了问这个？"陈歌将那幅画叠好收起。

过了有十几分钟，范郁的姑姑才调整好情绪，她好像做出了什么决定，低声说道："我是范郁唯一的亲人，现在我也要离开他了。那个孩子性格古怪，一个朋友都没有。我不奢求你以后能照顾他，只求你有时间了可以去看看他，陪他说说话，别让他被别的孩子欺负了。"

不管范郁的姑姑曾经做过什么错事，至少在这一刻，她是在为范郁着想。

"我会尽量帮你照看那孩子的。"陈歌没有犹豫就直接答应了下来，深井藏尸案涉及的所有人中，范郁应该是最无辜的。

"其实你不用担心这些。"审讯桌后面的警察也走了过来，"我们可以帮你联系儿童福利院进行救助，只要你认罪态度良好，未来说不定还能见到你的孩子。"

"我的孩子？"范郁姑姑望着那个警察，呆滞的表情慢慢出现变化，她看着那个警察的肩膀，不知为何露出了笑容，"好，我会把知道的全部告诉你。"

警察进入正常审讯过程，陈歌觉得自己待在这里也不合适，就主动要求离开了。出了市分局，他打车前往范郁的住处。

这件事看似结束了，实际上还有最大的一个问题没有解决，这个问题只有陈歌知道，而这个问题的答案，也只有范郁能回答。

天空放晴，太阳升出地平线，但是温暖的阳光却好像照不进错综复杂的巷子。下了车，陈歌按照记忆里的路线，跑进巷子最深处。他找到了范郁姑姑租住的地方，冲到二楼敲门，连续敲了几分钟，铁门里面响起了卡簧转动的声音，房门被打开了一条缝。

陈歌拉开出租屋的门，让他惊讶的是屋内一个人也没有，他在门口站了很久，阳光照在身上都不觉得暖和。

"范郁？"陈歌进入屋内，感觉更冷了一些。

客厅、厨房都没有人，陈歌悄悄走向卧室。他试着推了下门，就和第一次进入范郁房间一样，房门没有上锁，被轻易推开。厚厚的窗帘遮住了所有的光线，屋内也没有开灯，有些阴暗，地上扔着一团团废纸。陈歌随便捡起了一张，上面画的依旧是黑色房子里挤满了红色的小人。

"为什么要把这些画全部扔掉？画的不满意吗？"陈歌拿着手中的画看向书桌，范郁就坐在桌前，背对着他，似乎在发呆。

陈歌小心避开地上的画，走到近处才发现，桌面上摆着唯一一张没有被扔掉的画。

白色的画纸上，用黑色线条画出了一座的房子，里面孤零零站着一个黑色的小人。

"那些红色的小人呢？"

陈歌本来没指望范郁会回答，谁知道范郁扭头看了他一眼，轻声说道，"它们有了新的住处。"

"搬走了？"陈歌联想到自己冒险屋里多出来的二十四件校服，隐约明白了什么，"你和它们是朋友吗？"

男孩摇了摇头，眼睛盯着自己的画，手伸进抽屉里取出了一个纸盒子递给陈歌。

"给我的？"陈歌往纸盒里看去，里面有二十四个校牌，上面写着二十四个不同的名字。在校牌中间还放着一张合照，上面有二十四个学生背对镜头站立。这二十四个名字应该就是最后一间教室产生的原因，现在范郁把二十四个名字交到了陈歌手上。送出校牌后，范郁就再没有说一句话，谁也不知道他此时脑海里正在想些什么。双方都没有开口，陈歌看着此时的范郁，也实在不忍心问出心底的那个问题。

就在两人沉默的时候，出租屋外面的走廊上传来脚步声，有一男一女停在了门口。

"街道办事处说的好像就是这地方。"

"门怎么没锁？范郁在家吗？"

听到响动，陈歌跑出来看了一眼，"你们是？"

"我们是江州福利院的工作人员，这是我们的证件，按照上面要求，我们要带范郁去进行体检，然后办理服刑人员子女安置的相关手续。"那一男一女说完后，略有疑惑地看着陈歌，他们不明白，为何孩子家里会突然出现一个资料上没有的陌生人。

"范郁在卧室，这孩子很有自己的想法，以后要麻烦你们了。"

"应该的，这是我们的工作。"女人进入卧室去接范郁，男人则站在外面看着陈歌，似乎不太放心他。

发现女人进入卧室，范郁的反应比较激烈，他抓起桌上的画就朝外面跑，好像是准备逃离这个地方。

"抓住他！"女人在屋里喊了一声。

门口的男人和她默契十足，等范郁跑到身前的时候，直接抓住了范郁的胳膊。这个男的对付孩子很有经验，他轻易锁住了范郁的双手，这样既不会被范郁抓伤，也不会伤到孩子自身。被抓住的范郁拼命挣扎，一旁的陈歌看不下去了，和男人沟通了几句，对方这才放开范郁。手里抓着一幅画，重新获得自由的范郁没有再次逃走，他仿佛已经知道这是徒劳的。

看着范郁被带走，陈歌最终还是没有忍住，他追了过去，蹲在范郁身前问出那个困扰了他很久的问题。

"你知道天堂在井里，你目睹了一切，为什么不去阻止它们？"陈歌从来没有把范郁当成普通的孩子，那一屋子的红色小人已经能说明很多东西。一直面无表情的范郁听到陈歌的问题后，认真地思考了一会儿，他还是没有回答，只是抬头冲着陈歌露出了一个天真无邪的笑容。

目送范郁离开，陈歌的后背不知什么时候已经被汗水浸湿，他是第一次见到范郁露出笑容。抱着范郁送给他的纸盒，揣着那二十四个校牌和一张背影合照，陈歌回到了新世纪乐园……